今ひとたびの、和泉式部

諸田玲子

集英社文庫

今ひとたびの、和泉式部

1035～1036年

江侍従――――――――女流歌人

＊赤染衛門――――――――女流歌人。大江匡衡の妻。江侍従の母

大江挙周（式部大輔）――――江侍従の兄

藤原兼房（亮麻呂）――――江侍従の夫

藤原公成（公参議）――――小式部内侍の二番目の夫

藤原兼経（兼参議）――――道命の異母弟

源頼国（左衛門尉）――――多田大将の息子

藤原実経（近江守）――――権大納言の息子

＊源頼信（壺井大将）――――甲斐守

＊藤原保昌（鬼笛大将）――――摂津守

《主な登場人物》　＊印付きは両方の時代に登場

999〜1029年

和泉式部——————女流歌人

橘道貞——————和泉守。和泉式部の最初の夫
小式部内侍——————女流歌人。和泉式部と道貞の娘

為尊親王（弾正宮）——————冷泉天皇の皇子。和泉式部の愛人
敦道親王（帥宮）——————弾正宮の弟。和泉式部の恋人。岩蔵宮の父
道命——————天王寺の別当。和泉式部の恋人
源頼光（多田大将）——————摂津国多田荘の豪族。和泉式部の後援者
＊源頼信（壺井大将）——————多田大将の異母弟。和泉式部の愛人
＊藤原保昌（鬼笛大将）——————道長の家司。和泉式部の二番目の夫

藤原行成（権大納言）——————和泉式部の生涯の友
＊赤染衛門——————女流歌人。和泉式部の養母
昌子内親王（太皇太后）——————冷泉天皇の后。和泉式部の恩師
藤原道長（禅閤）——————摂政関白にまで昇りつめた公卿
藤原彰子（上東門院）——————一条天皇の后。道長の娘

【和泉式部関係系図】

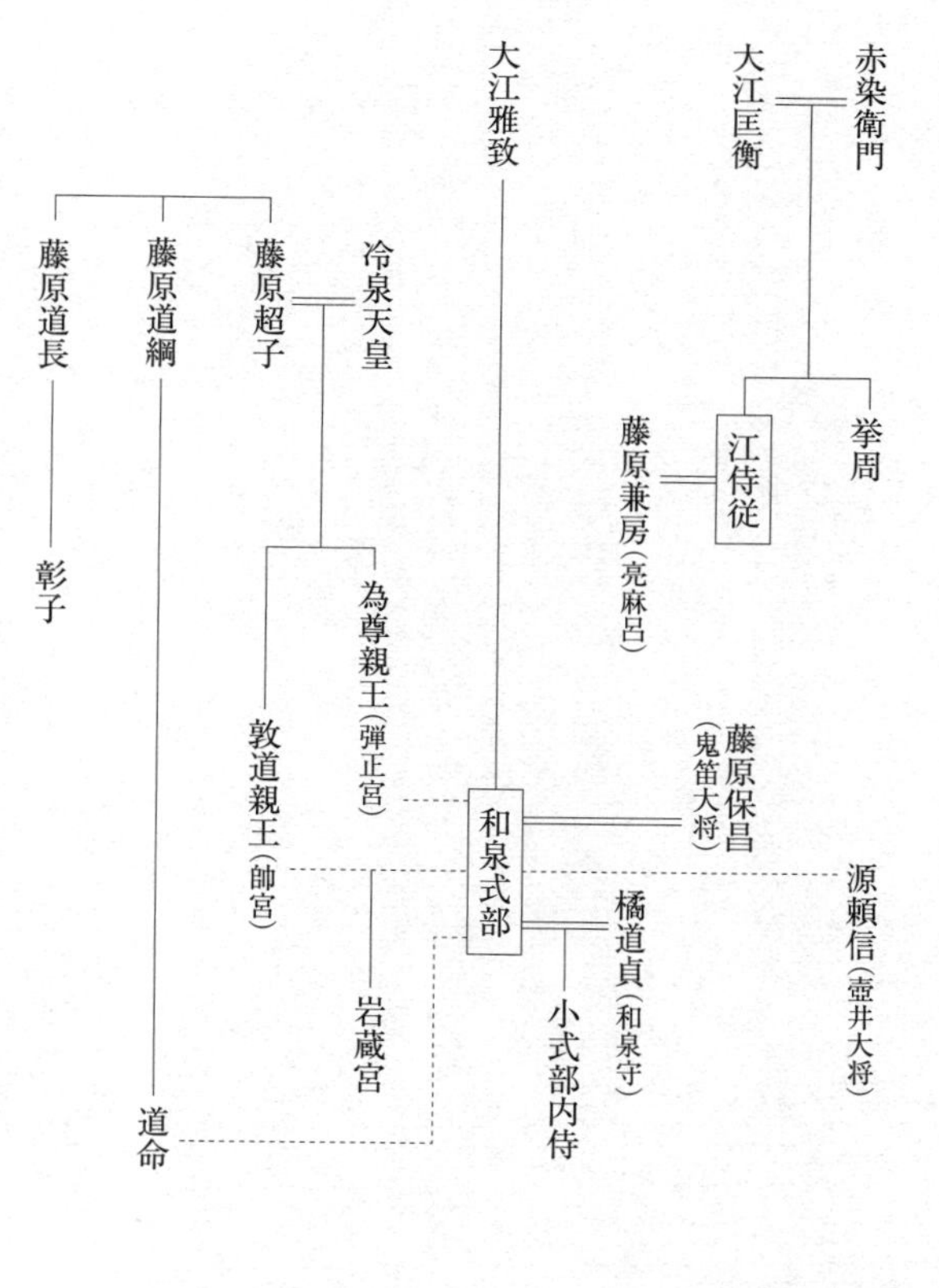
赤染衛門
大江匡衡
大江雅致
挙周
江侍従
藤原兼房（亮麻呂）
冷泉天皇
藤原超子
藤原道綱
藤原道長
為尊親王（弾正宮）
敦道親王（帥宮）
彰子
藤原保昌（鬼笛大将）
和泉式部
源頼信（壺井大将）
橘道貞（和泉守）
小式部内侍
岩蔵宮
道命
血縁関係
婚姻関係
恋愛関係

——蛍を愛でながら式部どのを偲びましょう。

そういいだしたのは母の赤染衛門だった。

七十代も後半だというのに母はまだかくしゃくとしていて、招かれればあちらの歌会こちらの歌会と出かけてゆく。それでもさすがに中宮御所での女房づとめは気疲れするとみえて、近ごろはなにやかやと理由をつけては宿下がりをしている。

そんな母にとって式部どの——和泉式部——の訃報は、おしどり夫婦と評判だった夫の式部大輔（大江匡衡）を喪って以来の、胸がひきさかれるような出来事だったにちがいない。赤子のときから女童になって宮中へあがるまで、母は式部をこの大江邸で養育した。手習いにはじまって歌人となる基礎を伝授し、その後も事あるたびに相談相手になってきた。そう、実の娘のように愛しんできたのだから。

母は自邸にこもって、来客はおろか、家人とも顔を合わせようとしなかった。悲嘆にくれる姿こそ見せなかったが、庭の池にせりだすように建てられた泉殿にぼんやり座って、終日、池水をながめていたり……昼日中から塗籠でなにをしているかとおもえば、色あせた紙片を足のふみ場もないほどならべて、手燭で熱心に読みふけっていたり……。

その母が大江家の当主である嫡男――わたしの長兄――式部大輔（挙周）を呼び、憑き物がおちたような顔でいったのが冒頭の提案だった。

兄はもちろん、ふたつ返事で同意した。兄が母の意見にさからうところはこれまで一度も見たことがない。

「どなたか、お声をかけたほうがよいお人がおられましたら……」

母はその言葉を待っていたかのように三人の名をあげた。それから少しかんがえ、

「もしおいでいただけるようでしたら左衛門尉さまにも。ほんとうは叔父上の壺井大将にいらしていただきたいのですが、ご不在だそうですから」

と、つづけた。

「壺井大将……あのお方は、たとえ都におられてもおいでにはなりませんよ。しかし左衛門尉さまなら、よろこんでいらしてくださるはずです。お会いするたび、母上の様子を気にかけておられますから」

兄は早速、仕度にとりかかると約束した。母が名をあげた三人のうちの二人は参議という重い役についている。都合のよい日時を聞きだし、さらにその中から陰陽師に吉日を占わせなければならない。

兄の話によると、母ははじめからわたしを同席させるつもりでいたという。ただし、わたしの夫については、招くかどうか迷っていたらしい。わたしの夫は亮麻呂（藤原兼房）で、中宮亮をつとめている。年齢は三十五だから母が招こうとしている三人と同世代だ。ところが礼儀作法は童子なみ、これまでも周囲に眉をひそめられる言動が多々あった。おまけに生前の式部とはほとんど交流がない。

「しかし蛍を愛でるとなれば、自ずと歌の話題になりましょう。義弟に同席を願ったほうが話もはずみますよ」

出自はよいのに人望がないため出世がとどこおっている夫だが、歌人としては一目おかれていた。自作の評判もさることながら古今の歌集への造詣は余人の追随をゆるさない。亮麻呂の「麻呂」は愛してやまない「柿本人麻呂」から借用したもので……。八年ほど前から世にひろまり、皆が先を競うように書写している和泉式部の歌集についても夫は全首をそらんじていて、思い入れも半端ではなかった。となれば仲間に入る資格はある。

わたしたちは夫婦で参会することにした。

五月初旬の夕暮れどき。薫風に吹かれながら泉殿で一献かたむけ、亡き人の思い出話に花を咲かせる。水辺が蛍で華やぐ時刻になったら庭へ出て、反橋や平橋をめぐって築山を散策する。

まさに、和泉式部の追悼にふさわしい一夕となるにちがいない。

大江邸は、五条大路の北、東洞院大路の西にある四分の一町ほどの敷地に、寝殿造の屋敷と池泉や築山のある庭が配されている。放火や盗賊が横行する物騒なご時世ながらも、目下のところ火事のほうだけはまぬがれていた。代々、東宮学士や文章博士を輩出している学問の家柄だけあって、わたしの夫の里邸のような猥雑さはみじんもなく、いつ訪れても整然としている。

雨上がりの庭はいつにもまして優艶だった。

夕陽は泉殿と対になった釣殿のうしろに姿を隠して、檜皮葺の上方だけを後光のように紅く染めている。池の水面も残光をはじいて鏡のようだ。蛍の出番まではまだしばらく時がかかりそうだが、和泉式部の魂は早くも庭へさまよい出て、あの謎めいたまなざしで泉殿に集う人々をながめているようにおもえた。

式部の気配を感じたのは、わたしだけではなかったようだ。

ものおもへば沢のほたるもわが身より
あくがれいづるたまかとぞ見る

式部の著名な一首を、夫が盃を宙にとめて小声で詠じたとき、少なくともわたし以外にも三対の目が陶然と庭をさまよっていた。幼いころ式部といっしょに育てられた兄と、おなじく式部と年齢が近く若き日の式部をよく知っている左衛門尉（源頼国）、それにもう一人、この日の参会者のなかではいちばん若い――といっても三十代半ばの――兼参議（藤原兼経）である。三人がそろって夢からさめたように夫を見たのは、まさにその歌をおもいだしていたからだろう。

最初に口をひらいたのは兼参議だった。

「わが亡き兄は、式部どのを生身の女人ではなく如来だとおもっていたようです。でなければ、ああまでのめりこむことはなかったはず」

兼参議は首をふり、その拍子にずりおちそうになった烏帽子のかたちをととのえながら庭へ視線をもどした。式部の幻影が見えはしないかと眸をこらしている。

天皇の生母を叔母に、関白・左大臣を従兄にもつ申し分のない家柄に生まれながら、兼参議は今ひとつぱっとしない。参議までは人もうらやむ速さで駆けのぼった。が、そのあとは十年以上も昇進なし。今年の除目でようやく備前国の国司に任命されたものの、今もってぐずぐずと都にとどまっている。

兼参議は見た目もぱっとしなかった。目鼻はととのっているのに、長い顔のおかげで間のびして見える。顔色もさえない。

ところが異母兄の道命は評判の美僧だった。二人の父、大納言（藤原道綱）の色好みはつとに有名であちこちの女に子を産ませていたから、兄弟といっても多士済々。中でも道命と兼参議はだれが見ても兄弟には見えなかったが、そのくせ二人はだれよりも仲むつまじかった。若くして天台座主の弟子となり、天王寺の別当にまでのぼった兄を、兼参議は心から崇拝し、たよりにしていたようだ。もとより世をすてた兄が相手では競うこともない。ひたすら仰ぎ見る一方で、才色兼備の兄をさしおいて自分が名家の後継者となったことにうしろめたさを感じていたのかもしれない。

今は亡き道命は、和泉式部の恋人だった。

「今だから話せることですが、兄は苦悶していました。まさか、あの歳になって、しかも出家の身である自分が恋に溺れるとはおもいもしなかったのでしょう」

「式部どのも、もう若くはありませんでしたよ。三十はとうにすぎていたはずです。しかもお二人の宮さまとの恋があれだけ噂になったあとでしたし……。父は心配していました。なにゆえ不幸になるとわかっている恋にばかり身をやつすのか、恋多きことはよいとして、もう少しご自分を大切にすべきだ、と……」

兼参議のあとをつづけたのは、兼参議より二歳年上の近江守（藤原実経）である。近江守の亡父は三蹟の一人として名高い権（大）納言（藤原行成）だ。権納言は有職故実にも精通していた。公平で実直な人柄から天皇の信任も篤く、政の場でも八年前に急死するまで重用された。その嫡子だけあって、近江守も地道な努力家である。難をいえば頭でっかちで融通のきかないところか。装束の色目も二藍に朽葉に蘇芳……と無造作に濃色をかさねただけで、いつもながら垢抜けない。

権納言は、恋人ではなかったが、式部とは生涯、敬愛と信頼の情でむすばれていた。実際、歌人和泉式部が世に出るきっかけをつくったのは権納言だったし、災難がふりかかるたびに救いの手をさしのべたのも権納言とわたしの母の赤染衛門だったと聞いている。

「へえ、それで仲をひきさかれたのですか。式部どのもお気の毒に……」

夕陽とおなじ紅色の小直衣を身にまとった男が口をはさんだ。盃をとりあげる際にわざとらしく袖をはらったのは大和錦の地文を見せびらかそうというのか。

「式部どのが父親ほども歳のちがう男の妻になったと聞いたときは、なにも好きこのんで……と首をかしげたものですよ。そうか、そういうからくりがあったのか」

「いやいや、それはちがいます。父は式部どのの行く末を案じて忠告しただけです。鬼笛大将をけしかけたのは禅閤さまですよ」

禅閤とは当時の左大臣、のちに位人臣を極めて、八年前に昇天した藤原道長のことである。

「ま、だれの入れ知恵にせよ、式部どのにはとんだ災難」

母が最初から招くつもりだった三人は、兼参議と近江守、それにもう一人、たった今よけいな口をはさんで近江守をむっとさせた公参議（藤原公成）である。参議は六～八名と数が多いので役職に名前の一字をつけて区別しているが、わたしならさしずめ二人をそれぞれ「万年参議」と「無能参議」と呼ぶところだ。

祖父で養父でもある太政大臣に甘やかされて育った公参議は、色白しもぶくれの顔といい、気障な仕草といい、まさに貴公子の典型である。恋の噂は絶えないがいずれも長つづきはしないようで、数年前に祖父が死んでからは参議の席でもろくに発言ができず、能力のなさを露呈しているとやら。つまり、苦労知らずのお坊ちゃまだ。

公参議は、和泉式部の愛娘、亡き小式部の二番目の夫だった。

「義母は恋の名手、華やいだ恋がだれより似合う女人でした。それが鬼笛大将の妻になりはてるとは……」

「さよう。式部どのは恋がのうては生きてゆけぬお人じゃ。粗忽なごうつくばりの妻にされるとは、さぞや不本意だったにちがいない。若き日の式部どのは男たちのあいだをしなやかにおよぎまわっておられたものよ。とらえどころがなく、なにをかんがえているのかだれにもわからん。父や叔父の想い人と知りつつ、このおれまで胸をときめかせたものだが……むろん、笑っていなされた」

息子ほどの年齢の三人の会話をだまって聞いていた左衛門尉も、ここで話に加わった。式部に袖にされたときのことをおもいだしたのか苦笑している。

左衛門尉は、多田大将（源頼光）の嫡男で、天皇家に近侍しながら都の治安にも目を光らせていた。父親から継承した摂津国多田荘を本拠地にしているが、大江山の賊を討伐して豪勇をとどろかせた父や、甲斐国の乱を平定して名をあげた叔父ほどのはたらきはまだない。それでも端整な風貌やそつのない態度、温厚な人柄で、天皇家や関白左大臣家の信頼を得ていた。

多田大将は、和泉式部を鍾愛していた。

異母弟の壺井大将（源頼信）は、和泉式部の愛人だった。

わたしは、いずれ劣らぬ傑物であるこの兄弟と式部との恋の顚末を母から聞いている。母は女童だった式部をともなって多田荘を訪ねたことがあるそうだ。多田大将の妻の一人が式部の母と縁つづきだったためだが、わたしの両親も親しく行き来をしていた。

――わたくしも惚れておりました、多田大将に。

母ばかりではない。貴賤や老若男女を問わず、だれからも惚れられる人徳が多田大将にはそなわっていたという。人気者だった男の心を、式部はとらえた。二人の交流は大将が死ぬまでつづき、歳月を経ても色あせることはなかったとか。美貌や歌の才だけではない、式部には男の心を魅きつけてはなさない魔力があったのだろう。

一方、壺井大将と式部との仲は、多田大将との慈愛にみちたかかわりとは正反対だった。二人は恋におちたかとおもえば喧嘩別れをし、ふたたび燃えあがったかとおもえば憎み合い……式部の二番目の夫、「粗忽なごうつくばり」と悪態をつかれた鬼笛大将(藤原保昌)との三つ巴のもつれも相まって、一時期は式部の悩みの種になっていたようだ。これについても、わたしは母から教えられている。

そう。母はなんでも知っていた。

それでいて、男たちの話に口をはさむ気はないらしい。泉殿のかたすみにちんまりと座ったまま、口元に淡い微笑を浮かべてじっと聞きいっている。

式部どのが恋の名手ですって? 恋がのうては生きてゆけぬお人だとも……。ねえ、母さま。皆さまのお話をうかがっていると、式部どのは多情な浮かれ女のように聞こえます。まことにそうなのですか――。

声なき問いかけに、母は気づいていたはずだ。なぜなら、わたしの胸を鎮めようとするかのように、しみの浮いた手をわたしの膝にそっとおいたからだ。

いつしか男たちの話題は式部の歌に移っていた。

あらざらむこの世のほかのおもひいでに
今ひとたびの逢ふこともがな

つかのまの逢瀬を嘆くこの歌は、数ある歌の中でも人々に親しまれている一首だ。

「この歌は兄との悲恋を詠んだものです。式部どのが生涯忘れられなかったのは、兄の道命、ただ一人……」

兼参議が小鼻をひくつかせながら自慢している。もちろん真偽のほどはわからない。

黒髪のみだれもしらずうちふせば
まづかきやりし人ぞこひしき

「これこそ父を偲んだ歌よ。式部どのにとって、わが父こそ理想の男だったからな」

左衛門尉は胸をはる。父、多田大将と自分をかさねているのか。

いづれをか世になかれとはおもふらん
忘るる人と忘らるる身と

この歌は壺井大将を想って詠んだんじゃないかなあ、案外、腐れ縁のこの仲こそが真の恋だったのかもしれんぞ……などと、なんの根拠もないのに、夫までが出しゃばって自説を述べはじめる。
これだけは明々白々ですよ、と、公参議はおもわせぶりに一同を見まわした。

とどめおきてたれをあはれとおもふらん
子はまさりけり子はまさるらん

たしかに、この一首がお産で命をおとした愛娘の早すぎる死を悼んで詠まれたものであることは、衆目の一致するところだ。
「式部どのといえば、お二人の宮さまとの恋が広く知れ渡っています。とりわけ弟の帥宮(そちのみや)さまとの恋は物語にもなりました。宮さまへの哀悼歌も数知れず。式部どののお心が帥宮さまで占められていたのはまちがいありません」

すてはてんとおもふさへこそかなしけれ
君になれにし我ぞとおもへば

兄は帥宮哀悼歌の一首を詠じた。すると近江守も負けじとばかり身を乗りだして、

白露も夢もこの世もまぼろしも
たとへていへばひさしかりけり

　と、この男らしくもなく大声で詠じてみせる。

「この歌はむろん、恋人との儚(はかな)い縁(えにし)を詠(うた)ったものです。式部どのは多くの男たちと恋をしました。が、だれと恋をしてもみたされない思いをかかえていた。さよう。和泉式部は、生涯、自分の心の中の冥(くら)い道を黙々と歩んでいたのです。だからこそ父と意気投合したのだと、わたしはおもっています」

　近江守の言葉に、一瞬、座が静まりかえった。

　だれもがひとつの歌を胸中で詠じている。わたしの憶測が当たっているなら、それは、和泉式部の代表作ともみなされる一首だ。

冥きより冥き道にぞ入りぬべき
遥(はる)かに照らせ山の端(は)の月

　多情な浮かれ女の真の顔――。
年々歳々、季節が移りゆくように、式部も人生のその時々で恋をした。時には奔放に、時には命がけで……心ならずも怒濤(どとう)にまきこまれてしまったこともあったはずだ。そして先ごろ、波乱にみちた人生を終えた。

　ほんとうのところは、式部は、だれに心魅かれていたのか。彼岸へ旅立つときに名を呼んだ男がいたとしたら、それは「だれ」だったのだろう。

「申すまでもありません。帥宮さまに決まっていますよ」

「いいや。兄でしょう」

「いやいや、わが父以外にはかんがえられんな」

「へ、壺井大将に決まってる。じっくり読めばわかるってもんだ。この亮麻呂さまがいうんだからまちがいなし」

「いや、式部どののお心を占めていたのは男ではありません。わが妻、小式部のみ。小式部が死んだとき、悲嘆にくれておられると聞いたゆえ、ひと夜おなぐさめを……とお誘いしました。ぴしゃりとことわられてしまいましたがね」

「馬鹿め。いくら式部どのが浮かれ女でも娘の夫なんか相手にするもんか」

「さようでしょうか。悲しむ者同士、思い出話などしながらしっぽりと……」

「だまれッ、けがらわしい」

「けがらわしいとは無礼な物言い……」

「まぁまぁまぁ、お二人ともお静まりあれ。して、江侍従(ごうじじゅう)どのは、いかが?」

男たちの視線が、いっせいにわたしへそそがれた。

わたしは狼狽して母を見た。

母は、うたた寝をしていた。少なくともわたしたちにはそう見えた。鬢の白髪が微風にそよいでいる。

答えようとおもったそのとき、遥かな光が目に入った。

わたしは庭の暗がりを指さした。

「皆さま、ごらんください。ほらあそこ。いよいよ蛍の饗宴がはじまりますよ」

一

都まであとわずか。

「太后さまをお助けください。なにとぞ、ご加護を……」

牛車の物見窓から半年前に目にした景色を見るともなくながめながら、式部は御仏に祈っていた。このまま命の火が消えてしまうのではあまりに不憫——といって、長らえることが幸せかといえば、それもわからない。

和泉国で暮らす式部のもとへ、師とも姉とも慕う太皇太后昌子内親王の重篤が伝えられたのは数日前のことだった。夫の橘道貞は和泉国の国司である。その夫には同時に、太后が養生するための仮御所として京の三条にある私邸を明け渡すよう下命があった。占いで吉方と託宣があったとか。

「われらがごときの屋敷でよろしければ、つつしんで献上いたします」

下命には逆らえない。承諾の意を伝えて使者を帰したものの、夫は納得のゆかない顔だった。

「太后さまともあろう御方だ、ふさわしき邸宅はいくらもあろうに……さては厄介事を押しつける気か」

重篤の太后を仮御所へ移すのは、内裏から穢れを遠ざけるためだ。とはいえ、これが天皇や次期天皇である東宮の母か妃なら、自邸を献上しようという者が続出したにちがいない。とうに退位している冷泉上皇の后、しかも子のいない太后では恩を売っても得るものがないので、だれもが及び腰になっているのだろう。

「すぐにも駆けつけておなぐさめしたきところなれど……」

夫は困惑顔になった。任地でのつとめがある。

式部はおもいきって申し出た。

「旦那さま。わたくし、先に参ってはいけませんか。太后さまのおそばについていてさしあげとう存じます。両親からも催促の文がとどいておりますし……」

式部の父、大江雅致は太后の世話をする大進という役をつとめていた。夫の上役でもある。しかも母の介内侍(すけのないし)は太后の乳母(めのと)だ。となれば婿たる者、否(いな)とはいえない。

「しかし仮御所となれば人の出入りも多かろう。おまえを独りで帰すのは……」

なおも逡巡(しゅんじゅん)している夫を、式部はかきくどいた。

「わたくしが今あるのは太后さまのおかげにございます。こうして旦那さまと夫婦になることができましたのも。なんとしてもご恩返しをしなければ……どうぞ、なにとぞおゆるしくださいまし」

　式部は父の実家の大江邸で生まれ育った。両親のつてで宮中へあがってからは、太后に実の妹のごとく愛(いつく)しまれた。御許丸(おもとまろ)と呼ばれたのも、太后がいつもそばからはなさなかったからだ。代々、式部大輔をつとめる大江家の娘ということで「江(ごう)式部」と呼ばれるようになってからも、太后の話し相手をつとめ、共に書を学び歌を詠み、仏事に没頭する日々だった。

　生涯を太后さまに捧(ささ)げよう、ずっとおそばに――。

　式部は娘らしい潔癖さでそう誓っていた。

　宮中は恋の無法地帯だ。相聞歌のやりとりは日常茶飯事、暗がりで袖をひかれることもしょっちゅうだし、男女が枕をかわすのはあたりまえ、そんなことくらいではだれもいちいち騒がない。ただし、結婚となると――。

結婚は許可がいらない。証文もなかった。女のもとへ三日通って「三日夜餅」を食べればそれが夫婦の証だ。知人縁者を招いて「所顕」——つまり披露宴を行えば、世間からも結婚したとみなされる。

式部は両親からいいふくめられていた。

「おなじ男を三晩通わせてはならぬぞ。おまえの姉たちは皆、つまらぬ男の妻になってしまった。おまえにはの、父がとびきりの夫を選んでやる」

家においておけば、姉たちのように知らぬまに男が通っていた、ということもありうる。太后のそばならその点、安心だった。美貌でも歌の才でも名をあげつつある掌中の珠を、父はできるだけ高く売ろうと決めていたのだ。それは式部自身のためであると同時に、父の出世のため、家族の生計を支えるためでもあった。すでに高齢だった両親にとって、式部は最後の頼みの綱。なればこそ、大江邸にあずけて磨きをかけてもらったのである。

「お父さまのおっしゃるとおりですよ。女の幸せは夫次第。名門の貴公子だからといって色好みにだけはなびかぬよう。夫に棄てられた女ほどみじめなものはありません」

男の足が途絶えた家の寂れようや、棄てられて飢え死にした女の話などして、母も式部に用心をうながした。

いわれるまでもなかった。式部は、冷泉上皇の名ばかりの妻である太后の孤独を目の当たりにしていた。一方で、一夫多妻があたりまえの時代に、式部の両親や大江邸の当主夫婦のように一夫一妻をつらぬく夫婦も見てきた。とりわけ養父母は仲むつまじく、式部は幼心にも養母のようになりたいとあこがれていたのだ。

そんな両親のめがねに適（かな）ったのが橘道貞だった。

道貞は父の部下、少進（しょうじん）だから官位は低いが、実務の才のある凜々（りり）しい若者で、なにより橘家のありあまる財産を相続していた。道貞の「道」が左大臣・藤原道長に気に入られて賜ったものだということも将来のある証拠、むろん財力がものをいったのだろう。

「末は国司になる男だ。となれば濡（ぬ）れ手で粟（あわ）」

父がいえば母もいう。

「妻はいないそうですよ。歌も管弦も苦手とか。そのほうがかえって安心です。軽々しゅう女のもとへ通う心配もありません」

両親のお墨付きなら反対する理由がない。相聞歌に胸をときめかせたり、ひと夜の逢瀬に身も心も蕩（とろ）けそうになることはあっても、それとこれとは別物。

とはいえ、道貞の求婚をうけいれるについてはためらいもあった。太后はなんというか。ずっとおそばに……と誓った手前、どんな顔で打ち明ければよいのだろう。

案ずることはなかった。

「ほほほ、それが女人と申すもの。というても、わらわには縁なきことなれど」

太后は祝福してくれた。しかも「幸せにおなりなさい」と送りだしてくれた。胸の内では寂しさに泣いていたとしても、顔には見せなかった。

数々の不幸を一身に背負いながらも、温かく大らかな心で導いてくれた太后――。

その太后が重篤と知った今、じっとしていられようか。


和泉国から京の都までは一泊二日の旅である。舟で淀川(よどがわ)を遡り、山崎(やまざき)で一泊して牛車に乗りかえる。洛中(らくちゅう)へ入ったときは黄昏(たそがれ)どきになっていた。

往来が一気ににぎやかになる。

昨夏は流行病(はやりやまい)で死人が山をなした。大路でさえ目をあけてとおれたものではなかった。が、今はもううちすてられた骸(むくろ)は見かけない。もっとも十月下旬ともなれば冬も本番で、道端には襤褸(ぼろ)をかぶってふるえている老若男女が目につく。あとひと月もしたら、行き倒れであふれてしまうにちがいない。

式部は物見窓をとざした。穢れや魑魅魍魎(ちみもうりょう)が入りこまないように。

薄暗い屋形の中で牛車にゆられていると、出立前夜の光景がよみがえってきた。

潮の香につつまれた和泉国の国府の館。猟師や海女(あま)、船荷を積み下ろしする男たちのにぎやかな声が朝に夕に聞こえて、夜は漁火(いさりび)が美しい……。

夫婦の閨(ねや)は窓のない塗籠にしつらえられていた。寒風をふせぐために妻戸もぴたりと閉じられている。闇の中に燭台がひとつ。

夫は式部の豊かな黒髪を指にまきつけて弄び、透きとおった桜貝のような耳にくちびるをよせてきた。

「どうあっても、ゆくのだな」

「おゆるしくださいませ。他ならぬ太后さまの御病(おんやまい)、心配で心配で……」

「案ずるな。昨年の二月に病悩されたときも、加持祈禱(かじきとう)でようなられたではないか。あれだけ信心深い女人はそうはおらん。必ずや御仏のご加護があるにちがいない」

「そうであるよう、願ってはおりますが……」

はらりとおちた髪を今度は手のひらでかきあげて、夫は式部のこめかみに舌を這(は)わせた。生え際のそこに黒子(ほくろ)があることを知ったときの勝ち誇った顔といったら……。だれも知らない妻の秘密を自分だけが知っている——そのことをたしかめるために、夫は式部を抱くとき、決まっておなじことをする。

「太后さまが快方にむかわれたら、一日も早(はよ)う帰ってこい。まことはの、ゆかせとうないのだ。おまえがいないと寒うて眠れん。こうして抱いて寝るくせがついてしもうた」

しっとりと艶めいた式部の肌は、体の芯に火種でもあるのか、ふれられただけで内からじんわりと火照ってくる。

結婚当初は、世の常にならって、夫が夜な夜な妻の里邸へ通っていた。が、それではいちいち面倒だし、風雨にじゃまをされたり、方違(かたたが)えの必要が生じたり、後朝(きぬぎぬ)の別れも辛(つら)い。式部は夫の邸宅のひとつに迎えられ、いっしょに暮らすようになった。が、そのときはすでに懐妊していて、ほどなく子が生まれた。しかも和泉国の国司となった夫が単身で赴任したこともあって、二人きりですごした時間は短かった。

熱いのに冷たく、流水のごとくつかみどころがない。蜉蝣(かげろう)のように儚げな妻が気がかりなのか、夫からは矢の催促。稚児(ややこ)が三歳になったのをしおに、初夏の候、式部は夫の任地へおもむいた。

「わたくしも独り寝は寂しゅうございます」

童女のように夫の体に四肢をからめる。無邪気な動作は童女でも、子を産んだ女の乳房は重たげにはりだして乳頭もかたくとがっている。夫の息づかいが速まり、それがまた妻の体を燃えあがらせる。毎夜のこととはいえ――。

あの夜の狂おしさは尋常ではなかった。

「どうも気になる。いや、わけを訊(き)かれても答えられんのだが……」

夫は愛撫(あいぶ)の手をとめた。

「そんなこと、おっしゃらないでください。わたくしまで心細くなってきました。だってこんなに……ああ、こんなに……旦那さま、お願い……」

式部も乱れた。

明日は早朝出立とわかっていても眠るどころではない。

「よいか。寂しゅうても、心細うても、男に気をゆるしてはならんぞ」

夫は式部のあごをつかんだ。痛いほどの力は自信にあふれているようだが、その目にはこれまで見たことのない不安の色が浮かんでいる。

「あたりまえです。わたくしには旦那さましかおりません」

式部は夫の目を見つめてこたえた。天地神明に誓ってそのとおりだし、心からそうありたいとおもっている。自分の願いはただひとつ、命あるかぎり夫と添いとげること。おもいだすだけで火照ってきた頰に手のひらを当てて、式部は胸の動悸を鎮めようとした。たったの二日、逢わないだけで、もう恋しくなるとは——。

太后を見舞いたいと懇願したのは自分だ。それなのにようやく太后に会えるという今になって、夫の目の色ばかりおもいだすのはなぜだろう。独りで都へもどったのはまちがいだったのではないかと、式部はおもいはじめていた。

喉の奥に小骨が痞えているような……。十二単のどこかに小さな虫が入りこんでいるような……。

熱いものがつきあげた。式部はいきおいよく物見窓をあけた。矢も楯もたまらず、和泉国へひきかえしたくなったのだ。

そう、得体の知れないなにかに押し流されてしまう前に——。

随身を捜そうと視線を泳がせた。と、目の前に、腫れ物でただれた手のひらがつきだされた。その手より遥かにおぞましい、泥や塵のこびりついた髪と無精髭におおわれた土気色の顔がぬっとあらわれる。よく見れば、物見窓のむこうに血走った鬼の目がふたつ……。

悲鳴をあげた。あわてて窓を閉める。

ざわめき、怒声、打擲する音、うめき声、牛の鳴き声も……。手荒い制裁をうけているのは、鬼ではなく物乞いらしい。

どれくらい耳をふさいでいたか。

なにごともなかったかのように、牛車はふたたび動きだした。

式部にとって京の都は母の胎のようなものだ。夫とのつかのまの別れに理由のない不安をおぼえつつも、いったん足をふみいれてしまえば、水を得た魚のように体の隅々まで生気がよみがえってくる。

「三条へおこしになられますか。それとも宮中へ？」

随身が訊ねた。

「三条へ」

三条の邸宅は夫の所有する家の中でいちばん大きく、四分の一町を占めている。

式部に求婚していたころ、夫は太皇太后少進だった。が、式部と結ばれたのちは権大進に昇進、昨年の除目では競争相手を押しのけて和泉守にも抜擢されている。

「ほれみろ。いったとおりだろうが」

「婿どのの口利きで、お父さまも左大臣のお目にとまりました。いずれはお父さまにも国司の道がひらけるかもしれません」

両親は小躍りした。

夫が和泉国へ赴任したあと、式部の家族は三条の夫の留守宅を借りて引っ越した。当時、一家が住んでいたのは大内裏にほど近い修理職町と左兵衛町にはさまれた勘解由小路にある小屋敷で、式部母子を迎えて後見するには手狭だったためである。新婚夫婦が暮らしていた邸宅に式部を独りでおいてゆくことは虎穴で兎を飼うようなもの、どんな災難がふりかかるか。この際、式部も三条へ移って親といっしょに暮らしてはどうかという式部の父の申し出は、夫にとっても渡りに船だった。

付け加えておけば、空き家になったほうの邸宅には、右大弁と東三条院別当、備前守を兼務する藤原行成が病の養生がてら仮寓することになった。名家の出ながら不運な生い立ちに甘んじ、能書や学識を武器に地下人からのしあがってきた行成は、これも左大臣・道長のお気に入りの一人で、学士や博士を輩出している大江家の人々とも親しい。式部にとっても気のおけない兄のような存在である。

そんなわけで、式部が夫の任地へ下向しても、式部の父や姉たちは三条の道貞邸に住んでいた。そこへこたびの下命だ。今ごろは太后を迎える準備で大わらわにちがいない。

京の町は、碁盤の目のように東西南北に大路小路が走っている。大内裏の朱雀門から南へ下って羅城門にいたる朱雀大路を中心に、東が左京、西が右京。右京は湿地が多いので寂れてしまい、主だった邸宅は左京に立ちならんでいた。東西に走る大路は大内裏の北端から一条、二条と下って羅城門のある九条まで、三条は大内裏に近いので豪壮な邸宅が目につく。

道貞邸の近くまでくると読経の声が聞こえてきた。太后は早くも宮中を出て道貞邸へ入ったようである。夫の承諾などかたちだけ、和泉国へ知らせがとどいたころにはもう移御していたのかもしれない。

読経の声はおもいのほか小さかった。悪霊を追い払うほどのいきおいはなさそうだ。僧の数がそろわないのだろう。

道貞邸は築地にかこまれた檜皮葺の寝殿造で、寝殿（身舎）を中心に北対、西対、東対など対舎が渡殿（廊下）でつながっている。庭には池泉や築山があり、裏手には雑色（使用人）の雑舎（仕事場や宿舎）が立ちならんでいた。総門は東と西にある。

式部の一行は東の総門をくぐった。

総門には門番がいる。太后に従ってきた者たちか、驚きあわてるばかりで要領を得ない。随身が門番に事情を説明しているあいだに、式部は牛飼童(うしかいのわらわ)に声をかけ、牛車を車舎(くるまやどり)にはこぶよう命じた。一刻も早く太后を見舞いたい。

車舎は総門の内側のもうひとつの門、中門のかたわらにあった。東対とは細殿(ほそどの)（中門の廊下）でつながっていて、戸を立てまわした舎の中に車をつけて乗り降りをする。牛車を所有するほどの貴人は、門前はむろんのこと、地面へ下りて車に乗り降りすることなどまずない。

いつもなら、よくよくあたりをしらべさせて人目がないことを確認した上で、扇で顔を隠しながら牛車を降りる。

気が急(せ)いていたので、式部は用心を怠った。牛飼童が牛を引いて出ていったあとは侍女が二人だけ、他に人はいない。いないとおもいこんでいた。

車舎の片隅にもう一台、牛車の屋形がおかれていることに気づいたのは、侍女の手にすがり、もう一方の手で袿(うちき)の裾をたくしあげて屋形から細殿へ降りたったときだった。

おや、と目をしばたたいた。屋形の物見窓が細くあいている。が、よもやその中に人が――それも男が――乗っているとはおもいもしなかった。

足をふみだそうとしたときである。

男の声がした。

「こととはむありのまにまにみやこ鳥……」

天が降ってきても、これほどは驚かなかっただろう。式部は棒立ちになった。

……都の事をわれにきかせよ、とつづくこの歌は、式部自身が和泉国で詠んだものだ。太后へ宛てた文に認めた歌の中の一首である。

なぜ、ここで、自分の歌を耳にするのか。どこのだれとも知れない男が、なぜ、自分の歌を知っているのだろう。

茫然と立ちすくんでいると、前方の簾がまきあげられ、ギシギシと屋形をゆらしながら男が出てきた。身をかがめているのではじめに見えたのは垂纓冠で、次は光沢のある山吹色の小直衣、そして最後は指貫（たっぷりした袴）。降りたつ際に指貫がこすれあってもがさついた音がしないのは高価な二陪織物か。二陪織物は皇族しか身につけられない。ということは――。

「都のことならなんでもお教えしますよ。もっとも、恋、以外は得手ではありませんが……」

男は細殿に降りて、式部の行く手をふさいだ。直衣の裾をととのえるような仕草をしてから、おもむろに顔を上げる。

あっと式部は息を呑んだ。どこかで見たような……首をかしげた拍子に長い髪がはらりとおちて顔にかかった。片手で無意識にかきあげながら、式部はなおも思案した。不用意に顔を見せてしまった羞恥さえ、とっさにはわいてこない。

はじめはおなじように声も出なかったのだろう。ようやくわれにかえった侍女の一人が決死の覚悟で式部の前にとびだした。

「どこのどなたさまか存じませんが、ご無礼にございましょう」

それを見て、もう一人の侍女も式部の前で両腕をひろげる。袖で式部の姿を隠そうというのだ。

男は動じなかった。大仰に辞儀をして見せたのは、この状況を愉しんでいるのか。

「無礼とは心外ですな。自分の牛車にいただけで……」

「ここは権大進さまのお屋敷ですよ。車舎でなにをしていらしたのですか」

侍女はなおも問いつめる。

「少々、休んでおりました。見舞いに参ったものの足がふらつき……」

「見舞いッ」

式部は目をみはった。

「太后さまの御前で粗相があっては一大事ですからね。それでしばし休んでいたのです。するとおお、なんという幸運、式部どのがおこしになられた……」

「わたくしをご存じなのですか。そうだわ、今、わたくしの歌を……」

「式部どのの歌は都では大評判、知らぬ者はおりません。しかもわたしは人に先んじておぼえられる。太后さま直々に教えていただけるのですから」

「太后さまが……あ、あなたさまは……」

式部はあとずさった。男は一歩、進み出る。

「見おぼえがないとはつれないお人だなあ」

「もしや……もしや、弾正宮さま……」

「昔、御所で、いっしょに遊んでもらいました」

弾正宮とは、冷泉上皇の御子の一人、為尊親王である。冷泉上皇は心を病んで、とうに退位していた。異母兄の花山上皇もすでに退位して、今は従弟の一条天皇の御代だ。次期天皇と決まっている東宮は弾正宮の同母兄だから、弾正宮がどれほどやんごとなき身分かは語るまでもない。

身分はともあれ、弾正宮は——東宮の兄ともう一人の弟も——不幸な生い立ちだった。父は常人にあらず、生母は幼いころ病死してしまった。遺された三兄弟は、外祖父である藤原兼家の三条邸で育てられた。その兼家も九年前に他界して、今は兼家の子の左大臣・道長が東宮、弾正宮、帥宮という三兄弟の後見役をつとめている。

幼い三兄弟の母代わりとなったのが、冷泉上皇のもう一人の后妃、太皇太后昌子内親王だった。かたちの上の母子ではあったが、太后は三兄弟を愛しみ、よく宮中へ招いていたものだ。太后のお気に入りだった式部もいっしょに遊んだことがある。

それにしても――。

「太后さまのお見舞いにいらしたのでしたら、なにゆえ、こんなところにいらっしゃるのですか」

牛車の屋形に隠れているとは腑に落ちない。

弾正宮は、薄いくちびるをゆがめてわらった。そういえば昔もよくこんなわらい方をしたものだ。子供のくせに妙に大人びた、人を見下すようなわらいだった。

それでも子供のころの弾正宮は評判の美童で、だれもがその笑顔見たさにきげんをとろうとしたものである。あれがほしいこれがほしいと愛くるしい顔でねだられて、ことわる大人はいなかった。そう、大人は――。

御許丸と呼ばれていた式部はまだ女童だったので、宮のいうなりにはならなかった。いつだったか、太后からもらった手鏡をとりあげられそうになったことがある。断固として渡さなかった。それでも宮はあきらめず、強引に奪いとろうとした。もみあううちに鏡が割れてしまったのは、今おもいだしても口惜しい。

式部は深呼吸をした。なぜ、もっと早く気づかなかったのか。

「御酒をすごしておられるのですね」

「そのとおり。さすがは式部どの。酔いを醒まさないと病人を見舞えませんからね」

弾正宮の放埓は以前から噂になっていた。深酒、賭け事、高貴な身分なので喧嘩相手になる者はいないがそれをよいことにしたい放題。とりわけ、夜歩きをしてあちらの女こちらの女と戯れの恋に身をやつしているとやら。

「軽々しい御ふるまい、なんとかお諫めする手だてはないものか」

太后も眉をひそめていた。

「太后さまがお嘆きになられましょう」

「では、嘆かせるのはやめましょう。ここで会うたは二人だけの秘密に……」

「しかたがありませんね。太后さまには内緒にしてさしあげます。ご心労をおかけして病が重うなられたら一大事ですから」

式部はこの場を切り上げようとした。酔っているとわかった男と話しているひまはない。今さら顔を隠しても遅いとはおもったが、衵扇で男の不躾な視線をさえぎって歩きだそうとする。

「お待ちあれ」と、またもや呼び止められた。「昔なじみの御許丸と、ぜひとも、二人きりで語り合いたいものですな。いかが？」

好色なまなざしをむけられて羞恥がこみあげる。

式部はもう弾正宮の顔を見なかった。

「わたくしは橘道貞の妻にございます」

「それがなんと？　こちらは人妻でもいっこうにかまいませんよ。なんなら今宵。和泉守がお留守なら好都合……」

「お戯れはおやめください」

腹が煮えてきて、式部はそそくさと立ち去った。

太后は寝殿の身舎の御帳台で眠っていた。熱はないようだが、どこか痛むのか、ときおり乱れた息を吐いては苦しげに顔をゆがめる。

太后が不調を訴えたのは九月二十一日の晩だったという。すでにひと月以上が経っていた。はじめのうちは、太后が深く帰依して観音院などの堂宇を建立している岩倉の大雲寺へ女たちをかわるがわる代参させたり、おなじく信仰をよせている播磨の書写山の性空上人に加持祈禱を頼んだり、陰陽師の卜占に従って病床の場所を移動したり、呪物がないか縁の下をしらべたり、禊や祓など次々に試みたそうだ。が、病はいっこうによくならない。腹の中に腫れ物でもできているのか、食欲も失せる一方。

もとより華奢な女人は今、ひとまわりもふたまわりも痩せて消え入りそうに見えた。それでも白い面は透きとおるようで、年相応のしわやしみは見えない。それがかえって式部には痛々しくおもえた。心浮きたつことなどひとつもない、こんなにも索漠とした人生を歩んできたのに、その痕跡がひとつも残されていないとは……。これでは太后の底知れない苦しみさえ絵空事のようにおもわれてしまう。

「よう帰ってきてくれました。太后さまはだれよりおまえに会いたがっておられましたよ」

母にうながされて、式部は御帳台のかたわらへ膝行（しっこう）した。

「わたくしが都にいれば、もっと早う駆けつけて看病させていただけましたのに……お寂しい思いをさせてしまいました」

「いいえ。太后さまは、夫婦仲むつまじゅうてなにより、と仰せでした」

「太后さまにも、一日でもよいから、そんな日がおありになれば……」

「いうても詮なきことです。それが宿世（すくせ）というものでしょう」

太后は生後まもなく母を、三歳で父の朱雀天皇を喪った。後ろ盾のないまま冷泉天皇の后となったものの、精神を病んでいた天皇はわずか二年で退位、共に暮らすこともなく、人々からも忘れられたまま、長い年月、独居の日々を送ってきた。

それでも太后は、天も人も怨（うら）まなかった。泣き暮らすこともしなかった。深く仏に帰依して仏事に勤（いそ）しみ、世間からは観音院太后とも呼ばれている。

「いつから眠っておられるのですか」

「ここへ移られてからずっと……。ときおりお目をあけられますが、お苦しそうでとても見てはいられません」

かわってさしあげられるものならば……と、母は目頭をおさえた。

「お疲れのご様子ですよ。わたくしが参ったのです。お母さまも少しお休みください」

母は末娘の式部を産んだとき四十をこえていた。六十をすぎた今は、ろくに寝ないで看病をつづけていたせいもあるのだろうが老いがきわだっている。

「おまえこそ、長旅で疲れているのではありませんか」

「わたくしは牛車の中で寝ておりました。さ、今のうちに……」

「ではそうさせてもらいましょう。お父さまもじきにおもどりになるはずですから」

「お父さまはいずこへ？」

「また土御門第へ……だれも、左大臣には逆らえません」

式部は母の返答にかすかな非難を感じとった。土御門第は左大臣・道長の本邸で、二町を占める大邸宅である。

近々、道長の娘の彰子が、まだ十二歳という幼さで一条天皇の女御として入内することになっていた。天皇には寵愛する定子中宮がいて、しかも懐妊中だったが、道長は、ゆくゆく娘を立后させて産ませた御子を天皇位につけ、自分が外祖父として政を牛耳ろうとの野望を抱いているらしい。そのために着々と地歩を固めようとしていた。

母によれば、太后の移御を急がせたのも、彰子の身に穢れが移らぬよう万全を期すためだとか。

「ご加持や御修法の仕度もまだととのわないのに、まるで追いたてるように……」

「どうりで読経のお声が小さいとおもいました」

「お父さまもそのことを相談なさるおつもりのようです。このままでは病が重くなる一方ですから。名僧を呼びあつめて加持祈禱をしていただかなくては……とりわけ観修僧正にはなんとしても千手観音法を修していただかなければなりません」

天皇や東宮の手前、口では騒ぎたてて案じ顔をして見せても、大半の公卿は動かない。それは太后がとうの昔から利用価値のない存在で、だれも本気で快癒など願っていないからだろう。ごく一部の、太后に仕える者たちにとってはそれがなにより腹立たしい。

「ごらんなさい。見舞い客すらおりません」

母の嘆息に、式部は車舎での出来事をおもいだした。

「宮さまがたはお見舞いにいらっしゃるのでしょう?」

かたちの上といっても、太后とは母子である。

母はわずかに表情を和らげた。

「穢れをお移ししてはいけないと、太后さまはおことわりになられました。でも、東宮さまはごむりですが、弾正宮さまと帥宮さまは見舞うてくださいます。とりわけ帥宮さまは太后さまを慕うておられますから」

「帥宮さまは泣き虫の甘えん坊でしたね」

弾正宮ほどあつかいにくくはなかったが、帥宮も胸のどこかに鬱屈をかかえているようだった。いっしょに遊んでいたとき、式部がうっかり気にさわることをいってしまったことがある。帥宮は泣きだした。一度きげんをそこねるともう、だれのいうことも聞かない。そのときばかりは太后もお手上げで、式部は塗籠にこもってしまった帥宮をなだめすかすのに疲労困憊したものだ。

帥宮は大人になってもしばしば太后に会いにきた。御簾の内と外で顔をあわせることこそなかったが、癇の強い子供がいつしか礼儀正しい青年になって、太后と歌を詠みあったり双六に興じたりする姿を、式部も微笑ましくながめたものである。

「つい先ほどまでいらしていたのですよ。兄宮とここでおちあう約束をなさったとか。兄宮がおいでにならないので、どうせまた遊びほうけておられるのだろうと苦笑されて帰ってゆかれました」

「弾正宮さまでしたら……」

車舎で酔いを醒ましている。いってしまいそうになって、式部はあわてて口をつぐんだ。だまっていると約束した以上、話すわけにはいかない。

母が退出するのを待って、式部は太后の枕辺へにじりよった。

「太后さま。おぼえておいでにございますか。わたくしが殿方からはじめてお歌をいただいたときのことを……」

太后はうなずきもしなければ微笑を浮かべることも、睫毛をふるわせることさえしなかった。が、式部は、太后がじっと耳を澄ませているような気がした。

「まだ小娘だったわたくしは動転してしまって、太后さまにお見せしましたね。あれはそう、多田大将からのお歌でした。太后さまは返歌の詠み方を教えてくださり、笑って仰せになられました。宮中にいればいくらもあること、恋もしよう、別れに泣くこともあろう、恋することの叶わぬわらわは悲恋や失恋ですらうらやましゅうおもえますよ……と。そして、こうもおっしゃいました。わたくしの身に起こったこと、おもったことや感じたこと、なんでもよいからつつみ隠さずお話しするように……と。そうすればわたくしといっしょに生きているような気がする……たしか、そんなふうなことを」

それからというもの、式部はなんでも太后に打ち明けるようになった。淡い恋や戯れの恋に、二人で一喜一憂したものだ。

「多田大将のお歌はそれは見事でしたね。恋の手練れというのは噂どおり。しかも多田荘には財宝が山をなしているとか。それで父も乗り気になって……でも母は反対でした。ご妻女のお一人は縁続きですもの。太后さまも、そなたはまだ若いのだからなにも三十も年上の男の妻にならなくてもよいのでは、と……」

太后が直々に話してくれたので、多田大将・源頼光は式部を妻にするのをあきらめた。しかもきげんをそこねるどころか、それからも後ろ盾になると約束してくれた。

あれほどの男にはもうめぐりあえないとおもっていたが——。

「夫と、めぐりあいました」

橘道貞とのなれそめは、胸が熱くなるどころか、恋ともいえない代物だった。裕福で将来性のある部下を娘の婿に選んだのは父で、精鋭ながら歌や管弦が不得手の夫は、型どおりの求婚をして三日夜餅を食べるまでに式部や太后の心をとらえる歌など一度としてよこさなかった。けれど――。

「夫婦になってわかりました。良き夫にございます。わたくしは幸せです、太后さまにこの幸せをわけてさしあげたいほど……」

面とむかっていえないことも、今ならいえる。

そうだ、これからはこうして太后に自分の話を聞かせようと式部はおもいついた。平凡で面白味に欠ける日常の話――だからこそ、太后には夢のようにおもえるにちがいない――そんなあたりまえの物語を……。

相槌（あいづち）や笑顔は返ってこなくても、きっと心の耳にはとどくはず。

「太后さま。聞いてくださいますね」

息をはずませたときだった。御簾のむこうにいる女たちがざわめいた。

「北の御方さま。弾正宮さまがおこしにございます」

車舎での不愉快な場面がよみがえる。

「太后さまは眠っておられます。日をあらためておこしいただくよう」

「なんとしてもお見舞いなさりたいそうにございます。あ、もうこちらへ……」

式部はうろたえた。

無謀なふるまいがしばしば話題になる弾正宮だ。これ以上、かかわりたくない。

反対側の障子から、式部は奥の間へ逃げこんだ。


十一月になってようやく本格的にはじまった名僧たちによる法華経の読経や加持、千手観音法など御修法の甲斐もなく、太皇太后昌子内親王は十二月朔に崩御した。

和泉国に赴任していた式部の夫も数日前に帰京していたので、夫婦はそろって同月五日の葬送に参列した。

葬送は、これが太后の、しかも内親王の葬列かと目をうたがうほどの侘しさだった。参列者も数えるほどなら手際もわるい。寒々とした曇天の下、太后の亡骸は荼毘に付され、洛北の岩倉陵へ葬られた。

実は先月七日に道長の娘の彰子が一条天皇の女御となり、同日には定子中宮に御子が生まれている。吉事つづきの宮中にしてみれば、太后の死は耳をふさぎたい穢れだったのだろう。

それではあまりにお気の毒……式部は悔しくてたまらない。太后が生前、岩倉陵にほど近い大雲寺の阿闍梨慶祚に帰依して観音院など堂宇を多数建立したのも、現世に嫌気がさしていたからかもしれない。だとすれば陵墓こそ安眠の地、太后が五十年の苦行からめでたく解放されたことを寿ぐべきか。

そうおもうことで、式部はなんとか平静を保つことができた。が、乳母だった母はそうはいかない。母は父に支えられて歩くのがやっとで、亡骸にとりすがってはなれなかった。葬送のあとは食欲が失せ、げっそりとやつれて床についてしまったが、わずかに回復の兆しが見えはじめるや、今度は大雲寺の近くに小家を借りて隠棲するといいだした。亡き太后の供養に念仏三昧の日々を送るつもりらしい。

式部は、服喪の新年を、太后の面影が遺る道貞邸で夫や稚児、父や姉たちにかこまれてすごした。悲しみは尽きないものの夫がいる。平穏ながらも心温まる日々だった。

「もうしばらくいてやりたいが……任地へもどらねばならん。おまえに旅はまだ無理だろうなあ」

二月の初め、夫は和泉国へ帰ることになった。残雪の季節に女の長旅は難儀だ。

「母が案じられます。なにぶん高齢ですし……。母がおちつくまで、わたくしも岩倉へ参って太后さまの菩提を弔いとう存じます」

「うむ。それがいいかもしれんな。季節が変われば母上もお元気になられよう」

大きな不幸の直後である。

喪失感にとらわれていて、だれもが思慮分別を欠いている。

式部は、弾正宮のことを忘れていた。

二

大雲寺は大内裏の北東一里半ほどの山中にある。高野川にそって北へゆき、岩倉川沿いの道をさらに北進すると、川を西の堀として東に八瀬から比叡山をのぞむ、壮大な大伽藍が出現する。天台宗のこの名刹には数多の子院が立ちならび、諸国から集まった寺僧たちが日夜、勤行に励んでいた。

昨年末に崩御した太皇太后昌子内親王は、十五年前、父母の供養のために子院のひとつ、観音院を建立した。講堂や阿弥陀堂、真言堂など金色の六堂をそなえた広大な寺院である。観音院ができたころの式部は御許丸と呼ばれる女童だったので実際に見たわけではないものの、母の話によれば、百余名の僧が三千もの侍僧をともなって参集、落成を祝う法要は後世に語りつがれる荘厳さだったという。

六十余年の歳月のほとんどを太后とともに生きてきた母は、その死にうちひしがれた。葬儀を終えると、大雲寺の近辺に隠棲して太后の菩提を弔いたいといいだした。式部の夫の橘道貞は幸い裕福なので、観音院に隣接した松林の中に小家を見つけ、随所に手を入れて、柴垣にかこまれた檜皮葺の瀟洒な住まいをあつらえてくれた。

「寺域ゆえ心配はなかろうが、用心だけは怠るなよ」

物騒な出来事の絶えない昨今である。

和泉国へ出立する夫を見送り、式部が母と四歳になった娘、その乳母や侍女たち、仕
丁（しちょう）や小舎人（ことねり）をともなって岩倉へ移り住んだのは、残雪があらかた溶けた二月の半ばだった。

母が新たな暮らしになじむのを見とどけたら、式部は和泉国へもどるつもりでいた。長旅には晩春か初夏がよい。都は祭の季節だから夫もときおり上京するはずで、そのときいっしょに帰ろうと式部はかんがえていた。

まづ来んといそぐ事こそかたからめ
都の花の折を過ぐすな

和泉国へ帰るや仕事に追われ、多忙な日々を送っていると知らせてきた夫に、すぐにはむずかしくても花の季節には上京してくださいね、と式部は歌を返した。春とはいえ肌寒さを感じさせる風が松林を渡り、大雲寺から流れてくる誦経（ずきょう）の声がひときわ物寂しく聞こえる夕暮れどきなど、夫が恋しくてたまらない。

それでも母娘三人、御仏のかたわらで暮らす日々は、平穏で心安らぐものだった。

「これもきっと亡き太后さまのおはからいですね」

母は毎朝、観音院へ出かけて日暮れまで念仏三昧である。老いたとはいえ、それができるだけの気力と体力をとりもどしたことに、式部はひとまず胸を撫でおろした。

岩倉へやってきて半月ほど、そこここで桜がつかのまの美を競っている。そんなある日、庭で遊んでいた娘が見覚えのない衵扇を手にしてもどってきた。

「おや。その扇は……」

四歳の女童である。通りすがりのだれかにもらったというだけで、人相風体を訊ねても要領を得ない。

「話をしましたか」

娘は首を横にふる。

「見せてごらん」

式部は扇を開いてみた。衵扇は檜や杉の木の薄片をつづりあわせたもので、ひろげたとき一幅の絵となるよう花鳥風月などが描かれている。

「これは……」

絵は、牛車だった。といっても牛も牛飼童もいない。八葉車の轅は地面におろされて、屋形の側面の物見窓が細く開いている。

八葉車は小ぶりで地味な車だが、あえて人目につかないよう、貴人が女のもとへ忍んでゆくときにもよくつかわれる。

なぜ牛車が描かれているのか。屋形の布張りを見ただけで、式部は合点した。これは、太后が式部の婚家の道貞邸で養生していたとき、車舎におかれていた車だ。そう、この車から弾正宮が降りてきて、式部を驚かせた。

では、弾正宮は岩倉へきているのか。むろん母親がわりだった太后の墓参をするのはあたりまえで、ゆかりの観音院を詣でるのもふしぎはない。ついでに式部が母と住んでいる小家を訪ねてみようとおもいついたのだろう。

けれど、それならなぜ堂々と挨拶にこなかったのか。わざわざ衵扇に牛車の絵を描かせ、その扇を式部の娘に、それも侍女がいない隙をみて手渡したのはなぜだろう。

「弾正宮さまがおみえだそうですね」

その夜、母に訊ねた。母はあっさりうなずいた。観音院で出会ったという。

「少しは改心なさったか。もう遊び歩いているお歳ではありますまい」

しばらく山荘に滞在して太后の供養をすると話していたそうで、殊勝な顔だったと聞けば、それ以上とやこうはいえない。

「それが真なら、太后さまも安堵なさいましょう」

そう返しながらも、式部は小首をかしげた。弾正宮は深酔いをして車の屋形に隠れていた。人妻でもかまわないからと逢瀬を迫り、好色なまなざしをむけてきた。当代一の色好みと噂される宮が、太后の供養のためだけにはるばる岩倉までやってきたとはかんがえにくい。

式部の危惧は的中した。

翌日も弾正宮はやってきた。またもや母の留守をみはからったように、今度は山菜を山盛りにした籠を侍女に手渡して、なにもいわずに立ち去ったという。籠の縁には文が結ばれていて、そこには「こととはば車舎のみやこ鳥　昔の事をわれにきかせよ」と書かれていた。宮があの再会を忘れていないのは明らかだ。逢瀬をまだあきらめていないことも、疑いようがない。

「だれも中へ入れてはなりませんよ。物をうけとってもなりません。文はもとより」

式部は侍女たちにいいふくめた。

翌日も弾正宮は咲き誇る桜の枝をそえた文をとどけてきたが、だれもうけとらなかった。あきらめて帰っていったとおもったら、薄物の衣(ころも)が庭の木立の枝に結びつけてあった。黒と白と紅の三色づかいは、背が黒、腹が白、くちばしの紅い都鳥を想わせる。

「いったいなんのおつもりでしょう。お逢いできないことはおわかりのはずなのに」

たとえ人妻でなかったとしても、今は太后の喪中である。男と二人で語らうなど、できるはずがない。弾正宮の非常識が式部は腹立たしかった。こんなとき太后が生きていれば諫めてもらえるのだが、母の身分ではそれもできない。

「観音院で山荘の場所を訊ね、この衣をお返しするように。わたくしは太后さまを偲んで泣き暮らしております、どなたにも会えませんとよくよく申しあげるのですよ」

小舎人を使いに出した。

それからはぴたりと音沙汰がなくなった。都へ帰ったのだろうと、式部は安堵した。弾正宮のことなどすっかり忘れている。

四日ほど経った夜のこと、妻戸を叩く音がした。この日は夕方から雨が降りだした。雨音にかき消されそうな、か細い音である。

小家には塗籠がないので、式部は二重に屏風を立てまわした奥に寝ていた。屏風と屏風のあいだには侍女の床があり、妻戸の外の放出では小舎人が不寝番をしている。

この夜、母は観音院でお籠りをしていた。娘は隣室で乳母と寝ている。

もしや、母になにか――。

とっさにかんがえたのはそのことだった。戸を叩いているのは小舎人で、となれば、観音院からなにか知らせがあるのかもしれない。

式部はあわてて夜着の上にかけておいた単衣をかぶり、屏風のうしろからにじり出た。侍女を起こせばよいのはわかっていたが、年若い侍女は寝息を立てている。とにかく何事か知りたいという焦りのほうが強かった。

妻戸のかたわらまでいって戸を少しだけ押し開ける。

「どうしたのじゃ」

いい終わらぬうちに手首をつかまれた。

「しッ。お静かに」

「あなたは……まぁ、宮さまッ」

「雨にぬれて凍えそうです。中へ入れてください」

「いいえ。宮さまでも、それだけはできません」

「つれないことをいうお人だ。こうして雨の中、逢いに参ったのですよ。ごいっしょに太后さまの昔話など……」

背後で物音がしたところをみると侍女が目を覚ましたようだ。こんなときどうしたらよいかわからないので息をひそめているのだろう。

そもそも見張り役の小舎人はどこへいってしまったのか。腹立たしいが、今はそんなことを詮索している場合ではない。

式部は手をもぎはなそうとした。が、弾正宮は力をこめた。

幸いなことに、式部を抱きよせるには妻戸を開けなければならず、そのためにはいったん手を放してうしろへ下がらなければならない。宮も往生しているようだ。

「お放しください。かようなご無体、太后さまが生きていらしたらなんと仰せられるか……」

「お許しくださるはずです。命がけの恋なのですから」

「ようもまぁ、あちこちお通いあそばすところがたくさんおありのくせに」

「それは昔のこと。車舎でお会いしてからというもの、寝ても覚めても忘れられず……それゆえにほら、こうして雨の中を……」

弾正宮は天皇の御子である。通常ならそばへもよれないほど身分の高い男からそこまでいわれれば、むろん式部でなくても自尊心をくすぐられる。しかも、車舎で会ったときは長旅のあとの疲れた顔を見られた。誘いは常套句、そのあとの強引なふるまいもほんの戯れだろうとおもっていたから、雨にぬれてまで逢いにきた熱意には、正直、ほだされるところもあった。

とはいえ、夫のある身だ。愛しい夫を想えば、ここで弾正宮によろめくわけにはいかない。

「何度いらしてもむだにございます。わたくしは夫と別れるつもりはありません」

「毎晩通うても？」

「九十九夜が百夜でもなびきませんよ」

「これは、小野小町より手きびしい」

深草少将は、小野小町に百夜通えば恋が成就するといわれて、約束まであと一日というところで死んでしまった。嘘か真か、だれもが知っている話である。

「お帰りください。二度といらっしゃらないで」

「では独り身になられるまでお待ちしましょう」

「さようなときがくるものですか」

「それはどうかな……」男の目が光った。「そうそう、すっかり体が冷えてしまいました。退散となればまた雨に打たれる。その衣をしばしお貸し願えませんか。明朝、必ずとどけさせます」

懇願されれば断れない。病にでもなられたら一大事である。

なにより式部は、弾正宮が聞き分けよく帰ってくれることに安堵していた。単衣を脱いで渡す。宮は頭からかぶって闇のむこうに消えた。

やれやれ、童のようなお人だこと――。

苦笑したとき、式部はまだ弾正宮を甘くみていた。


平穏な日々がもどってきた。

弾正宮は都へ帰ったそうで、それからは姿を見せなかった。返すといっていた単衣も返ってこなかったが、あわただしく出立したのでうっかりしてしまったのだろうとおもえば、それはそれで納得がゆく。そのうちとどけてくるだろうと気にもかけなかった。

弾正宮のことではもうひとつ、こちらはちょっとした騒動があった。例の小舎人があのままいなくなってしまったのである。もしや鬼にさらわれたかと案じる者たちがいるなかで、式部は平然としていた。

「山荘に問い合わせてごらんなさい」

式部の推測は当たっていた。小舎人は、山荘へ衣を返しにいったときに弾正宮から手引きを頼まれたか、もはや式部のもとにはいられないと悟ったようだ。都へ帰る宮の一行に加わっていたという。

いずれにしても、式部はすぐに弾正宮との一件を忘れた。忘れさせるような出来事が発覚したためだ。

式部は懐妊していた。

「なんとめでたきこと。早(はよ)う和泉へ知らせておあげなされ。さぞおよろこびになられましょう」

そういう母こそ大よろこびだった。母は婿びいき、というより式部の家族は少なからず橘道貞の財力の恩恵をうけている。子がふえることで式部と道貞との仲がより堅固になることを願っているのだ。

一方の式部は、そうおもう自分をうしろめたくおもいながらも、正直なところ懐妊したことに落胆していた。前回もそうだった。ようやく夫と水入らずで暮らせるとおもったとき懐妊がわかった。今回も、そろそろ和泉国へ帰る算段をしようとおもった矢先につわりがはじまった。これでは長旅もおあずけだ。

「母さま。絵を描いて」

「はいはい。なんの絵を描きましょうか」

「あのお花……あ、ねえねえ母さま、蝶々、とってとって」

ここでは母を独占できるのがうれしいのだろう、甘く柔らかな体をすりよせてくる娘の愛くるしさに目を細め、腹の稚児もきっと愛らしいにちがいないとわかっていてもなお、予想外の懐妊がうらめしい。

そんなこんなでぐずぐずしているところへ、なぜ早く懐妊を知らせてこないのかと夫から文がとどいた。母が真っ先に知らせたようだ。急いで返事を送ると、折り返し、くれぐれも体をいとうようにとやさしい文面――。

ところが、それからというもの、ぱたりと音信が途絶えた。どうしたのかしらと首をかしげていると、今度は姉の一人から「父上が心配しています、どういうことですか」と文がきた。

「心配とはなんのことでしょう」

「妙ですねえ。ここにいては都の事はわかりません。つわりがおさまったら、一度帰ってみたらどうですか」

「そうですね。早々に帰ります」

母とそんな話をした翌日だった。
都から赤染衛門が訪ねてきた。

赤染衛門は大江家の当主、匡衡の妻である。式部の父が大江家の出身なので、式部は幼いころ大江家で、この赤染衛門の膝元で養育された。これは、太后の乳母である母が多忙だったために、このとき男児を産んだばかりで宿下がりをしていた赤染衛門が母代わりをひきうけてくれたからだが、今ひとつ、式部の両親が一家の将来を担う娘に最良の教養を身につけさせたいと願ったためでもあった。大江家は代々、東宮学士や文章博士を輩出している学問の家柄で、赤染衛門も当代きっての才女と評判が高い。

ついでに説明をしておくと、赤染衛門の「赤染」は赤染家の娘という意味で、「衛門」は奥づとめにあがってからの呼び名である。赤染衛門は少女のころから源雅信(まさのぶ)邸に出仕して娘の倫子(りんし)に仕え、倫子が藤原道長に嫁いでからも女房づとめをつづけていた。出産で宿下がりをしてもまたお呼びがかかるのは、それだけ得がたい教育係だからで、今は道長と倫子に請われて倫子の娘、彰子の女房として宮中へ入っている。

彰子は、太后が亡くなる前月に、一条天皇の女御として入内した。今年の二月には早くも中宮に冊立されている。華々しい未来にむかって歩きはじめた彰子と、生涯陽の当たらない場所で孤独をかみしめたまま死んでいった太后――。各々の女房も自ずと明暗が分かれる。華やぎのなかであわただしい日々を送っている赤染衛門は、岩倉に隠棲している母子のことなどおもいだすひまもないとおもっていたのに……。

たしかに赤染衛門は多忙のようだった。

「一日だけ、ようやく宿下がりが叶うたのですよ。主人の具合がわるいと嘘をついて。ですからね、単刀直入に申します」

人払いをして式部と二人、小家の一室でむきあうなり、赤染衛門は挨拶も省いて切りだした。そんなにまでして岩倉までやってきたのはよほどの大事だろう。それがよい知らせでないことは、とびきりの美貌とはいえないまでも、赤染衛門の小づくりで感じのよい目鼻が憂慮に煙っていることからも一目瞭然。

左右をうかがった上で、赤染衛門は子を叱る母のような目をむけてきた。

「そなたは懐妊しているそうですね。まだ身内にしか知らせていないそうですが、そなたの姉さまが耳打ちをしてくれました。で、稚児の父親はだれですか」

式部は目をしばたたいた。なんのことか、とっさにはわからない。

赤染衛門は式部の腹に目をやった。

「腹の子の、父親です」

わかりきったことをなぜ訊くのかと式部はけげんな顔になる。

「夫に決まっております」

「真でしょうね」

「あたりまえです。なにゆえ、さような……」

赤染衛門はふーッと息を吐いた。

「都では評判になっておりますよ。そなたが夫ではない殿方を通わせていると」

「なんですってッ。とんでもないッ。いったいだれが……」

「弾正宮さまです」

背筋が冷えた。頭の血まで一気に下がったような……。茫然としている式部に、赤染衛門は事の次第を説明した。

「弾正宮さまがそなたに恋いこがれておられることは皆、存じておりました。ご自分でいいふらしておられましたから。岩倉までゆくときは、まわりのお若い殿方と賭けをされたとか。お帰りになられてからは鼻高々にふれ歩いておられます。賭けに勝った、と。そなたのもとへ通うて、おもいが通じた証に形見の品を交換したそうで……」

式部はあッと声をあげた。

「単衣ですねッ。わたくしの単衣……あれは雨にぬれたから貸してほしいと……翌朝には返すと約束したのにいまだお返しいただけず……」

「翌朝返すということは、前の晩に逢(お)うたのですね」

「雨の中、逢いにいらしたのです。何度も何度もことわったのに、小舎人がひきこんでしまい……でも、誓って申しますが、なにもありませんでした。凍えてしまうとおっしゃるので妻戸ごしに単衣をお貸しして帰っていただきました」

赤染衛門のまなざしに非難と憐れみが同時に浮かぶ。

「なぜ自分で逢うたりしたのです。侍女に応対させればよいものを」

「侍女は眠っていました。わたくしは小舎人が急な知らせをもってきたのかとあわてて……それでうっかり……」

「うっかりではすみません。ようよう教えたはずです。うっかりが命取りになると」

「あぁ、でも、そう、侍女は目を覚まして聞いていました。侍女に真のことを話すようにと……」

赤染衛門は首を横にふった。

「侍女は主人と口裏を合わせるものです。だれも真とはおもいません。いえ、わたくしはそなたの言葉を信じましょう。なれど他にはだれも……だいいち、お相手は弾正宮、親王さまですよ。しかも祖扇まで……」

弾正宮は式部に祖扇を渡したといっているという。牛車の絵が描かれた扇は、二人が再会した場所にちなむ思い出の品……。どうしてそんなものをうけとったのかと問われても、娘が知らずにうけとってしまったという以外、答えようがない。

弾正宮は、ほしいものを必ず手に入れる男だ。天皇の御子として甘やかされ放題に育てられた。そのくせ皇位継承者にはなれないという鬱屈をかかえている。そんな宮には、式部の気持ちを忖度する器量など端からないのだろう。

「義母上。どうしたらよいのでしょう。どうか、お知恵をおさずけください」

「騒ぎたてればかえって世間の注目を浴びることに……。噂は長うはつづきません。消えるまでじっとがまんをすることです」

「仰せのとおりにいたします。なれど夫は……もしや和泉国まで噂がひろまっていたら……」

文を送っても返事がこない。潔癖で一本気な夫だけに、噂に傷つき不愉快なおもいをしているのではないか。式部は居ても立ってもいられなかった。

「そうですねえ。わたくしからも文を……」

いいかけて、赤染衛門は思案顔になる。

「こういうことはやはり殿方のほうが……。ここは、権どのにひと肌ぬいでもろうてはどうかしら。今春の除目で国司になれず腹を立てたわたくしの主人は、権どのに、なぜ口添えをしてくれなかったかと文句をいったそうです。権どのは、すでに位も高く重用されている貴殿が恨み言をいうのは名医が自らの病を治せないとこぼすようなものだと一笑に付されたとか。ほほほ……権どのなら何事も理路整然、きっぱりと意見をしてくださいましょう」

権どのとは、のちに「権納言」と呼ばれる藤原行成のことだ。血統はよいものの不運つづきの幼年時代をすごした行成は、地下人から蔵人頭に抜擢された。能書家で有職故実にも通じ学識も高い。天皇や左大臣・道長に重用されて、今や右大弁と大和権守を兼任している。道長の娘の彰子が入内するにあたっても大いに働いたと聞いていた。

行成と式部の夫の橘道貞はどちらも道長のお気に入りだ。ともに太后の御用をつとめていたこともあって、昵懇の仲でもあった。なにしろ、昨年は行成が道貞邸のひとつに仮寓していたのだ。

行成はまた、大江家の当主・匡衡とも学問を通じての知友だった。除目の件だけではない。相談事といえば行成——というのは大江家のならい、赤染衛門はもとより大江家で養育された式部もなにかとたよりにしている。式部の歌が都人に知られるようになったのは太后が式部の才を見出したからだが、実際に歌の数々を喧伝して世にひろめたのは、行成や藤原公任といった道長の取り巻きの学才豊かな公達である。

権どの、と親しみをこめて呼ばれる行成は、権力者に重宝がられるだけでなく、同輩から信頼され、目下の者からたよりにされる硬骨漢だった。

「それになにより……」

と、赤染衛門は膝を乗りだした。もうひとつ理由があるという。

「弾正宮さまのご妻女は権どのの叔母御」

「あ、さようでした。九の御方さまは宮さまのお二人目の奥方でしたね」

「ええ。叔母御にとっても噂は迷惑至極でしょう」

「わかりました。権どのにお力を貸していただきます」

「わたくしから頼んでおきます。もっとも権どのは中宮さまの御事もあり、しょっちゅう宮中へ呼びだされているようです。左大臣もなにかといえば権どの権どのと……。あまりにお忙しいので何度も官職を辞退したいとの願いを出されたそうですが、そのたびに却下されているそうで……ご多忙ゆえ、すぐにとはいかないかもしれません」

　式部の顔がくもったのを見て、赤染衛門は表情を和らげる。

「ともあれ、わたくしからよう話しておきましょう。他ならぬそなたの大事、権どのはきっと和泉守にとりなしてくださいますよ」

　やってきたときとおなじようなあわただしさで、赤染衛門は帰っていった。

　式部は悪夢をみているような心地だ。そう。あの日、車舎で弾正宮に話しかけられたとき不吉な予感がした。いや。和泉国から都へむかう旅の途上でも、矢も楯もたまらずひきかえしたくなった。それをいうなら出立の前夜、夫に抱かれたときもいつになく胸がざわめいていた。あれは虫の知らせだったのか……。

　いったい自分がなにをしたというのだろう。どうすればよかったのか。式部はもってゆき場のない怒りに身をふるわせた。自分の知らないところで噂がひろまってゆく恐ろしさ……まちがいを正す場さえ与えられない口惜しさ……。

　老いた母にだけはいうまいと、式部はくちびるをかみしめた。


　行成は赤染衛門の訴えに耳をかたむけ、橘道貞と式部夫婦のためにひと肌ぬぐ約束をしたという。ところが、運のわるいことに、それを阻む事態が出来(しゅったい)した。

　娘の彰子を入内させるという大仕事を成し遂げて気がゆるんだのか、左大臣・道長が病に倒れた。しかも道長が辞表まで書いて行成に後事を託したために――といっても病が癒えるや辞任の勅許は取り消されているが――行成は大忙し、身動きがとれなくなってしまった。

　おなじころ、式部も孤軍奮闘していた。つわりがひどい上に母が寝ついてしまい、おまけにわるいことは重なるもので、幼い娘まで風邪をひき……。つわりがおさまったらなんとしても和泉国へゆかなければと気ばかり逸(はや)るものの、岩倉から動けないまま時は流れてゆく。

　そんなある日、父から文がとどいた。左大臣の見舞いもあって夫の道貞が上京していたという。ところが三条の邸宅ではなく別の家に泊まったようで、挨拶もなく帰ってしまった。これはどういうことかと父は困惑していた。

　夫が都へきていた――。

式部は脳天を打たれたような衝撃をうけた。妻――それも懐妊している妻――が、洛外とはいえ都からさほど遠くないところにいると知りながら、訪ねるどころか知らせもよこさないとは……。

二月のはじめに和泉国へ帰るとき、夫は式部を気づかい、母の暮らしまで心配してくれた。別れの前夜は、あの和泉国での最後の夜とおなじように熱いひとときをすごした。もっとも都のありふれた邸宅では、潮騒（しおさい）の聞こえる異国の館でのような狂おしいまでの熱情に押し流されることはなかったものの、むつまじい夫婦ならではのやさしい交わりに心身ともにみたされた。

あんなにも深く結びついていたはずなのに――。

今となっては式部も、夫が弾正宮と自分との仲をうたがっているとおもわざるを得なかった。いや、うたがっているのではなく、信じこんでしまったのだ。おそらく弾正宮から単衣を見せられたのだろう。夫はあの単衣に見覚えがあるはずだ。もし、それを見せたのが弾正宮に手なずけられた小舎人なら、夫が一も二もなく妻のあやまちを事実とおもいこんだのもうなずける。

あぁ、どうしたら――。

式部は絶望の淵（ふち）へおとされた。できることは、夫に文を書いて事実無根だと訴えることだけ。鬼気迫る形相で、日夜、文を認める娘の姿は重篤の母の目にも異様に映ったようだ。薬湯を呑ませようとしたとき、式部は母に問いつめられた。

母の目はごまかせない。

「あれほどいうたはずじゃ。男子(おのこ)には用心するようにと」

母の落胆は激しかった。

「用心しておりました。わたくしは天地神明に誓って……」

「さようなことはどうでもよい。なにがあったか、ではありません。大事なのは、他人(ひと)様(さま)がどうおもうかです」

「なれば、わたくしはどうすればよかったのですか」

涙ながらに問われ、自分よりもっと病みやつれたように見える娘がさすがに憐れになったのか、母は式部の手にそっと手をおいた。

「まあねえ、こういうことは、ようあることですし」

「母さま……」

「実はね、わたくしも似たようなことがありました」

目をみはる娘に、母は苦笑いをする。

「宮中の女子(おなご)には恋の噂がつきまとうもの。わたくしも次々に噂をたてられました」

「まぁ、ひどい。それで母さまはどうされたのですか」

「わたくしの場合はね、嘘が半分、真が半分でしたから」

式部はまたもや目をみはった。

「そのことを父上は……」

「それは、ご存じでしょう。おまえの姉たちの中にはご自分の子でない者もいるとおもうておられるはずです。わたくしだって、父親がだれかわからない娘も……。いえ、おまえはちがいますよ。おまえを懐妊したころはもう、お父さま以外のお人は通うていませんでしたから」

式部は心底、驚いた。父と母は、大江匡衡と赤染衛門のように、お互いだけしか目に入らないおしどり夫婦だと信じていたのに……。

では、父は、母の多情を知りつつ夫婦を貫いたのか。

それならなぜ自分の夫は、たった一度、それも噂にしかすぎない妻のあやまちに、文もよこさないほど腹を立てているのだろう。

「腹を立てているのではありますまい。そこが、厄介なところです」

母は苦しげに息をつきながらもおもうところを述べた。つまり、問題は相手だという。式部が間男をしただけなら、見て見ぬふりをするか、妻をなじる一方で男にかけあって手をひかせるか……いずれにしても世間にはよくあることで、対処の仕方はいくらもある。ところが、弾正宮は天皇の御子である。畏れ多くも親王がそこまで執心しているものを、公卿でもない下級官人の分際で抗議をするわけにはいかない。たとえ自分の妻であっても、競い合うなどもってのほかだ。

式部の夫は、左大臣・道長の覚えもめでたく、将来を嘱望されていた。ここで弾正宮の機嫌をそこねれば、弾正宮の庇護者である左大臣から疎まれるかもしれない。それで、出世のために涙を呑むことにしたのではないか……と、それが母の見解だった。

だとしても――。

「わたくしはいやです。娘もおります。お腹には旦那さまの子がもう一人……それなのになぜ、事実でもない噂のために旦那さまとの仲をひきさかれねばならぬのですか。わたくしは旦那さまをお慕いしております。わたくしには旦那さましかおりません」

「口惜しいのはこの母もおなじです。見初められた相手がわるかったとしか……。おまえの夫は、願うてもないお人です。夫婦でいれば何不自由のう暮らせるものを。なれど、今となってはなりゆきにまかせるしか……」

母は深々とため息をつく。

式部は眉をつりあげた。

「いいえ。わたくしは承服できません。権どのにおすがりして、宮さまを諭していただきます。宮さまさえあきらめてくだされば旦那さまもきっと……」

弾正宮を説得できるとしたら行成しかいない。式部は必死でいったが、太后の不運を目の当たりにしてきた母は首を横にふるだけだった。

「おもうようにゆかないのが宿世、抗うたとてどうにもなりません」

岩倉ですごした長保二年（一〇〇〇）の夏は、式部にさらなる試練をつきつけた。

幼い娘の病は癒えたものの、母は猛暑を乗りこえるのに生きる力のすべてをつかいきってしまったようだ。太后のあとを追いかけて母が彼岸へ旅立ったのは、松林の下陰に吾亦紅がちらほら灯り、虫が鳴きはじめる季節だった。

このとき、式部の腹はもうそれとわかるほどふくらんでいた。が、袿は腹のふくらみを隠してくれる。もとより人前に出ることもほとんどない。式部の懐妊はまだ家族や夫、赤染衛門など、ごくわずかな人しか知らなかった。

式部は当初、つわりがおさまったら和泉国へむかうつもりでいた。ところが母の容態が悪化したために断念せざるを得なかった。そこで出産後に出立しようとおもっていた。稚児を見れば夫の気持ちも和らぎ、夫婦仲も修復できるのではないかと淡い希望を抱いている。

式部にそうおもわせたのには理由があった。式部の文には返事をよこさない夫が、三条の邸宅に身をよせている式部の家族のもとへ使いを送り、母の葬送にかかる一切を手配してくれたと聞いたからだ。

母は火葬され、太后の陵墓のかたわらに葬られた。

　たちのぼるけぶりにつけておもふかな
　　いつまたわれを人のかく見む

人は死んで、ひとすじの煙になってしまう。太后も、母も……。

　式部は今になってはじめて、亡母の人生におもいをめぐらせた。養母の赤染衛門こそが真の母で、生母は母というより太后の乳母、宮廷官女の顔しか浮かばない。それでも裳着や五節舞、結婚などの折節には母の采配が欠かせなかったし、父の前では妻の顔、宮中では式部の知らない女の顔もあって、その時々に応じて、精一杯生きていたことがわかったからだ。宿世には抗えない――しみじみつぶやいた母にも、人にはいえない苦しみが多々あったにちがいない。

　母の最期を看取ったことは、新たな命を宿していることとも相まって、式部にこの世にふみとどまる力を与えてくれた。それでなければ、父の心ない仕打ちに、そして和泉国へゆくことすらできない状況に、たえられたかどうか。

　父は、母の葬送を終えるまでは、なんとか平静を保っていた。が、参列客が帰って式部とふたりきりになるや、烈火のごとく怒りだした。

「おまえというやつは……なんという恥知らず、なんという恩知らずかッ」

都ではいまだに弾正宮と式部の噂がとびかっているという。それは弾正宮の乱行(らんぎょう)がいっこうにおさまらないからだった。一昼夜も帰らなかったりすると「岩倉の式部のもとだろう」と決めつけられてしまうのだとか。

「断じてありません。宮さまとはお逢いしておりません」

「口ではなんとでもいえるわ」

「嘘は申しません。なれど、どうしても信じていただけないのなら申しあげます。たとえ噂が真実だとしても、お父さまにはわたくしを責めることはできないはずです。だって、それをいうなら母上のことも……」

うっかりいってしまって、式部は身をちぢめた。

父の目がすいと細まる。

「おまえの母がなんといったか知らんが、勘ちがいしてもろうてはこまる。よいか。母は太后の乳母、わしは大進、たがいに手をたずさえてはげんできた。おまえはどうだ？　おまえの役目は和泉守の妻の座を守ることだ……ことだった」

つまり父は、式部のせいで裕福な婿からの恩恵をうけられなくなることに腹を立てているのだ。この岩倉の小家はむろん、今、家族が住んでいる三条の邸宅も橘道貞のものだから、式部が離縁されれば出てゆかなければならない。しかも道貞は左大臣・道長のお気に入りだった。婿の力を借りてゆくゆくは自分も国司になろうと、父は野心を抱いていたのだろう。

式部の結婚は、はじめから、式部だけのものではなかった。だからといって父にまで責められようとは——。

「宮さまにつけいられたのはわたくしの不注意です。でも、なにもなかった。噂は根も葉もありません。お父さまからももう一度旦那さまに……」

「まだいうか。根も葉もない、などと……」

「あの単衣のことなら……」

「それだけではない」

「扇でしたら垣根ごしに娘が……」

「いいわけは聞きとうないわ。この話はしないつもりだったが、いたしかたない、教えてやろう。なにゆえおまえの夫がおまえをみかぎったか……」

髪をかきあげてみよと命じられて、式部はけげんな顔になる。

「髪……に、ございますか」

「そうだ。早うせい」

式部はとまどいながらもゆっくり髪をかきあげる。

「おまえの生え際には黒子がある」

「はい……あッ」

式部は蒼白になった。

夫は式部を抱くとき、自らの指で妻の艶やかな髪をかきあげるのがならいだった。自分だけの秘密を見つけた童のように、黒子を弄り、ときには吸いたてることもあった。そうされると式部の体は燃えてくる。夫婦の、二人だけの、閨の儀式だ。

そういうことだったのか……と、底なしの穴に落下してゆくような感覚とともに式部はおもいだしていた。

車舎で弾正宮と再会したときのことだ。驚きのあまり身を隠すことさえ忘れていたあのとき、無意識に髪をかきあげたような気がする。弾正宮がいかにも間近で見たように黒子の話をしたとしたら、あのとき気づいたにちがいない。もしそうなら、もはやどんな言い訳も通用はすまい。なぜなら、体こそ与えなくても、それ以上に大切な夫との閨の秘密を弾正宮に教えてしまったのは、この自分なのだから……。

茫然としている式部には目もくれず、父は腰をあげた。

「ここにはもういられんぞ。三条へ帰ってこい。おまえの身の処し方はそのときかんがえよう」

それだけいうと、父は顔をそむけたまま出ていってしまった。

三

衝立も屏風もとりのぞかれて、御簾も巻きあげられている。廂間では侍女たちが荷づくりに余念がなかった。

といっても、女ひとり、たいした荷物はない。指図をするほどのこともないので、式部はさっきからぼんやり雨あがりの庭をながめている。

岩倉の小家から帰ってすぐにまた、三条の道貞邸を出ることになった。父がそうしろと命じたのだから、おそらく夫もそれを了解しているのだろう。いずれ父たちも出てゆくことになっているらしい。式部だけがひと足先に出てゆくのは、式部が勘当されたことを世に知らしめるためである。

一度でいい、自分で弁明をしたかった——。

風にゆれていっせいにおなじ方向へなびく萩の花穂を見ながら、式部はくちびるをかみしめた。夫とこの邸宅で暮らしたのはさほど長いあいだではなかったが、まさに、このおなじ場所で、夫の胸に頰をよせ、やさしく髪を撫でられながら庭をながめたものだった。心安らぐ日々は永遠につづくものとばかりおもっていたのに……。

庭をさまよっていた視線は、廂間へもどるや侍女の手元へ吸いよせられた。

「お待ちなされ。それを、こちらへ」

突然、女主（おんなあるじ）が鋭い声を発したので、侍女たちは驚いて手を止めた。

「それじゃ。その枕じゃ」

枕を布に包もうとしていた侍女は、皆の視線が集まるなか、当惑しながらも式部の前に膝行して枕をさしだした。黄楊（つげ）の木でできた小さな枕である。

「硯（すずり）と筆を」

式部は枕に墨で書きつけた。

代りゐん塵ばかりだに偲ばじな
荒れたる床の枕見るとも

荒れ果てた床の枕に塵だけがあるのをごらんになっても、わたくしのことなどおもいだしもしないでしょうね——と、せめてもの訴え、夫への精一杯の抗議のつもりである。

式部は侍女に、枕はこのまま残してゆくようにと命じた。夫がこれを見てどうおもうかはわからないが、一瞬でも夫婦であった日々をおもいだし、失ったものの重さを感じてほしかった。

勘当したとはいえ、身重の娘を路頭に迷わせるわけにはいかない。父は式部の世話を自分の実家である大江家に託していた。五条の大江邸は式部が生まれ育った家である。宮中の御用に追いまくられてめったに宿下がりはできないようだが、養母と慕う赤染衛門の婚家でもあった。子を産むには願ってもない場所で、式部としても心強い。

そうはいっても、実際に三条の道貞邸をあとにするときは涙が止まらなかった。

「丈夫な稚児を産むのですよ」

「お父さまのお怒りもじきにおさまりましょう。しばらくの辛抱です」

「ええ。そなたならいくらでもよき殿御にめぐりあえます」

姉たちに見送られて車舎へむかう。牛車に乗りこむときはこの場で弾正宮と再会したときのことをおもいだして悔し涙にくれ、牛車が東の総門を出るときは、二度とここで夫と暮らすことはないのだと声を押し殺して嗚咽した。

宿世——と、亡母はいった。が、式部はいまだに心を鎮めることができなかった。夫への未練が……妻であった幸福な日々への未練が胸を苛んで、涙はあとからあとからあふれてくる。三条から五条へはほんのわずかな道のりなのに、まるでこの世とあの世をへだてる三途の川を渡るような心地だった。

大江邸では、赤染衛門が宿下がりをして待っていた。太后につづいて生母を亡くし、夫とは離別、父からも勘当されるという不幸の最中に子を産もうとしている式部を憐れんで、当主の匡衡や息子の挙周をはじめ大江家の人々は皆、式部を真のように温かく迎えてくれた。

「今はよけいなことをかんがえずに、ご自分の体をいとうことですよ」

やさしくされればされるほど、悲しみが心をかき乱す。式部は赤染衛門の胸にすがって泣いた。一生分の涙をつかい果たしてしまおう、とでもいうように。

「わたくしは宮中へもどらなければなりません。ついていてさしあげることはできない。でも、なればこそ、お教えしたはずです。歌をお詠みなされ。太后さまもそなたには歌の才があると仰せられました。きっとお心が晴れましょう」

式部は対舎のひとつにおちついた。誦経や写経をして太后や亡母の菩提を弔ったり、生まれてくる稚児の産着を縫ったり、姉たちに託してきた娘のために薄衣や切袴をあつらえたり……そうでないときは、赤染衛門からもすすめられたようにひたすら歌を詠むことにした。ともすれば絶望に陥ろうとする心をはげまして平静でいるためには、たしかに歌を詠むのがいちばんである。

式部が大江邸で身をひそめていることは、すでに都中に知れ渡っていた。同時に、橘道貞から離縁されたという噂も駆けめぐっているらしい。それが証拠に、男たちから式部のもとへ、様子うかがいの見舞いや文、相聞歌などがとどけられた。かねてより庇護者を自認している多田大将・源頼光はもとより、ひとときの恋の相手だった壺井大将・源頼信、恋ではないものの歌のやりとりなどしていた藤原道綱や藤原広業など……それにもちろん、弾正宮の為尊親王からはひきもきらず逢瀬をうながす文がとどけられる。

「見とうない。どこぞへ棄てておくれ」

こんなときに、いったいだれが男に心を動かすというのだろう。

式部の胸には夫しかなかった。愛想を尽かされて棄てられたといっても、面とむかって離縁をいい渡されたわけではない。あきらめきれないおもいが胸の奥にわだかまっていて、それが夫への未練となって式部を苦しめている。

そうこうしているうちに、波乱の一年は早くも最後の月を迎えた。

十二月はじめに、式部は稚児を出産した。こんなにも辛いことばかりがつづき、生きる気力さえ萎えかけているというのに、稚児は元気潑剌(げんきはつらつ)とした男児だった。

面差しがどことなく夫に似ている。

この子に会(お)うたら、どんなにかよろこばれたはずなのに——。

夫からは、予想していたとおり、なんの音沙汰もなかった。父子の対面が叶わないことにもまた胸がかきむしられる。しかも、他にも憤ろしいことがあった。

耳をふさいでもどこからかもれてくるのが噂だ。世間では式部の産んだ稚児について、「だれが父親か」などといいはやしているという。

此の世にはいかが定めんおのづから
昔を問はん人に問へかし

噂ばかりのこの世ではなにをいってても信じてはもらえないでしょうから、わたくしの昔を知っている夫に、どうぞお訊きください——。

式部はもって行き場のない口惜しさを歌にぶつける。

十二月半ばに、一条天皇の皇后、定子が出産したばかりの女児を遺して死去するという不幸があった。定子はまだ二十四歳である。しかも前夜には不吉な雲が左右から月をはさみこむという異様な出来事があったため、定子の死去は人々の不安をいやがうえにもかきたてた。

疫病が流行りはじめ、世間では末世が来るのではないかと恐れられている。

稚児を産んで間もない式部は、定子皇后の訃報に動揺した。天皇に寵愛され、ひところは綺羅星のごとき才媛が集って、定子のまわりは光りかがやいていたと聞く。ところが昨年末に左大臣・道長の娘の彰子が入内して中宮となってからは、天皇の寵愛こそ変わらないものの、華やかさではすっかり彰子にお株を奪われてしまった。定子の父の道隆はとうに死去しているし、兄の伊周や弟の隆家は今でこそ復帰が叶ったものの一時期は失脚の憂き目にあっている。後ろ盾のない身がいかに心細いものか、詳しいいきさつを知らない式部でさえ身につまされた。孤独のうちに死んだ太后や、夫にも父にも見放されたわが身をおもえば、他人事とはおもえない。

式部の憂鬱をよそに、大江邸は年末年始にかけてざわついていた。一月の下旬に春の除目が行われる。当主の匡衡は昨年、国司の人選にもれてしまい、ひどくおちこんでいた。今年こそはと縁者や知人を招いて饗応をしたり挨拶に出むいたり、家中が期待と不安のあいだを行き来しているためだ。

そんな家人の顔を見るにつけても、式部は自分の不運をおもわずにはいられなかった。国司の夫は裕福な上に人柄も優れていた。二度とめぐりあえないような良縁を、手のひらからとりこぼしてしまったのだから。父や姉たちも、この正月は鬱々としているにちがいない。

式部は父に正月用の若菜を贈る際、次のような歌をそえた。

こまこまに生(お)ふとは聞けど無き名をば
何(いつ)らは今日も人のつみける

こまごまと噂が聞こえているそうですが、わたくしの無実の名を皆面白おかしく摘んでいることでしょうね——といってやると、折り返し父からは、

無き名ぞといふ人もなし君が身に
生ひのみつむと聞くぞ苦しき

と、返歌があった。だれも無実だとはおもっていないぞ、噂が生い出るのはおまえのせいだ、皆が面白おかしくはやすのを聞いて親がどんなに辛いおもいをしているか、おまえはわかっているのか……と。

あぁ、やはり信じてはもらえないのだわ――。

式部はため息をつく。

この年の除目は一月二十二日から二十五日に行われた。いつ吉報がとどくか、耳を澄ませて立ったり座ったり、だれもが上の空だ。度をこした興奮は式部にまで伝染して、「伯父上の悲願が叶いますように」と、太后や亡母の墓所のある北方へ手をあわせては、轍の音が聞こえないか、榑縁まで出てみたり……。

大江匡衡は、願いどおり、尾張守に任じられた。

となれば、今度は盛大な祝宴である。いつもはむずかしい顔をして書物をにらんでいる当主が酔いで目のまわりを真っ赤にして笑みくずれている姿や、この日のために宿下がりをした赤染衛門が日ごろの落ち着きもどこへやら高笑いやうれし泣きをする姿、主人の出世で自分たちもおこぼれをもらえるとおもうのか仕丁や小舎人、牛飼童などの使用人たちの愚かしくも哀(かな)しい有頂天ぶり……。

騒ぎが一段落した二月半ばになって、「権どの」こと藤原行成が訪ねてきた。

行成が大江邸へやってきたのは、尾張国へ赴任をする匡衡にあらためて祝いを述べ、しばしの別れを惜しむためだった。が、この機会に式部とじっくり話をすることも目的のひとつだったようだ。

「権どのがお会いになりたいそうですが……」

大江家の長子の挙周にどうしましょうかと訊かれたとき、式部は一も二もなく対舎へ招くようにと答えていた。へだてるものは御簾だけ、二人きりになっても行成なら心配はいらない。

もっとも堅物だからといって、行成に浮いた噂がひとつもないわけではなかった。周囲の顔色を見る者ばかりの昨今、ときに辛辣な物言いも辞さない正直者にはめったにお目にかかれない。稀有(けう)な存在である行成に魅かれる女もいるようで……。

行成はひところ、当時は中宮だった定子の女房・清少納言(せいしょうなごん)と噂をたてられた。才媛中の才媛として知られている清少納言は行成に負けず劣らず歯に衣着せぬ物いいが評判で、式部も太后のもとに仕えていたころ、よく武勇伝を耳にしたものである。定子の死後はどうしているのか、行成との仲はどうなったのか……そこまではわからない。

「男子(おのこ)ご出産、遅ればせながらお祝い申しあげます」

四角ばって頭を下げた行成を見て、式部はおもわず頬をゆるめた。

「とうにお祝いをいただきましたよ」

「しかしこうしてお目にかかるのはずいぶんと久しぶりにて……」

「それは権どのがご多忙ゆえ、わたくしをお忘れゆえにございましょう」

行成といるとどうしてこう気安く話ができるのか、ふしぎだった。行成を男として見ていないからではない。堅物だと敬遠する女たちも、近くで見れば目鼻だちの品のよさに気づくはずだ。諧謔(かいぎゃく)のうしろにひそむ人間味にも。そう、あまりにも多忙で恋にうつつをぬかしていられないだけで、行成には男としての魅力が多々あった。おそらく行成のほうでも、式部に胸をときめかせたことが一度ならずあったはずだ。それでも二人は恋におちたことがなかった。たぶんこれからもないだろう。双方、憎からずおもっていながら、おちそうでおちない男女の仲もあるらしい。

「和泉守のことなれば、なにもしなかったわけではありませんぞ。和泉国へはゆかれなんだが、何度も文を書いた。宮にも説教をした」

「そのことは……もうよいのです。無実でも咎(とが)められる者がいる。そもそも罪があるかないかなど問題ではないのです。すべては運の良(よ)し悪(あ)し……」

「まさに、そのことよ」

行成はこぶしをにぎりしめた。

「皇后も不運なお方でした。あのように聡明であのようにおやさしく、なんの非もないお人が、不当なあつかいをうけたあげく早々と崩御されてしまうとは……」

行成の白い面に怒りの朱が走るのを、式部は御簾内からながめる。行成の怒りは、定子の兄が失脚させられた一件や、左大臣・道長が強引に入内させた彰子が年若くして定子と同格の中宮になったことからきているのかもしれない。

けれど、道長の片腕となって重責を担い、中宮冊立のために尽力したのもまた、行成だった。もちろん道長に逆らっては、出世はおろか、狭い公家社会で生きてゆくことはできない。地下人から這いあがってきた行成が、迎合もしないが逆らいもせず、均衡をとりつつ己の役目だけに邁進しているのは、ある意味、見事というほかない。

式部はときおり、行成の胸の中を覗いてみたいとおもうことがあった。本当は、なにを、かんがえているのですか……と。

「太后さまもおなじでした。上さまのご寵愛をうけ、お子まで生したのですから、まだ皇后さまのほうがお幸せだったのではありませんか」

「いや。皇后はあまりにお若い。遺された御子も憐れ」

してみると行成の怒りは、人ではなく天にむけられているのか。

「定命ばかりはどうすることもできません」

「さよう。ここへ参るときも、大路小路に死人がうちすてられていました。疫病で死にかけた子を抱いて、貧民どもがさまようておりました」

昨冬から、また疫病が蔓延しはじめている。

行成は思案深げな目になった。

「右権中と左少が三井寺で出家しました。まだ二十三と二十五でした」

唐突に話題が変わったので、式部は目を丸くした。

「右近衛権中将……源成信さまですね。左少将はええと……」

「藤原重家、二人とも朋輩です」

「お若いのになにゆえ……」

「世を儚んだのでしょう。荒涼たるこの世が疎ましゅうなったそうで……」

「わたくしも出家しとうございます。尼になって太后さまや母の菩提を弔うて余生をすごしとうございます」

式部は真顔でいったが、行成はふんと鼻をならした。

「男に棄てられたくらいで世をみかぎっておっては、命がいくつあっても足りませんぞ。さようなことより……」

行成は、一条大路の北、大宮大路の末のあたりに桃園第と呼ばれる伝来の邸宅を所有している。敷地内の御堂を世尊寺という寺にしていた。ゆくゆくは御願寺とすべく、目下、勅許を得ようと嘆願しているところだという。

「今月末には本殿に大日如来のほか御仏像を安置、天台座主ほか百余僧を招じて盛大な供養をとり行うことにしました。ぜひとも式部どのにも参詣していただきたく……」

この日、行成が式部を訪ねたいちばんの目的は、世尊寺供養への誘いだった。はっきり口にはしないが、行成は行成なりに式部のことを案じ、弾正宮との一件で力になれなかった責任を感じているのだろう。

天台宗は太后が深く帰依していたことから、式部も事あるたびに参詣を欠かさなかった。桃園第は東西二町に及ぶ広大な邸宅だから、式部のためにも対舎を用意しておくという。ぜひ数日滞在するように……と誘われれば、式部の心も浮きたってくる。

「いつまでもこもってばかりでは、お体にもようありません」

「では、どうか、人目につかぬよう」

「そのことなればおまかせあれ」

話は決まった。が、行成は最後にひとこと、行成らしく、いわずもがなのことを付け加えた。

「そろそろ噂もおさまりましょう。和泉守も新たなご妻女を迎えられたそうですし」

「和泉式部を偲んで蛍を愛でる夕べ」からひと月ほど経ったころ、わたしはまた実家の大江邸にきていた。招かれたわけではない。このたびは集いがあるわけでもなかった。勝手に里帰りをしたのだ。夫に腹を立てて顔を見るのがいやになったので。

大江邸の庭は濃淡の緑が陰影を深めて、むせかえるような草いきれがたちこめていた。仄暗い草叢で咲く大ぶりの白百合が、清楚というよりむしろ毅然とした面差しで炎暑に灼かれた庭石と対峙している。

「兄さま。母さまを見ませんでしたか」

わたしは寝殿を覗いた。

「さっきは泉殿で庭をながめておられたが……」

「いいえ。いらっしゃいませんよ。塗籠かともおもいましたが、塗籠にも、母さまの対舎にもおられません」

母の赤染衛門は、夫が死んで息子の代になったのをきっかけに北対を息子の妻女に明け渡し、西対舎へ移っている。もっとも今でこそ大江邸にいることの多い母だが、数年前まではわが家より宮中の局にいる日のほうが多かった。

「お独りで外出なさるはずもなし。庭を散策しておられるか、それとも雑仕女と話しこんでおられるか……」

兄は書物にかこまれて書き物をしている。「庭を見て参ります」と、わたしは緒太をはいて階を下りた。裏手へまわりこんだのは、雑仕女と兄がいったからだ。まさかそんなはずが……と、いぶかりつつも雑舎を覗くと、雑色たちが臼で米を搗いたり着物の洗い張りをしたりと忙しげに働いている片隅で、板敷に腰をかけた母が土間にあぐらをかいた白髭の老人と話しこんでいた。

よく見れば話しているのは老人で、母は扇で顔を隠しながら耳をかたむけている。

「母さま。このようなところでなにをしておられるのですか」

「おやまぁ、そなたこそ……」

わたしの顔を見るや、母は忍び笑いをもらした。

「亮どのとまた喧嘩をしたのですね」

「ようおわかりですこと」

「わかりますとも。角が出ておりますよ」

「だって、あの礼儀知らずときたら……左大臣家でいいたい放題、わたくし、恥ずかしゅうて穴があったら入りとうございました」

「色好みでないだけマシですよ」

母が腰を上げたので、わたしは歩みよって助け起こした。

「じゃまをしましたね。おもいだしたら、いつでも声をかけてください」

母は老人にいう。なにか聞きたいことがあったのだろう。老人は平伏した。

わたしは母の腕を支えて雑舎を出た。足は自ずと泉殿へむいていた。池に浮かぶように建てられた泉殿は風通しがよいから、涼しくて快適だ。

「雑色となにを話していらしたのですか」

母を円座にすわらせ、脇息(きょうそく)へ腕をおいてやる。

「昔の、ことですよ。三十年以上も昔……」

わたしははっと母の顔を見た。

「もしや、式部どののことではありませんか」

和泉式部ゆかりの面々を招いて蛍を愛でたのは母のおもいつきで、わたしも兄も、それは母が式部の死をうけいれて悲しみから立ちなおるための儀式だとかんがえていた。たしかに母はあれ以来、気力をとりもどしたように見えた。が、式部への追慕の情は、増すことはあっても減じることはないらしい。

母は式部にとり憑かれている。かくいうわたしも——。

「あの雑色は式部どのを知っているのですね。そうなのでしょう?」

「式部どのがここにいたころ、仕丁だったそうです。外出の際に供をすることもあったとか。それで昔話を……少しばかり気になることがあったので……」

母は庭の白百合を見つめている。それ以上、説明をするつもりはないらしい。

「母さま。わたくしもお訊ねしたいことがあります。式部どののことで」

母はわたしに目をむけた。いってごらんというようにうなずく。

「先日、皆さまがたは式部どのの想い人の話をされましたね。式部どのがだれをいちばん深く想うていらしたか……と。そのとき、弾正宮さまと帥宮さまは別格で、お二人はいずれも式部どのと深い仲だったと、皆さま、信じこんでおられるようでした」

「そなたは、そうはおもわないのですか」

「わたくしは……わたくしもむろん、そうおもいますけれど……うちの人がそれはちがうのではないかと……」

わたしの夫は歌への造詣の深さで知られている。夫によれば、式部は帥宮のために情熱的な恋の歌や死別の哀悼歌を数多く詠んだが、弾正宮との恋を詠ったと断定できる歌はなかった。だから式部と弾正宮が相思相愛だったというのはまちがいではないかと、今ごろになって気づいたという。

「母さまにお訊きしようとおもうていました」

どうなのですか、と訊ねると、母は意を得たようにうなずいた。

「実は、さっき雑舎で聞いていたのもそのことなのですよ。はかばかしい答えは返ってきませんでしたが……」

「あの雑色が、なにか知っていると?」

「式部どのは、最初の夫に棄てられたとき、それは悲しんでおられました。弾正宮さまとありもしない噂をたてられ、弁明もできぬまま……さぞやご無念でしたでしょう。和泉守さまが新たなご妻女を迎えられたと聞いたときは涙が止まらぬご様子で……」

式部が和泉守（橘道貞）の妻だったことは、わたしも知っている。けれど離縁のくわしいいきさつまでは知らなかったので、母の話には驚いた。夫に未練を抱き、国守の妻でいることにそれほど執着していたとは……。後年の華やかで才長けた式部からは想像できない。

式部は前夫に誤解され、親にも勘当されて、婚家から出てゆかなければならなくなった。それでここ大江邸へ身をよせた。しばらくは悲しみに沈んでいたが、半年ほど経つうちにようやく気持ちの整理がついたのか、親の勘当も解けたようで実家へ帰っていった。そのきっかけとなったのが先日の集いにも参加していた近江守の亡き父、権納言こと藤原行成が催した世尊寺供養への参列で、そのとき式部の供をしたのがさっき母が雑舎で話していた雑色の老人だという。

「母さまは、世尊寺で式部どのになにがあったか、知りたいとおおもいになられたのですね」

「ええ。世尊寺へゆかれる前はとりわけお嘆きが深うて、お慰めのしようもないほどでした。それが、帰ってきたときは、涙はむろん、繰り言もいわず淡々と……。今までは御仏の御加護、とだけおもうていたのですが、もしや、なにかあったのではないかと……。でもね、そなたが生まれる前の話ですもの、おぼえていなくて当然でしょう」

母は薄い肩をふるわせてため息をつく。

「権納言さまが生きておられたら、話していただけたかもしれませんね」

わたしも肩を落とした。

権納言の記憶力は驚くべきもので、自分が生まれる前のことさえおぼえているというのが通説だった。実際、故事故例の類から身辺のあれこれまで、克明に書きとめていたそうだ。

母娘で顔を見合わせたとき、衣ずれの音がした。

「江侍従さま。中宮亮さまがお迎えにいらっしゃいました」

侍女が最後までいわないうちに、騒々しい足音とともに夫の呼び声が聞こえてきた。

「ほほほ、そなたがおらねば、亮どのは夜も日も明けぬご様子……」

「いやだわ。なんて無作法な人でしょう」

顔をしかめながらも、わたしはそわそわと腰を上げた。

四

新たなご妻女――。

夫に相談もせず婚家を出てしまった。もっとも、相談しようにも話す機会さえ与えられなかった。それでもまだ妻だとおもっていたのに、夫はもう自分にかわる新たな妻を迎えたという。

行成の去り際のひとことは、式部を打ちのめした。

赤染衛門が宮中からもどるのを待って、式部は涙ながらに訴えた。

「ご存じだったのでしょう、夫の、新たな妻のことを」

「いいえ。知っていたらお話ししておりましたよ。わたくしも宮中で噂を耳にしたばかりなのです。ほんにねえ、殿方というものは……」

宮中では男女の噂が絶え間なく聞こえてくる。式部と弾正宮の噂のように大半は早とちりや作り話だが、結婚となると信憑性(しんぴょうせい)が一気に高まった。なぜなら、三日夜餅や所顕といった儀式をしなければ結婚とは認められないからだ。

いずれにしても、行成や赤染衛門の耳にとどいたというなら、夫の結婚はまぎれもない事実にちがいない。

「どこのだれですか、その、新たな妻というのは……」

取り乱すまいと自分にいい聞かせながらも、式部は頭に血が上ってくるのをいかんともしがたかった。膝をよせてきた式部に、赤染衛門はいたわりのまなざしをむける。

「一条院に仕える左京命婦という女性だそうですよ」

一条院とは一条天皇の里内裏で、天皇の母の藤原詮子がわが子のためにあつらえた邸宅である。ということはおそらく、左京命婦とやらも左大臣・道長が集めた女たちの一人だろう。それならよりぬきの才女のはずだ。

式部の夫は、道長のお気に入りだった。財力を後ろ盾に道長に取り入り、めきめきと出世をして和泉守に抜擢された。そんな夫なら、これを機に、悪評にまみれてしまった式部から道長のお墨付きを得た女に乗りかえようとするのもむりはない。

そうはいっても――。

「命婦どのとはどのような女性ですか。歳は、出自は、歌の評判は……?」

「落ち着きなされ。左京命婦どのについては、わたくしも存じません。なにも伝わってこないということは、とりたてて取柄のない、地味なお人でしょう。式部どの。そなたはまだ和泉守さまから離縁を申し渡されたわけではありません。国守になるほどの殿方なれば、妻を二人三人もっても当然。ですからね、ここは騒ぎたてず、和泉守さまのお気持ちが和らぐのをじっと待つのです」

「でも、夫はわたくしの話を聞こうともしません。文でさえ読んでもらえないのでは待っていたところで……」

「今はまだ腹の虫がおさまらないのでしょう。自分の妻が自分以外の殿方の子を産んだとおもいこんでいるのですから。でもね、怒りは鎮まります。いつか笑って話せる日がきっときますよ」

　ほんとうに、そんな日はくるのだろうか。式部には赤染衛門の慰めが気休めとしかおもえなかった。あの安らぎ、あの幸せは、二度ともどってはこない。なぜならそれはもう左京命婦のものになってしまったのだから。

　悔しくて悲しくて胸が張り裂けそうだった。涙があとからあとからあふれてくる。

「気がすむまでお泣きなさい。わたくしには他にどうしてさしあげることもできません。でも、左京命婦どのを怨んではなりませんよ」

　嫉妬の炎を燃やせば、生霊（いきりょう）となって相手にとり憑くという。いっそとり憑いてやりたいとおもう心を、式部はかろうじて鎮める。

　赤染衛門に背中や髪を撫でてもらいながら、式部は嗚咽にむせんでいた。

　昨今では、公卿やそれほど家格の高くない殿上人（てんじょうびと）たちまで、こぞって自邸に寺を建てる。疫病の蔓延はいっこうに下火にならないし、諸国からは食いつめた人々が押しかけてくるので、都では大路小路の道端に死体がころがっていた。死と隣り合わせの日常は末法の世をおもわせる。われもわれもと寺を建立したくなるのも当然だった。

それでも、藤原行成ほどの熱意で自邸の桃園第に世尊寺を建立、百余名もの僧と数多の公卿や殿上人を招いて盛大な供養をしようという者は、そうそういない。

式部は、行成に勧められて、供養の数日前に桃園第の対舎へ入った。他の客人たちといっしょでは噂の的になりかねない。とりわけ今は気落ちしていて人と顔を合わせるのもうっとうしい。そこで人目につかないよう、早々とやってきた。供も身のまわりの世話をする侍女と使い走りの小舎人童、それに大江邸の仕丁だけで、牛車もあえて仰々しくならないように小八葉車を借りた。

「仕度に追われてお構いはできませんが、どこをどうご覧になるも勝手次第、気ままにおすごしください」

仏師に依頼していた仏像がとどいたり、天台座主からの使者と手順を打ち合わせたりと、行成は休むいとまもないようだ。かわりに邸内の案内役から賄い役、縫殿(ぬいどの)の雑仕女までつけてくれるという至れり尽くせりの歓待ぶりだった。

はじめの一日二日、式部はなにをするのもおっくうで鬱々としていた。そのうちに邸内を見てまわる気力が出てきた。供養の当日は御簾の内に座がもうけられる。人々が集えば外へは出られない。心ゆくまで寺に詣で、寝殿に安置されているという仏像の数々をながめるなら、今のうちである。

式部は地味な小袿に被衣（かつぎ）といういでたちで、数人の女たちを従えて対舎を出た。案内役は藤原繁平（しげひら）という若者である。

「まぁ、見事なものばかり」

大日如来をはじめ不動明王や金剛力士（こんごうりきし）など、仏師康尚（こうしょう）の手になるという仏像を感嘆の面持でながめていると、人の気配がした。狩衣（かりぎぬ）に烏帽子姿の男が驚いたように足を止めて、食い入るようにこちらを見つめている。

式部は会釈をして立ち去ろうとした。が、男は繁平に手招きした。

「わたくしのことは、権どのの縁者、とだけ、申し上げるのですよ」

繁平は男のもとへ駆けてゆき、二、三言葉をかわしてもどってきた。

「明日は左大臣さまがおみえになられるそうで、そのお使者でした」

あれは御許丸さまか……と訊ねられたと聞いて、式部は首をかしげた。御許丸はまだ橘道貞の妻になる前、太后のおそばに仕えていたころの呼び名である。当時、自分の顔をまともに見た男といえば恋の相手くらいだが、遠目でも恋人だった人には見えない。

「名はなんと？」

「鬼笛、とだけ」

式部はあっと声をもらした。

瞬時に記憶がよみがえる。

鬼笛は、恋の相手ではなかった。出会ったのも宮中ではない。

式部は御許丸と呼ばれていたころ、摂津国多田盆地に広壮な土地を所有する源満仲の邸宅でひと夏をすごしたことがあった。満仲は死後、多田大権現と称されるほどの大人物で、時の権力者だった藤原兼家と主従関係をむすび、武人貴族から諸処の国守を歴任して莫大な財産を築いている。式部はのちにこの満仲の息子たちと浮名を流したものだが、多田荘にいたころはまだ女童で、訪れては去ってゆく若者たちから妹のように扱われていた。

鬼笛もそのなかの一人だった。式部が鬼笛をおぼえていたのは、笛の上手なこの若者が号泣している場面に遭遇したことがあったからだ。そのとき聞かされた不幸な生い立ちが、ちょうどそのころ世を騒がせていた盗賊騒動と相まって幼心に刻みつけられた。鬼笛の弟は名だたる盗賊である。逃亡していたところを捕えられ、その際に切腹して自害を図ったとの知らせが、鬼笛を動転させていたのだ。

では、あのときの鬼笛が、今では左大臣・道長の家司になっていたのか。おもわぬ出会いに驚いたものの、このときの式部には昔をなつかしむ心のゆとりがなかった。

もう一度、軽く会釈をして寝殿をあとにした。鬼笛のほうもそれ以上、話しかけてはこなかった。だから式部は、この小さな出来事がまたもや自分を混迷の淵に落とすきっかけになるとは、夢にもおもわなかった。

世尊寺供養の前日のことである。

この日は左大臣道長が自ら参詣に訪れた。諷誦料(ふうじゆりよう)として、行成とその家族に手作布を百端(ひやくたん)も献上している。といっても、式部は行成の家司からそのときの様子を聞いただけだ。供養の前日ともなれば桃園第に人があふれている。うっかり顔を合わせれば厄介だから、対舎に身をひそめ、一歩も外へ出なかった。

実際、行成の家人たちは大忙しで、式部の世話をしていた女たちも客の接待に駆りだされてしまった。式部の侍女と小舎人童が食事をはこんだり炭や油をとりにいったり……これも忙しげに駆けまわっている。

夕刻、式部はひとり、廂間に出て、表の喧噪(けんそう)に耳を澄ませていた。この数日は、行成のおかげで世俗からはなれ、心静かにすごすことができた。寺に詣で、仏像と対峙して、やっと人心地がついてきたような……。これからどうしたらよいかはまだわからないが、明日、ありがたい供養を終えればなにかが見えてくるかもしれない。そうでありますように……と目を閉じたときだ。

背後から抱きすくめられた。

「ようやく逢えましたね」

「あッ。あなたは……」

「つれないお人だ、こんなに恋いこがれているというのに」

弾正宮だった。声はもちろん、衣に焚きしめた香りにもおぼえがある。

「放して。放してください」

「わたしを拒まぬと約束してくれるまでは放しませんよ」

「どうしてここに……」

「あなたがいらしていると左大臣から聞きました。ここで、あなたに会うた者がいたそうで……」

鬼笛はそう、道長の家司だといっていた。道長は弾正宮の庇護者で、二人はよくつれだって遊びに興じているらしい。

「あなたをこんなにも想いつづけているのですよ。わたしの言葉に嘘がないことはとうにおわかりでしょう。これ以上、わたしを苦しめないでください」

「苦しめているのは宮さまのほうではありませんか。だって……だって、わたくしの夫は、わたくしとあなたのことを誤解して……」

「わたしはあなたを苦しめてなどいませんよ。苦しめたりするものですか、愛しいあなたを。いったはずです、あなたが独りになるまで待つと……」

「苦しめるつもりがないなら、なぜ、夫にいってくださらなかったのですか。稚児は自分の子ではない、あやまちは犯していないと……」

「そのことなら、和泉守は百も承知のはずです」

式部は息を呑んだ。どういうことですか、と、聞き返した声が喉にからまって、これた笛のような音をたてる。

弾正宮は腕をゆるめ、式部の体をななめにしてむきあうかたちになった。

「かわいそうに。あなたはなにも知らないのですねえ。いいですか。わたしがあなたを見初めたと知って、左大臣は妙案をおもいついた。和泉守に相談し、和泉守も承諾した。左大臣に恩を売っておけば、これからも出世まちがいなしですからね」

式部は茫然と男の顔をながめている。耳をふさぎたかったが、最後まで聞きたいという好奇心も棄てられない。

弾正宮は当たり前の顔でつづけた。

「左大臣は、だれにとってもこれがいちばんよいとおもわれたのです。つまり、わたしがあなたを手に入れ、和泉守は左京命婦を妻にする」

だれにとっても、とは、男たち三人にとって、ということだろう。女たちの気持ちなど、もとよりかんがえるつもりはないのだ。

「でも、なぜ……」

式部はなおも掠（かす）れた声で訊ねた。

「それはこういうことです。左大臣はわたしの妻がお気に召さない。九の姫は伊尹（これただ）の娘、そもそも花山院がお膳立てをした結婚ですからね。できるだけ遠ざけたいのでしょう。それにわたしが遊びほうけているほうが、左大臣にとってはなにかと都合がよいのです。下手に帝位に色気を出されては厄介だから」

弾正宮の目の中には、好色だけではない、あきらめとも怒りとも見える色がある。

「左京命婦どのはなぜ……」

「懐妊しているようですよ。つまり体のよい払い下げ……いや、わたしもたしかなことはわかりませんが……」

もしや、道長が手をつけてしまったということか。

弾正宮の話を聞いているうちに、式部の体から力んでいたものがぬけ落ちていた。腹を立てるのさえ空しく感じられるのは、わが身の——というより女の——あまりの非力におもいいたったからである。

「大丈夫ですか。驚かせてしまったようですね」

「いえ、いいえ。自分の愚かしさにあきれているだけです」

「あなたは愚かしくなどありません。ただ、わたしのような目にあったことがないだけです。だから、きれいごとでしか物事を見られない……」

式部がだまっていると、弾正宮はあとをつづけた。話しているうちに激してきたようだ。眸の奥に異様な光がある。

「わたしの異母兄がどんな目にあわされたか、そのくらいはあなたもご存じでしょう。花山帝は三条大臣(さんじょうのおとど)にだまされて出家させられた。左大臣とておなじこと、自分のおもうとおりにしなければ気がすまないお人だ。暴挙を数えあげればきりがないが、今やだれ一人逆らえぬ。このわたしも……皇子(みこ)たるわたしでさえも意のまま。もっとも……」

と、そこで弾正宮は語気を和らげた。

「三条大臣はわたしの祖父、左大臣は叔父ですからね。お二人がいなければ、わたしは生きてはいられなかったでしょう。ことに祖父は可愛(かわい)がってくださった、甘やかしてもらいましたよ」

三条大臣とは左大臣道長の父、摂政(せっしょう)にまで昇りつめた藤原兼家で、幼くして母を喪った東宮と弾正宮、帥宮の三兄弟は兼家の庇護のもとで養育された。

弾正宮は、兼家や道長が閨閥(けいばつ)を築いて皇族を意のままにあやつり、権勢を掌握してきたことに腹を立てている。が、その一方で、身内としての親愛の情も抱いているようだった。逆らってもどうにもならないとわかっているから恭順の意を示し、にもかかわらず胸のうちで増幅してゆく怒りをごまかすために遊びほうける……。

仏事に没頭することで空疎な胸を埋めようとしていた太后を見ている式部には、弾正宮の苦悩が他人事とはおもえない。それでも、あんなにも心を通わせていた夫が「無実と知りつつ自分を棄てた」という話を聞かされなかったら、式部は決して弾正宮の求めには応じなかっただろう。

放心している式部をよそに、弾正宮は妻戸を閉めた。抱きかかえられるようにして衝立のうしろへいざなわれたときも式部が抗わなかったのは、宮に同情したからでも、耳元でささやかれる甘い言葉にほだされたからでもない。

どうにでもなれ——と、式部はおもった。今さら抗ってどうなるというのか、男たちにも、天運にも……。

遊び馴(な)れた弾正宮は女を歓(よろこ)ばせるすべを心得ていた。式部はひとときわれを忘れたが、そのときでさえ、胸はそくそくと冷えていた。

「可愛い女(ひと)……あなたはもうわたしのものです」

宮が式部の黒髪をかきあげて額の生え際にある黒子にくちびるをつけようとしたとき、式部は自分でもびっくりするほど烈(はげ)しく顔をそむけ、これを拒絶した。

「なにか、お気に障ることを……」

「いいえ。わたくしは浮かれ女と揶揄(やゆ)されましょう。それをおもうと……」

式部はごまかした。

けげんな顔をしていた宮も、式部の説明に心を動かされたようだ。房事のあとの汗で湿った体を愛しげに抱きしめる。

「だれにもそんなことはいわせません。これでもわたしは皇子です。いずれ、帝位につくことだって、ないとはいえない」

感情の昂り（たかぶ）が、弾正宮の本音を一瞬あらわにした。たしかにその可能性が皆無だとはいえない。定子中宮が産んだ皇子はまだ幼児だ。東宮になにかあれば、弾正宮が帝位につくこともあり得る。

式部は今になって、契ったばかりの男が帝位に手がとどくほどの高貴な人だという事実に茫然としていた。むろん、だからといって、夫への未練が弾正宮への思慕にかわることだけはありそうになかったが……。

一方、弾正宮は満悦の体だった。

「あなたはわたしが守ります。これからはわたしだけをたよりにしてください」

夫もおなじことをいった。それも、何度となくくりかえして……。

言葉とはなんと空しいものか。約束などなんになろう。式部の胸の空洞は広がってゆくばかりだ。

弾正宮は夜が更けるまで語りつづけ、今後のことは自分にまかせるようにといったが、式部が稚児——世間では宮の子とおもわれている男児——のことにふれると、困惑したように目を泳がせた。

「夫にもあなたにもそっぽをむかれたら、あの子はどうなるのでしょう」

「寺へ預けるしかありませんね。あなたのもとにおけば面倒なことになるかもしれません」

弾正宮が知っているとはおもえないが、式部は赤染衛門から出生にまつわる騒動に巻きこまれた話を聞いていた。赤染衛門の母の別れた前夫が、赤染衛門を自分の娘だと訴え出てとりもどそうとしたとやら。結局、この訴えは却下されて、赤染衛門は母の新しい夫、赤染時用（ときもち）の娘だということになったものの、赤染衛門は幼心にたいそう心配をしたという。面倒とはその類のことだろう。

弾正宮が帰ったあとも式部は放心したままだった。宮が立ち去るのを待っていたのか、侍女がもどってきて、式部の髪を梳（す）き、着替えの介添えをする。

翌朝はまだ陽が昇らないうちに、弾正宮から後朝の文がとどいた。小舎人童に返事を催促されたが、式部はなんと書けばよいかわからない。

――人げなき心地にて。

それだけ書いて渡した。

「そろそろお席につかれたほうが……。大江邸の皆さまもおこしにございますよ」

迷っているところへ迎えが来たので寺へ急ぐ。御簾内の定められた円座にいざなわれ、式部は行成邸の女たちとともに世尊寺供養の法要に参列した。

百人を超える僧が集うさまは神々しく、いっせいに誦経する声は身がふるえるほどありがたく、功徳もさぞやとおもえたものの……式部は上の空だった。法要に集中できないのは昨晩の体の火照りが残っていて、けだるさを感じていたからか。

法要を終えたあと、式部は大江家の人々といっしょに五条の大江邸へ帰った。これ以上、行成をわずらわせたくなかったし、なにより、弾正宮と契ってしまったことがうしろめたくて、行成と顔を合わせるのが気恥ずかしかったからだ。

大江邸へもどるや、弾正宮からまた文がとどいた。

そこには「勘当は解けた、家族は勘解由小路の元の家にもどっている、話はついているから、これよりは実家の敷地内にある対舎で暮らすように……」と、書かれていた。

大江家は人の出入りも多く、弾正宮が式部のもとへ通うには不都合だとかんがえたのだろう。皇子からの直々の申し出とあれば、式部の父も勘当を解かざるを得ない。

いずれにしろ、潮時だった。

「家へ帰ります」

式部は大江挙周に礼を述べた。大江家の当主である匡衡は尾張国守として彼の地へ赴任しているし、赤染衛門は宮中へもどっている。挙周に詳しい説明はできない。

「勘当が解けたのですね。それはようございました。母も安堵しましょう」

「くれぐれも稚児のこと、よろしゅうお願いいたします」

式部は稚児を乳母ともども大江邸へ残してゆくことにした。苦渋の決断だった。が、大江家では養子をほしがっている。自分がそうであったように、大江家にいれば安泰だし、学問も身につけられる。

「憐れな子……わたくしを許して」

大江邸から勘解由小路の実家へむかう牛車のなかで、式部は声を忍ばせて泣いた。わが子を手放すのは辛い。それが夫の血を引く子、とわかっているだけになおのこと。

式部はこの期におよんでもなお、消すに消せない夫への未練をもてあましていた。

二月晦日（みそか）の空は花曇りだ。大路小路は往来の人々でにぎわっている。道端にはうちすてられた死体がころがっていたはずだが、公卿や殿上人の目につかぬよう、京職（きょうしき）や検非違使（けびいし）がかたづけさせたようだ。車の簾戸（すど）からながめる景色に死の影はみじんもなく、どこもかしこも活気にみちている。

なれど――と、式部はため息をついた。

これはまやかしだ。この道が光りかがやく場所につづいているなどと、だれが信じるものか。

五

冥きより冥き道にぞ入りぬべき
遥かに照らせ山の端の月

二度三度口ずさんで、「権どの」こと藤原行成は深くうなずいた。

「やはりこれがいちばん。この歌なれば、法皇さまも上人さまもお褒めくださいましょう」

近々、花山法皇が播磨国の書写山円教寺（えんぎょうじ）へ御幸（ごこう）される。書写山の性空上人には亡き太后ともども式部も深く帰依していた。ちょうどよい機会だから歌を皆の前で披露し、奉納してもらってはどうかと、かねてより行成から勧められていた。太后が生きていたころは、式部の名も若き女流歌人としてしばしば人の口にのぼったものだが、近ごろは歌を世に知らしめる機会も失せている。式部の才をこのまま埋もれさせるのは惜しいと行成はおもっているのだ。

式部も歌を詠みつづけたいとおもっていた。が、優れた目利きにして後援者でもあった太后がいないのでは張り合いがない。しかも夫まで失ってなにもかもが色あせてしまったために、今ひとつ気力がわいてこなかった。

「この歌はこちらへ移ったころに詠んだものです。権どのがこれがよいと仰せなら、わたくしも異存はありません」

そう返答はしたものの、式部は御簾の陰で苦笑した。

「お褒めいただくような歌ではありませんよ。あまりに辛い浮世ゆえ、御仏におすがりしとうて詠んだものですから」

「冥きより冥きに入って永く仏名を聞かず……法華経でしたかな」

「ええ。太后さまが病床につかれてからは、なぜかこの経文ばかりが浮かんできて……太后さまもわたくしもいったいどこへゆけばよいのか、いずこへゆけば冥い道からぬけだせるのか……と」

「われらは皆、冥き道を歩いています。ぬけだすことはできません」

行成は真顔で答えた。

家人でも夫でも想い人でもない、胸のうちをさらけだすことのできる相手がいるのはせめてもの幸せだと、式部はしみじみおもう。

長保四年（一〇〇二）三月、行成が所有する桃園第で世尊寺供養が盛大に催されてから一年余りが経っていた。ということは、式部が勘解由小路の実家の一隅、築地にかこまれた対舎で暮らすようになって、ほぼ一年がすぎたわけだ。築地に生い立つ草は青々として、竹で編んだ透垣（すいがい）から流れてくる風も芳しい。

式部はこの一年、身舎で育てられている娘に手習いや礼儀作法を教えたり、各々の対舎に住んでいる姉妹と集っておしゃべりをしたり……あとは弾正宮の訪れを待つ日々を送っていた。

弾正宮は以前にもまして式部に熱をあげているようだった。かといって「色好みの君」のこと、他にも通う女がいるらしい。近ごろは新中納言という女のもとへひんぱんに通っているとやら。噂は聞こえていたが、式部は気にもならなかった。はじめから予想していたことである。

退屈ではあっても平穏な一年をすごした式部とは反対に、行成は仕事に追われていた。供養のあと、望みどおり世尊寺は御願寺の勅許をうけた。行成はこの供養で疫病も一掃できればと願っていたようだが、疫病の蔓延は衰えるどころか増大するばかり。化野や鳥辺野、河原には死体の山が築かれてゆく。そんな世情を憂いつつも、行成邸は男児誕生と前年の行成の参議への昇進という二大吉事にわいた。一方、昨年の末には、今上天皇の生母、東三条院詮子が養生先の行成邸で崩御した。左大臣道長の姉であり、藤原家繁栄の礎となった女性の死に悲嘆に暮れ、行成は以来、ますます熱心に仏事に励んでいるという。

「お従弟の成房中将さまがご出家なされたとうかがいました」

式部は話を転じた。

藤原成房は行成が親しくつきあっている従弟で、定子皇后が崩じたとき出家を志したという話は式部の耳にも入っていた。行成は心配して何度も様子を見にいったり、親に反対されて出家をあきらめ家へ帰る成房を迎えにいったり、昨年は自分が任じられた中将の位をゆずってやったとか。それほど従弟のために親身になっていたから、いよいよ出家してしまって、さぞ落胆しているだろうとおもったのである。

「まだまだ一門のために働いてほしい男でした。しかし、これぱかりは反対しようがありません。むりにひきとめれば、わが身にも罪業が及びましょう。それになにより、自分自身、世の無常を感じるたびに出家をしとうなります」

「まぁ、権どのも、ですか」式部はおもわず身を乗りだしていた。「わたくしも世をすてて尼になりたいと……近ごろはそのことばかり」

「以前も大江邸でいっておられましたね」

「ええ。あのときは権どのに諭されました。男に棄てられたくらいで世をみかぎっては、命がいくつあっても足りないと……」

「さよう。式部どのはまだお若い。和泉守のことなれば……」

「あのときは、そうでした。でも今は……夫に棄てられたからでも、弾正宮さまとこうなってしまったからでもありません。権どのやお従弟さまとおなじ、生きていてもなんになるのかとついかんがえてしまうのです」

自分の与り知らぬところで人生が決められてゆく。泣こうが腹を立てようがどうにもならない。それは、世尊寺供養の前夜に弾正宮に抱かれたあのとき、自分の身に起こった一連の出来事にからくりがあったと教えられて以来、おもいつづけていたことだ。

「それに、わたくしが世をすてれば九の御方さまのお心も鎮まりましょう」

「弾正宮さまのご妻女なれば……いや、やめましょう。いずれにしましても式部どののせいでないことは重々、承知しております」

「いいえ。わたくしのせいです。九の御方さまのお苦しみをおもうと申しわけのうて……」

弾正宮の妻である九の君は、行成の叔母でもあった。行成は昨年誕生した男児を弾正宮にあずけて養育してもらっているという。実際に稚児の世話をしているのは九の君だろう。色好みの夫に悩み、寂しさをつのらせている叔母の気をまぎらわせてやろうというのだ。子ができれば弾正宮の夜歩きも少しはおさまるのではないかと、淡い期待を抱いているのかもしれない。

もっとも、後者についていえば効果はまったくないようで……。

「式部どのがおられようがおられまいが、宮さまの夜歩きはなくなりませんよ。あれは病ですな。これだけ疫病がはびこっているというのに、怖れげもの出歩くとはなんたることか。ご自身のお立場もわきまえず……」

「わたくしもお諫めしているのです。もともと頑健なお体ではない上に、昨秋あたりからはたびたび寝こまれることもあるそうで……。ですが、なにをいうても聞く耳をもたれません」

「諫めて聞くくらいなら、とうに行いをあらためておられましょう」

弾正宮の恋の相手は式部だけではない。ましてや、式部が強引に誘いこんでいるわけでもなかった。それなのに世間とは酷なもので、皇子をたぶらかしている浮かれ女として悪評のやり玉にあがっているのは式部だ。それは、式部が夫のある身で弾正宮の子を産んだとおもわれていて、しかも、いまだに夫と正式な離縁をしていないことによるものらしい。

自分が悪者にされるのはいっこうにかまわないが――。

「出家をしたいといいながらこうしてずるずる暮らしている……わたくしはそんな自分が不甲斐(ふがい)のうございます。でもね権どの、権どのだから申しますが、娘のことばかりではない、なにかがわたくしをひきとめているような気がするのです」

「従弟は、出家をするかしないか悩んでいたころ、こんな歌を詠んで参りました。世の中を儚きものと知りながらいかにせましとなにか嘆かん……」

「いかにせまし……」

「式部どのにはなにか為(な)さねばならぬことがあるのでしょう。大いに悩むべし。しかし、焦ることはありません」

やはり、行成は心の友だった。

「それではこの歌を書写山へ」

「法皇さまには、身に余る光栄に式部が感涙していたとお伝えくださいまし」

「伝えましょう。さしあたっては式部どの、昔のように精魂こめて歌を詠むことですな。それこそ、式部どのにしかできないことですから」

行成は帰っていった。

式部は廂間へ出て、築地をおおう草叢に咲く名もない花をぼんやりながめる。

六

もし式部に行成という理解者がいなかったら、そして式部の歌が書写山へ奉納される際に花山法皇の目にとまらなかったら、宮中で少しばかり知られた女流歌人の一人として、式部の名は時とともに忘れ去られていたかもしれない。

「冥きより……」と法華経の経文をもじった歌は、性空上人をはじめ列席者の称賛をあびた。とりわけ花山法皇はこの歌を絶賛、のちに『拾遺集(しゅういしゅう)』という勅撰和歌集(ちょくせんわかしゅう)を編んだときも、数少ない女流歌人による秀歌の一首に選んでいる。

書写山での噂が伝わるや、式部の身辺はにわかに騒がしくなった。

それまでは「夫ある身で皇子をたぶらかした浮かれ女」と眉をひそめられていたのに、「法皇からお墨付きをもらった女流歌人」となるや、「皇子をとりこにするくらいだからさぞや美人にちがいない」だの「かつて多田権現さまのご子息たちとも浮名を流したそうな、これは只者(ただもの)ではないぞ」などと、好奇にみちた噂がふくらんでゆく。式部の姿をひと目見ようと透垣のまわりをうろうろする男たちや、時の女からの返歌ほしさに相聞歌を贈ってくる男たちがあとを絶たない。

式部は、目もくれなかった。返歌はもちろん、送られてくる文や歌など見もしない。

このところ弾正宮の足が遠のいていた。文だけはときおりとどくものの、そこには決まって体調不良で出かけられないという言い訳が認められていた。実際、式部といたときも腹をおさえてうめいているのを見たことがあったから、すべてが言い訳だとおもったわけではない。とはいえ色好みの宮のことだ、新中納言という女の噂も聞こえている。他にも新しい想い人ができたのかと、はじめのうち式部は気にもかけなかった。

ところが、春先にとどいた文は筆跡がひどく乱れていた。小舎人童を使いに出して容態を訊ねさせると、やはり病が高じて起き上がることもできないという。こんなとき、相手が皇子では、正式な妻でもない式部は見舞うことさえできない。

どうか、ご快癒されますように——。

式部は祈った。

弾正宮のせいで夫との平穏な暮らしを奪われた。不幸のはじまりは三条の道貞邸の、あの車舎だった。どれほど怨んだか。世尊寺供養の前夜に契りを交わし、ここで訪れを待つ身になってからも、心の底から宮を愛(いと)しみ、抱かれたいとおもったことは一度もなかった。

それでも、弾正宮は幼なじみで、敬愛していた太后の――形の上ではあるものの――息子だ。太后とおなじ、不遇ゆえの哀しみを背負っている。もし、式部の目から見れば自棄になっているとしかおもえない放蕩ぶりがおさまって、もっと深く互いを知り合うことができれば、いつか弾正宮を愛しくおもえるようになるかもしれない。

祈りは天にとどかなかった。弾正宮――冷泉天皇の第三皇子、為尊親王――は、長保四年六月十三日に薨去した。行年二十六だった。

訃報をいち早く式部に知らせたのも行成である。行成にとって弾正宮は叔母の夫であり、息子の養父でもあった。行成は、弾正宮の庇護者である左大臣道長の指示を仰ぎながら、葬送の儀をとりしきった。

弾正宮の遺骸は火葬され、六月十八日には雲居寺へ埋葬された。が、式部はもちろん葬送には参列しなかった。八月下旬になって、忙しい合間をぬって訪ねてきた行成から「九の君が四十九日の法要をすませたのを機に尼になった」と聞かされたときも、とりたてて感慨はおぼえなかった。病んでいる姿を見たわけではなく、死に顔も拝んでいないのでは、宮がもうこの世にいないということさえ、ともすれば忘れてしまいそうだ。

そんな式部が弾正宮を偲んで泣いたのは、牛車が描かれた衵扇を目にしたときだった。娘が宮からもらった扇は、式部と宮との恋の証とされて、夫との離別の一因になった忌まわしい形見である。見るのが辛いので、娘からとりあげて目につかないところへしまっておいた。ところが何度か住まいを移っているうちにどこかへいってしまった。失くしたとばかりおもっていたのだ。

　娘が扇をかかげているのを目にした瞬間、式部は頬を打たれたような気がした。

「その、扇は……」

　奪おうとした手をあわててひっこめ、ふるえる声で訊ねる。

　幼い娘は無邪気な顔で問い返してきた。

「これ、わたしのでしょ」

「そう、そうでしたね。面白い、絵、だこと」

　胸を鎮め、ぎこちない笑みを浮かべていったとたん、涙がこみあげた。なぜ涙が出るのかわからない。娘の前で泣くつもりなど毛頭なかったのに、涙は滂沱とあふれて止まらない。

　案の定、娘は驚いて抱きついてきた。

「母さま。どうしたの？」

「どうもしません。なんでもありません。さ、あっちで、遊んでいらっしゃい」

　娘が身舎へ駆け去るや、式部は両手で顔をおおった。涙のわけはわからなくても、胸に広がった空洞にいいようのない寂しさがみちてくるのを感じている。

だれもが、あまりにあっけなく、自分の手のとどかないところへいってしまう——。泣き伏しながら、式部はこのときはじめて、弾正宮が恋しい、とおもった。

なにごとも心にこめてしのぶるを
いかで涙のまづ知りぬらん

泣き疲れ、涙も涸（か）れてのち、式部は歌を詠む。

七

太后と母につづいて弾正宮まで彼岸へ旅立ってしまった。朝露のごとき命の儚さが身にしみて、式部はなおいっそう仏事に専念するようになった。娘といっしょにすごすひとときや歌を詠む至福の時間以外は、参詣、写経、念仏三昧の日々である。

弾正宮の訪れを待つ暮らしは一年にも満たなかった。世間の人々は戯れの恋だとおもっているにちがいない。が、なんとおもわれようとも、縁あって契った宮である。式部は喪に服すつもりでいた。

ところが——。

颯爽と世にあらわれた女流歌人は、「皇子の心をとりこにするほどの美女」で「夫のある身ながら皇子を通わせて子まで生した色好み」である。男を惑わせて早死にさせたとなれば小野小町の再来ともおもえる。弾正宮がいない今、われこそは評判の小町をわがものにして世の注目をあびたいと願う男たちが、次から次へといいよってきた。

「今度こそ、たよりがいのある殿方を選ぶのですよ」

「お父さまも、ここは慎重に、と目を光らせておられます」

姉たちはまるで自分の事のように胸を昂らせていた。それぞれ通ってくる夫をもつ身ながら、大江家の家刀自として確固たる地位を築いている赤染衛門とちがって、夫の訪れを待つだけの妻は心もとない。いつ心変わりされるかわからないから、実家だけが頼みの綱だった。姉たちにとっても、妹が裕福で有力な伝のある男に見初められるかどうかは死活問題なのだ。

式部はとても恋をする気分にはなれなかった。胸には前夫の面影がいまだに刻みこまれていて、どうしても未練を断ち切れない。かとおもえば、弾正宮をおもいだすたびに哀れさがつのって涙がこぼれる。

「わが屋敷へお越しくだされ。太后さまを偲んで昔のように歌を詠みましょうぞ」

多田大将の源頼光から誘いの文がとどいた。五十になる頼光は、莫大な財産と強大な源氏の武士団を築いた源満仲の嫡子で、何人もの妻や子にかこまれている。心は動いたものの、今さらその中へ割って入る気にはなれなかった。

　そんなある夜、なんの前触れもなく、壺井大将の源頼信がやってきた。頼光の弟で、宮中にいたころ恋仲だったことのある男だ。今は左大臣道長に仕えているという。強引に御簾の内まで入りこみ、歌のやりとりすらなく抱きよせるところは、豪胆で身勝手な昔と変わらない。それでも情にほだされ、式部は一夜、頼信に身をまかせてしまった。

　この男の体は、焚きしめた香ではなく、土や樹木の匂いがする。抱かれていると、女童のころ多田荘ですごした夏の思い出が次々によみがえってきた。それはそれで郷愁にみちた心安らぐひとときではあったが――。

「明日は常陸国（ひたちのくに）へゆかねばならぬ」

「常陸……遠国にございますね」

「おまえも来い」

「急にさようなことをおっしゃられてもむりにございます」

「なぜだ？　身ひとつで参ればよい。ほしいものはなんでもくれてやる」

　頼信は昔から女の気持ちを忖度することができなかった。女に心があるということさえ、わかっているかどうか怪しいものだ。

「ほしいものはございません。遠国へも参りません」

「わからぬ女だな。たった今、おまえはおれのものになったではないか」

「あなたのものになったわけではありません。これからどうするかは、よくよくかんがえてから決めとうございます」

「かんがえる、だと？　なにをかんがえるのだ？　女は歌を詠むくらいしか、かんがえる頭もなかろうに」

　式部はカッとなった。

「あなたは歌が不得手でしたね。刀ばかりふりまわしていばっていると、歌を詠む頭さえないと都人の笑いものになりますよ。少しはお兄さまを見習ったらいかがですか」

「うるさいッ。兄者のことはいうな」

　頼信は兄の頼光に対抗意識を燃やしている。といっても、歳が離れている上になににつけても優秀な兄にはとうてい追いつけそうにない。だからこそ、兄が賞玩していた式部に恋をしかけたのだ。今またよりをもどそうとしたところが兄と比べられて、頼信はすっかり腹を立ててしまった。

「おまえなんぞ、泣きつかれても連れていってやるものか」

「望むところです。どうぞ、道中、お気をつけて」

ということで、頼信との仲はおしまい。

夫と弾正宮——二人を失った心の空洞を埋めてくれたのは、やはり赤染衛門と行成だった。宮中、それも今をときめく彰子中宮の御所で女房づとめをしている赤染衛門は、多忙の合間をぬって文をとどけてくれる。そこには、彰子中宮の御所で才媛たちが妍を競っているさまや、評判になった歌、面白おかしい出来事などがつづられていた。赤染衛門の文を読むたびに、式部も歌を詠みたくなる。それは行成が――法皇や帝や左大臣に頼まれて屛風や障子などへ歌をそえる――歌人の一人に式部を推挙してくれたおかげでもあった。

行成は弾正宮が薨去した同年の秋に、妻と生まれたばかりの女児を喪っていた。悲しみに沈んでいる行成に、式部は心をこめた慰めの言葉を送りつづけた。大切な人を喪った者同士、絆は強まっている。

行成の後押しで、式部の名は高まった。だれもが式部の歌をほめそやしている。式部が宮中の歌人ではなく都の一隅でひっそり暮らしていることも、謎めいていて興趣を誘うのかもしれない。

年が改まって長保五年（一〇〇三）。この六月には弾正宮の一周忌がとり行われることになっていた。もちろん、行成も準備にたずさわる。

「先日は一周忌の相談で帥宮さまとお会いしました。兄宮さまのことではお悲しみが深く、昨年はほとんど外出もされずにひきこもっておられましたが、今年になってようやくご気力をとりもどされたようで……というても、ときおり出家の話などなさるゆえ、少々心配しております」

晩春から初夏へ季節が移ろうころ、行成が訪ねてきた。律儀な行成は、一周忌の準備にとりかかる前に、式部に概要を話しておこうとおもったのだろう。

「お小さいころからいつもごいっしょでした。兄宮さまを亡くされてさぞやお寂しゅうしておられるのではないかと、わたくしも案じておりました」

式部は、兄宮とちがって自分の殻に閉じこもりがちだった弟宮の、目鼻のととのった色白の顔をおもいだしていた。生母も養母も喪い、気がふれているとまでいわれた父帝とは会うこともできず、今また、ともに育てられた兄にも先立たれてしまった。なんという不幸な生い立ちか。

「帥宮さまも、式部どのはどうされているかと気にかけておられましたよ。太后さまや兄宮さまの思い出話などしたいが、式部どのにはもう通うお人もおられようから、迷惑はかけられぬ、などと……」

同母の兄弟なのに、帥宮は人の迷惑などかえりみなかった弾正宮とはちがって、昔から気立てがよく礼儀正しい若者だった。

「思い出話ならわたくしもしとうございます。いつか、帥宮さまをごいっしょにお連れくださいまし」

「式部どののお言葉をお伝えすれば、きっとお元気になられましょう」

「まだお若いのです。出家のことなどお忘れくださいますように、とも……」

「おや、それはこの行成が式部どのにいった言葉にございますぞ」

「あら、ほんにそうでしたね」

帥宮に親近感を抱くのは、幼なじみだからか。太后と弾正宮という大切な二人を喪った悲しみを共有しているからか。いや、二人の心に似たようなおもいがあるからだろう。言葉では上手(うま)くいえないが、露のごとき儚い身を憂うる心、とでもいうような……。

帥宮と話をしてみたいと、式部はおもった。が、むろんこのときは、その気持ちがやがて激しい恋に変わるとはおもいもしなかった。

運命の恋は、足音も立てずに忍びよっている。

八

卯(う)の花腐(はなくた)しとうっとうしがられる霖雨(りんう)がようやくあがった一日、式部は大江邸へ出かけた。赤染衛門が宮中から帰っているとの知らせがとどいたためである。

弾正宮の喪中なので昨年から家にこもっている。が、大江邸には養子に出した稚児がいるため、ときおり様子を見にゆくことにしていた。外出する際は人目につかぬよう用心するのだが、評判の女流歌人をひと目見ようと牛車の簾をめくって中を覗く輩(やから)や、浮かれ女に恋をしかけようと強引に文をさしいれてくる輩がいて、毎度のように悩まされる。

歌人の名声が高まるにつれて、噂も独り歩きをしはじめた。それも称賛や好意より揶揄や悪口ばかりが聞こえてくる。

「わたくしは弾正宮さまの妻ではありません。なにゆえ九の御方さまと比べられるのか……」

式部は赤染衛門に訴えた。

亡夫の菩提を弔うためにうら若き九の姫が尼になった潔さは、たしかに称賛に値する。けれど九の姫への称賛が高まれば高まるほど、弾正宮の夜歩きの元凶ともいわれる式部への非難が高まるのは納得できない。

「好きがましゅうだの、心ふかからぬだのと悪しざまにいわれて、悔しゅうございます」

「噂とはさようなものですよ」

「でも、なぜわたくしばかりが……わたくしとて何度、出家を願うたか」

ひと口で尼になるといっても容易ではなかった。なったところで、財力と伝がなければ飢え死にしてしまう。物騒な昨今では警備も怠れない。式部の母が隠棲したときは、式部の夫が住まいをあつらえ、援助をしてくれた。

「式部どのに出家をされたら、ご家族はがっかりしますよ。評判の女流歌人なら、まだまだいくらでもふさわしき夫が見つかるはずです」

「ふさわしき夫……。家族に美しい装束をあつらえてくれて、築地がこわれたらふたつ返事で修理をしてくれる人……さようですとも、父は婿選びに余念がありません」

式部は声を荒らげた。

橘道貞こそ、そのふさわしき夫だった。妻でいられたら今も満ち足りた日々をすごしていたにちがいない。理不尽としかいいようのない別れをおもうといまだに胸が痛む。

「わたくしはもう妻になることなど望んではおりません。ええ、なるものですか」

「そうはゆきますまい。女子（おなご）は独りでは生きられません」

「あぁ、女子になど生まれとうなかった。男子（おのこ）だったらよかったのに……」

嘆息する式部を見て、赤染衛門はほろ苦い微笑を浮かべた。

「彰子中宮さまも先日、そなたとおなじことを仰せでしたよ」

「中宮さまが……」

左大臣道長の愛娘は、帝の后となって、女として最高の幸せをつかんだ。赤染衛門をはじめ才女たちにとりかこまれて華やいだ日々をすごしている。女たちの羨望の的である彰子に悩みがあるとはおもいもしなかった。

「入内されて四年、いまだにご懐妊の兆しがありません。一日も早う（はよ）皇子を……と里家の期待はふくらむ一方で、中宮さまはお心苦しゅうおおもいなのです」

式部も宮中にいたことがあるから、彰子中宮の焦りは手にとるようにわかった。優雅に見えても、宮廷人たちは水面下で熾烈な継嗣争いをくりひろげている。

「中宮さまはまだお若うございますもの、いくらでも御子をお産みになられましょう。なれど……さようですね、皇子がもしできなかったら、厄介なことになりますね」

その場合、次期東宮は、彰子中宮が母代わりになっている亡き定子皇后の忘れ形見――彰子には継子にあたる――一の宮の敦康親王か、今の東宮、居貞親王の男児か、それとも弾正宮の弟の帥宮ということも、ないとはいえない。

「弾正宮さまがご存命なら、弟の帥宮さまが話題にのぼることはなかったでしょう」

「弾正宮さまは決してお認めにはなられませんでしたが、やはり、お心のどこかでは野心を抱いていらしたような気がします」

その焦燥が自棄めいた放埒にかたちを変えたのではないかと、式部はおもっている。

「女子ばかりではありません。男子は男子で大変です。とりわけ親王さまともなれば、ご本人はともあれ、まわりの期待が大きゅうございますしね」

「帥宮さまもご出家をお口にされることがおありとか……」

式部は先日の行成の話をおもいだしていた。兄宮の死に悲嘆しつつ、式部のことまで案じてくれたやさしさ、兄の思い出話をしたいといわれたことが頭からはなれない。なぜなら、太后や母が生きていて二人の宮が出入りしていたあのころが、式部にとっては華やいだ恋の季節だったからだ。あの高揚感をよみがえらせてくれるものがもしあるとすれば、今や帥宮ただ一人。

「ご出家とはねえ。帥宮さまは兄宮さまほど色好みではありませんし、ご妻女のことでもご苦労をなさっておられるそうで……お若いなりにご苦労がおありなのでしょうね」

赤染衛門の話では、帥宮の最初の妻は心を病んでいたという。奇矯なふるまいが多々あったために離縁。今の妻は東宮の女御の妹で、小一条の中の君と呼ばれる高貴な女性だが、そのせいか高慢で嫉妬深く、夫婦仲はしっくりいっていないらしい。

「男女の仲ほどおもうようにゆかぬものはありません」

赤染衛門がため息をついたので、式部は忍び笑いをもらした。

「都随一のおしどり夫婦といわれるご妻女のお言葉とはおもえません」

「それはね……いくらおしどりでも、長年つれそっていれば不平不満のひとつふたつはあるものですよ。そうはいっても、女子は良き夫にめぐりあうのがいちばんの幸せです。式部どの、ひとつ忠告しておきます」

赤染衛門がきりりとした目になったので、式部も真顔になる。

「そなたはなにもない、といいはるやもしれませんが、火のないところに煙は立たず、と申します。火遊びはほどほどに」

「火遊びなどしておりません。それは、熱心に通うてくださるお人とは贈答歌くらい……それからむろん権どのは……でも権どのとなにもないのはおわかりでしょう。あとは歌の話でお見えになる殿方が何人かいるだけで……」

式部の言い訳を赤染衛門が信じたかどうか。壺井大将のように昔の恋人にくどかれて、ついなつかしさのあまり……ということもなきにしもあらずだったから、式部としては少々旗色がわるい。

赤染衛門は母が娘を諭す顔になった。

「自分ではそのつもりがなくても、世間の目はそなたを浮かれ女と見ています。ですからね、くれぐれも隙を見せぬよう、気をつけるのですよ」


母も、わたしも、和泉式部にとり憑かれている——。

真夏の一日、実家の大江邸で交わした会話をおもいおこすたびに、わたしの眼裏(まなうら)にはあのとき母がじっと見つめていた大輪の白百合が浮かびあがる。そしてそれは、式部と出会った遠い日へ、一瞬にしてわたしを引きもどしてしまう。

出会った、といっても、式部のほうはそれ以前もわたしに声をかけたり、抱きよせたことがあったにちがいない。大江邸は式部の里邸で、ときおり訪れていたからだ。幼かったわたしはおぼえていないけれど。

遥か昔のその日は、内裏で「童女御覧（わらわごらん）」があった。十一月は新嘗祭（にいなめさい）をはじめ主だった行事が目白押しで、中ノ丑日（うしのひ）には「五節舞」が行われる。五穀豊穣を祈願して舞を奉納するもので、その年の舞姫を出すことになった家は、他家に負けないよう、早くから準備におおわらわとなる。童女御覧もこの一連の行事のひとつで、美々しく飾りたてられた女童が帝や殿上人たちの前に引きだされて、見世物よろしく容貌の品定めをされるという行事だ。

「娘が童女に選ばれても、絶対にお断りしてくださいね。どれほど恥ずかしいおもいをしたか、わたしのような目にあわせとうありません」

娘がまだ稚児のときから、わたしは夫に頼んでいた。が、夫は例によって生返事ばかり。

「おれの娘なぞ選ばれるものか。あれは財力と地位がものをいうんだ」

御覧で評判がひろまれば、結婚も引く手数多だし、宮中から出仕のお呼びがかかることもある。もっともその反対もあるわけで……。

「万年、中宮亮でも、ひとつは良い事があるのですね。娘に恥をかかさずにすみます」

幸い夫は出世をしなかった。おかげで娘も人目にさらされずにすんだ、わたしとちがって。この一件に関してだけは、わたしは今も大江家の娘に生まれたことを恨めしくおもっている。

　さて童女御覧のその日、わたしは内裏の常寧殿にいた。南廂に衝立がならべられ、いくつにも仕切られたそのひとつで、侍女たちに髪を梳かれ、晴れ着を着せられていた。

　ああ、あのときの装束の華やかさといったら……。今おもいだしてもため息がもれそうになる。紅の袿に菊の二重文の袙、濃色の袴に蘇芳の汗衫、蟬の羽と見まごう領巾……。絵草子で見た天女のような姿に、わたしは有頂天になっていた。なんのために着飾るのか、そんなことを考える頭はまだない。

「さ、できました。まぁ、なんて愛らしいこと」

「これなら姫さまがいちばん、まちがいなしですよ」

「気の早い殿方が押しかけてくるかもしれません」

「それより参内のお声がかかるやも。あぁ、今からわくわくしますわ」

　侍女たちは姦しい。

　仕度ができると、豪奢な飾り花のついた花車模様の衵扇を渡された。

「これでお顔を隠すのです。座について、扇をとるように、といわれたら、かたわらにおくこと。お隣の童女の真似をなさい。よしといわれたら退出をするだけです。上手にできたらご褒美がもらえますからね」

諄々といいきかされて、わたしは少し不安になった。

「母さまは？」

「母上さまも御簾内からご覧になっておられますよ。きちんとやりとおして、よろこんでいただきましょうね」

侍女に手を引かれて衝立の外へ出る。おなじように着飾って衵扇で顔を隠した女童が五人、やはり侍女に手を引かれて出てくるのを待って、一同は出立した。長い廊（后町廊）をとおって承香殿を越え、仁寿殿へ入る。むろんそのときは殿舎の名など知らないから、いずれ劣らぬ豪奢なたたずまいに驚いて、わたしはきょろきょろするばかりだ。

仁寿殿で六人の公家が待っていた。二十歳そこそこの貴公子たちで、これも後年わかったことだが、蔵人かそれに準ずる官位の名家の若者たちである。

一人がわたしの手をとった。初対面の貴公子に手をつながれてびっくり仰天、わたしはとっさにふりはらおうとした。男は放さない。扇の陰から左右を見ると他の女童もそれぞれ手をつながれていたので、わたしも抗うのをあきらめた。

手を引かれたまま露台へ出る。露台から西の殿舎（清涼殿の昆明池障子）まで布を敷きつめた仮橋が渡されていた。黄昏どきで、橋の左右の庭に松明をかざした御随身の姿が見えた。そこここに男たちが群れていて、好奇にみちた目でこちらをながめている。

　衆目が見守るなかを、蔵人に手を引かれたまま橋を渡ると聞いて、わたしは足がすくんだ。にわかに羞恥と恐怖がこみあげる。助けを求めようとふりむいたものの、侍女の姿はない。

「さぁ。いらっしゃい」

　蔵人はわたしの手をぐいと引っぱった。

　わたしは観念した。蔵人にうながされたからではなく、どこかで母が見ていることをおもいだしたからだ。最後までやりとおせば、母はよろこんでご褒美をくれるという。だったら、がまんをするしかないではないか。

　女童のわたしには、歩いても歩いても対岸へたどりつかない橋のようにおもえた。あれはどこそこの姫だぞ、とか、装束の色合わせが今ひとつだな、とか、男たちの話し声が聞こえてくる。なかには橋のかたわらにしゃがみこんで扇の内側を覗こうとする不届き者もいて、わたしはすっかり怯えていた。歯を食いしばり、装束の裾をふんづけてよろけそうになりながらもけんめいに前へ進む。

　橋を渡りきった先は清涼殿で、廂間に殿上人たちがずらりと居ならんでいた。中央の御簾の奥には帝が座しておられるのだろう。左右の御簾内がざわついているのは、女たちも集まってきたのか。内裏の目という目が、童女の顔を見ようと押しよせている。

　六人の女童は横一列に座らされた。端から順にひと膝前へ進み出て、顔を隠していた扇を膝元へおく。するとよく見えるように、蔵人が脂燭を掲げて女童の顔を照らすのだ。

　わたしはぞっとした。膝がふるえ、涙がこみあげる。悲鳴をあげたくなった。

　それでもなお、わたしはふんばった。そのまま何事もなければ、脂燭で顔を照らされても必死でこらえ、無事に退出していたにちがいない。

　ところが、わたしのとなりの女童が扇をおいたときだ。さざ波のような笑いがまきおこった。笑いは次第に大きくなり、容赦ない悪口や揶揄が飛び交う。

　その女童は、美形とはいいがたかったので、見栄えをよくしようと侍女が厚化粧をほどこしたのだろう。それがかえって裏目に出たようだ。とはいえ稚い娘である。女童は泣き出した。蔵人が扇を持たせてなんとかその場はおさまったものの、わたしは生きた心地がしなかった。おなじように笑いものにされるかもしれないとおもっただけで、顔から血がひいている。

　蔵人が脂燭を手に近づいてきた。

「扇をおきなさい」

　わたしは両手で扇の柄をにぎりしめ、首を横にふった。

蔵人は二度三度命じ、それでもわたしが扇をおこうとしないので、困惑したように殿上人たちのほうへ目をやった。

「さぁ、早う。そなたの番ですよ」

このときのわたしは、恐怖をとおりこして自棄になっていたようだ。幼心に、死んでも顔を見せてやるものか、と頑(かたく)なになっていた。

座がざわつきはじめたそのとき、扇の柄の隙間から、わたしは斜め前方の御簾と御簾の切れ目に白いものを見た。女の手である。しかもその手はおいでおいでをしているように見えた。

子供でなかったら、あれこれ考えたかもしれない。が、わたしは考えなかった。ぱっと立ち上がるや、重い装束の裾をたくし上げて、白い手めがけて突進した。

あまりにも予想外のことが起こったからだろう。だれもがあっけにとられ、しばらく言葉を発する者はなかった。わたしを捕まえようとする者もいなかった。

白い手は、御簾のあいだからわたしを引き入れ、抱きとってくれた。一瞬、母かとおもったが、母ではなかった。わたしは女の胸にしがみつく。香を焚きしめた女の体は白百合のような、えもいわれぬ芳しい香りがした。

女はわたしの髪をやさしく撫(な)でながら、耳元でささやいた。

「安心なさい。わたくしが守ってあげますからね。わたくしもね、そなたとおなじおもいをしたことがあるのです。好奇の目にさらされることが、どれほど辛いか、腹立たしいか、よおくわかっておりますよ」

それが、和泉式部だった。

式部はまわりの女たちからわたしを御簾の外へもどすよういわれても、頑として聞かなかった。御簾の外ではひとしきり殿上人たちがざわめいていたものの、御簾内は別世界なので、なにが起こったか、男たちにはわからない。やむなくわたし抜きで、何事もなかったかのように童女御覧は進められた。

「そなたときたら、まぁ、なんという娘でしょう。あのときは驚いたのなんの……息が止まるかとおもいましたよ」

母は後日、ため息まじりにいったものだ。母と式部は二人で彰子中宮に謝罪をした。中宮は笑って許してくれたという。

これが、式部とわたしの出会いである。式部をおもうたびに、白百合の芳しい香りと温かな胸、やさしい声がよみがえってくる。式部はあの日、わたしを救いだしてくれた。どこにいても、いついかなるときも、式部だけはわたしの味方をしてくれる

……幼いころから、わたしはそう信じてきた。

式部とわたしは、もしかしたら、前世からの縁（えにし）で結ばれているのかもしれない。

隙を見せるつもりはない。男に心を許す気はさらさらなかった。赤染衛門にもそう誓ったばかりだったのに――。

九

まさにその日、家へ帰ってきた式部は、竹を粗く編んでつくった垣根から中を覗いている男に気づいた。青葉の美しい季節で、築地をおおう濃淡の緑を背景に、男のおろしたてのような純白の如木(じょぼく)が目にあざやかだ。如木とは幅広の筒袖とふくらんだ短袴(たんこ)の上下の装束のことで、ぱりっと糊(のり)がきいているところをみると貴族の邸宅に仕える小舎人童だろう。

小舎人童は牛車に目をむけた。その顔を見て、式部は「おや」と首をかしげた。

「あの者を庭へ」

仕丁にいいおいて、牛車のまま門を入る。車舎で牛車を降り、庭に面した廂間の衝立のうしろへ腰をすえるまでのあいだに、もう胸はなつかしさでいっぱいになっていた。

侍女に命じて、小舎人童を廂間と庭をへだてる放出の前まで呼びよせる。

やはり見まちがいではなかった。

「おまえは弾正宮さまに仕えていた小舎人童ですね。どうして長いこと姿を見せなかったのですか。おまえを宮さまの名残りともおもうていたのに」

　式部が小声でいう言葉を、侍女がそのまま小舎人童に伝える。

　小舎人童は賢そうな目をした少年で、かつては弾正宮の文使いをしていた。

「特別な用事もないのにうかごうては、なれなれしゅうおもわれるのではないかと遠慮しておりました。最近は山寺にこもって寂しゅう悲しゅう主を偲んでおりましたが、今は亡き宮さまのかわりに弟宮の帥宮さまにお仕えしております」

　おもいがけない答えだった。では、この小舎人童は帥宮から遣わされてきたのか。

「それはよかったこと。なれど帥宮さまは、兄宮さまとちがって、たいそう気高くて近づきがたいお人と聞いております。お仕えするにもなにかと勝手がちがうのではありませんか」

「さようなこともたしかに……なれど式部さまのところへ参ると申し上げますと、これをさしあげて、いかにおもわれるかうかごうて参るようにと……」

　小舎人童は片袖から花をつけた橘の枝をとりだした。侍女がうけとって式部に手渡す。

　式部はひと目見るや、おもわず「昔の人の……」とつぶやいていた。〈五月待つ花橘の香をかげば　昔の人の袖の香ぞする〉という古の歌が頭に浮かんでいる。

「宮さまになんと申し上げましょうか」

　小舎人童に返事を催促されて、式部は頰に手をあてた。動転して、どうしたものか、とっさには答えられない。

赤染衛門から、相聞歌のやりとりはつつしむように、と忠告されたばかりだった。が、自分は歌人だ。その誇りがあるなら、ここは歌で返すべきだろう。それにこれは相聞歌ではなくただの贈答歌だ。帥宮は兄宮のような色好みではないと聞いているし、帥宮と自分には、弾正宮の思い出を共有する者同士のいたわりあいがあるだけなのだから……。

式部は昂る胸を鎮めた。小舎人童をその場に待たせて、侍女に紙と筆、墨を用意させ、歌を認める。

かをる香によそふるよりはほととぎす
聞かばやおなじ声やしたると

「橘の花でおもわせぶりをなさるより、あなたのお声を聞きたいものです。兄宮とおなじお声かどうか……」

恋を仕掛けるつもりなど、むろん式部にはなかった。弾正宮の思い出話をしたいという話を行成から聞いていたことをふまえて、幼なじみでもあり、自分が身をまかせていた男の弟でもある若者に、少々くだけて、親しみのこもった歌を詠みかけたにすぎない。

けれど、ほんとうにそれだけか、と問いつめられれば、どぎまぎして耳を赤らめていたかもしれない。心を通い合わせたとはいいきれない弾正宮ではあったが、その強引さや大胆さは式部の自尊心を満足させた。甘やかな閨の記憶も体の隅々にしみついている。いや、時が経つにつれてむしろ鮮明になっていた。兄の名残りを弟が運んできてくれるものならば、ほんのいっときだけ、その香りにつつまれてわれを忘れてみたい、とささやく声が、どこからか聞こえている。

式部は帥宮の返事を待ちわびた。恋にうつつをぬかしていた御許丸のころにもどったかのように、胸が昂っている。

侍女から式部の歌をうけとって訳知り顔で帰っていった小舎人童は、いくらもしないうちにもどってきて、帥宮の返歌をさしだした。

式部は逸る胸をおさえ、ふたつに折りたたまれた文をひらく。

　おなじ枝になきつつをりしほととぎす
　　声は変らぬものと知らずや

「他の者には見せるなと仰せにございました」

小舎人童は称賛の言葉を期待したようだが、式部はなにもいわず、家の奥へ入ってしまった。

帥宮は、弾正宮とちがって、漢詩や歌の才でも世の注目をあびている。今は亡き太后や祖父の太政大臣兼家に可愛がられていたのも、その文才によるところが大きい。

さすが、帥宮さまだこと――。

当意即妙に歌を返してきた。それだけではなく、ほととぎすの声に託して恋慕の情を匂わせるところが心憎い。式部は感心した。これほどの歌を詠む若者に、なおいっそうの興味を覚えている。

だからこそ、深入りするのが怖くもあった。弾正宮や壺井大将のような男なら、心を丸ごともってゆかれる心配はない。けれどこの若者は……。

式部は帥宮の歌を文箱(ふばこ)の底へしまい、弾正宮の思い出話をしたいとおもった自分の浅はかな心を戒めた。弾正宮が親王なら帥宮も親王、万にひとつ帝の位がころがりこむ可能性もある高貴な生まれだ。身分ちがいの恋がどれほど苦しく、世間から目の敵にされるか、学習済みではないか。

お父さまのおっしゃるとおりだわ、今度こそ、誠実で身持ちがよくて裕福で、なにより身分のつりあう夫を見つけなければ――。

式部は自らの胸にいい聞かせた。誦経や写経に励み、娘に手習いや礼儀作法を教え、歌を詠むことに専心する日々は、これからもつづくだろうとおもっていた。

もし、帥宮がたった一度の歌のやりとりで満足していたら――。

帥宮は、弾正宮のように強引に女をわがものにする男ではない。そもそも小舎人童に橘の花をとどけさせたのも、兄の想い人だった女流歌人へのちょっとした好奇心にすぎなかった。

ところが式部の歌を読んで、心の臓をつかまれた。精一杯、背伸びをして返歌を贈ったのになんの反応もなかったため、ますます胸がざわめいた。式部は自分の歌をなんとおもったか。若者の直截な歌に失笑したのではないか。

数日後、帥宮はまた式部に歌を贈った。

うち出でてもありにしものをなかなかに
苦しきまでも嘆くけふかな

「兄とおなじようにあなたを想っています、などと打ち明けてしまったために、かえって今日は苦しくなるほどに嘆いております……」

式部は、ほととぎすの返歌に秘められていた恋情以上に、この歌にあふれている帥宮の正直さに胸をゆさぶられた。

なにより、もう終わったとおもい、終わらせなければと覚悟していたところへ歌が贈られてきたことに動揺して、舞い上がってしまった。そう、自分もほんとうは待ち望んでいたのだ。そのことに今、気づいた。

あとからおもえば、軽々しいふるまいだったかもしれない。立場上あってはならぬことだとわかっていたのに、式部はよろこび勇んで返歌を認めた。

けふの間の心にかへておもひやれ
ながめつつのみすぐす心を

「あなたは今日だけでしょう、わたくしは毎日ものおもいにふけってすごしているのですよ。どちらが苦しいか、心をとりかえてごらんなさいまし……」

帥宮からは、待ちかねていたように次なる歌が贈られてきた。

式部もすぐさま答歌を返した。

何度か贈答歌のやりとりがつづいているうちに、ゆっくり話をしたいから「暮れにはいかが」と帥宮の使いが文をとどけてきた。人目につかぬよう、宵闇にまぎれて逢いに行ってもよいか、というのである。式部は「お話はしとうございますが、逢ってもなにもなりませんよ。わたくしはただ憂鬱な気分で泣き暮らしているだけですから」と断りの返事を送った。

もちろん、逢いたくないわけではない。このまま贈答歌のやりとりだけで終わってしまうのは式部としても心残りだったし、となれば、いつかは逢うときがやってくる。わかっていながら逡巡してしまうのは、やはり身分の差と、帥宮が弾正宮の弟だという事実が重くのしかかっていたからだ。

世間の目を侮ってはなりませんよ——。

亡き母か、赤染衛門か、あるいは亡き太后かもしれない。たしなめる声が聞こえている。

帥宮は弾正宮のように無体なことはしないだろうと、式部は信じていた。ところが案に反して、断りの文を送ったその夜——。

表でガラガラと牛車の音がしたとおもうや、侍女が駆けこんできた。

「みすぼらしきお車ゆえ追い返そうといたしましたところが、なんと帥宮さまにおわしました」

「なんですってッ。あぁ、どうしましょう」

なんの仕度もしていないので、式部も家の者たちもあわてふためく。とはいえ、今さら居留守をつかうわけにもいかない。侍女が西側の妻戸を細く開けて円座をさしだし、榑縁に席をつくっているあいだに、式部はふるえる指で水白粉（みずおしろい）の崩れをなおし、はげかけた紅を塗りなおした。香はもとより装束に焚きしめてあるからよいとして、侍女に髪を梳かせ、袿をはおって、妻戸の内側の廂間に着座する。

昔も聞いていたはずだが、帥宮の声は、はじめて聞く声のように新鮮にひびいた。低いが力強く、深みがあって艶めいている。

「幼きころより式部どのにずっと憧れておりました。兄がうらやましゅうて……」

「おそろいでよう、おいでになられましたね。お二人がみえると、太后さまがそれはおよろこびでした」

ぎこちないながらも、式部も小声で応じた。

「兄もわたしも太后さまには愛しんでいただきました」

「なつかしゅうございますね。あのころは、なにもかもが華やいでいたような気がいたします。それが、今では朝露のように……」

「人の世の儚さなれば……わたしも、そう、いやというほど感じていますよ」

帥宮は式部の「冥きより……」という歌を詠じてみせる。

「月といえば、月が出てきました。わたしには明るすぎます。それでなくても日ごろは殿舎の奥深くで暮らす身ゆえ、こんな端近くでは居心地がわるうて……」

なにもしないから中へ入れてくれと懇願されたものの、式部はやんわりと拒否した。中へ入れてしまえば、なにをされても拒めない。

「これでは儚い夢さえ見られずに終わってしまいますよ。夢も見ずに、この次はなんのお話をすればよいのか……」

「わたくしは夢など見ませんわ。泣いてばかりで夢を見るひまなどありませんもの」

そうこうしているうちに夜は更けてゆく。

帥宮はいよいよしびれを切らしたとみえて、

「わたしは気安く外出することさえ許されぬ身分なのです。このような恐ろしいところにはいられません」

などといいながら、自分で妻戸を開けて中へ入ってしまった。もとより侍女や舎人は遠ざけられているから式部には拒むすべがない。

顔をそむけて今しも逃げだそうとする式部の袿の裾を膝でおさえ、帥宮は片手で式部の肩を抱きよせた。おもいのほか強い力である。

「愛しい人。わたしは兄とはちがいます。決してあなたを不幸にはしません」

帥宮は式部を抱いたまま、もう一方の手で式部の長い髪をかきあげた。

式部は身をすくませる。

「むりですわ。身分が……ちがいすぎます」

「身分など……あなたと出会って、わたしははじめて人を恋しいとおもう心を知ったのです。今日よりわたしはあなた一人のものです」

「いいえ、なりません。そんなことをなさったら世間がなんというか……」

「いわせておけばいい。そうだ、喧伝してやろう」

「馬鹿なことを。お願いです、それだけはやめて。おやめください」

「わかりました。わかりましたから、さ、そんな顔をしないで……」

式部が抗う気力をなくしたのは、間近で見る師宮の眸があまりに澄んでいたからか。それとも、かきあげた髪の下からあらわれた黒子に湿ったくちびるが押しつけられたとき、背すじがしびれて、体の力がぬけてしまったからか。

式部は師宮に抱かれた。

師宮は弾正宮のような色好みではない。女のもとへ通ったこともほとんどないらしい。そのせいか、それとも単に若さゆえか、女の扱いはいかにもぎこちなく、青臭くも感じられた。そのかわり、圧倒的な烈しさで突き進んでくる。猛火はすぐに式部にも燃え移った。袖をかんでもれそうになる声を押し殺しながら、式部は前夫の道貞や弾正宮のときとはちがって、自ら師宮を導いていた。

道貞の裏切りに深く傷つきながら、いまだ未練を引きずっている。弾正宮を喪ってからは、愛憎の整理がつかないままに懊悩(おうのう)する日々だった。もう二度と恋はすまいとおもっていたのに――。

いつのまにか、妻戸のすきまから早暁の白い光がもれていた。師宮はあわてて跳び起き、脱ぎすてていた狩衣を身につけた。帰り際に式部の髪を撫で、頰を合わせ、若者らしく力をこめて抱きしめる。
帰ったとおもったらもう、後朝の文がとどいた。
「あなたはどうですか。わたしは不思議な気がしています。これまでこんな気持ちになったことがなかったので……」

恋といへば世のつねのとやおもふらん
けさの心はたぐひだになし

式部もまだ夢の中にいるような心地だった。帥宮と契ったことが、現とはおもえない。茫然としたまま返歌を認める。

世のつねのことともさらにおもほえず
はじめてものをおもふ朝は

侍女を通して例の文使いの小舎人童に渡し、式部はふっとおもいだした。そういえば弾正宮も、はじめて結ばれたとき、おなじような感慨を述べたのではなかったか。

これからは弾正宮のかわりに帥宮を待つ日々がはじまる。弾正宮の思い出があってこそはじまった恋なら、帥宮に逢うたびに弾正宮の面影が浮かんでくるかもしれない。そうおもうと心が乱れて、うしろめたさがこみあげた。

なにより、父や姉たちが知ったらなんというか。

式部は、夢と現のはざまで身を揉む。

十

真っ先に事実を問いただしてきたのは赤染衛門だった。

なぜおなじ敷地内に住んでいる父や姉たちより宮中で暮らす赤染衛門のほうが早耳なのか。もっとも家族は、薄々感づいていても、このあまりに予想外の出来事に驚きあきれて、どう対処したらよいか、わからないでいるのかもしれない。

赤染衛門は、忠告したばかりなのに式部が戒めを破ったことで、すっかり腹を立てていた。前夫に見限られて泣いていたときは、あきらめずに待つようにと歌を贈ってくれたし、弾正宮とのことでは泣きたいだけ泣きなさいといたわってくれた。

ところが今回は――。

「兄宮ばかりか弟宮まで……宮中の女たちは眉をひそめておりますよ。断りきれなかったと言い訳をするやもしれませんが、そなたは年上なのです、諫めることもできたはずではありませんか。これではそなたが誘ったとおもわれてもしかたがありません」

　恐れていたとおりだった。宵闇にまぎれようが、粗末な牛車をあつらえようが、都のそこここに目があり耳がある。人の口に戸は立てられない。いったん噂が立とうものなら際限なくひろまってゆく。

「またもや自分から苦労をしょいこんでしまったのですよ。おそらく試練の連続になるでしょう。それに、帥宮さまのご妻女の小一条の中の君さまはご気性の烈しいお方と評判です。噂を耳にされたらだまってはいないはず、なにを仕掛けてくるか……」

　それでも最後には、人のよい赤染衛門らしく励ましの言葉をそえていた。

「もはやいうても詮なきことですね。この上は、わるびれず、毅然としていらっしゃい。式部どの。そなたが忌々(ゆゆ)しき噂に打ち勝つために為すべきことは、たったひとつしかありません」

　出家せよ、といわれるかとおもった。が、そうではなかった。

　赤染衛門はこう締めくくった。

「恋の歌をお詠みなさい」

　以前、行成にもいわれた。歌を詠め……と。

歌を詠んだからといって悪評が消えるわけではない。事態が好転するはずもなかった。行成と赤染衛門におなじことをいわれて、式部は少々気分を害した。歌さえ詠ませておけばなんとか立ちなおるだろうと、むずかっている子供に玩具(おもちゃ)を与えるような気でいるのか。歌だけが唯一のなぐさめとは――。

苛立(いらだ)ちはしたものの、それしか心を鎮めるものがないのも事実だった。恋に落ちてしまったためにあじわわなければならない孤独や不安を和らげてくれるものも……歌。

実際、赤染衛門が予言した以上に苦しい試練が待ちかまえていた。

まずは悪評だ。

「おまえというやつは……」

父は苦々しげに吐きすてた。が、出て行けとはいわなかった。ここは橘道貞の家ではない。道貞の機嫌をとる必要はもうなかった。娘の恋の相手が親王という高貴な血筋であることも、多少のなぐさめになっているのかもしれない。

姉たちは、そうはいかなかった。

「あなたのおかげで、わたくしまで軽々しゅうおもわれます」

「物見高い男たちがうろうろしていて外出もままなりません。とんだとばっちりです」

「とばっちりといえばお姉さま、先日わたくしは妹とまちがえられたのですよ。式部恋しさに忍んできた殿方がいて……」

「あら、それでどうしたのです？　追い返したのですか」

「そんなことできるわけがないでしょう。とっさのことですもの。しかたがないから妹になりすましてお相手いたしました。夫には内緒にしてくださいね」

それから横槍も。

二度三度と逢瀬を重ねたところで師宮の足が遠のいた。これはあとで知ったことだが、師宮のせいではなかった。中の君の怒りに加え、乳母が泣き落としに出たのだ。

乳母は、師宮がいつの日か帝位につくことを夢みていた。彰子中宮はまだ御子を産んでいないから、これはただの夢ではなく、わずかながらも現実味のある夢だった。

「いずこへ行かれるのですか。夜歩きはみぐるしゅうございますよ」

執心する女がいるなら屋敷へ召して侍女にすればよい。乳母はそういいつのって、腕ずくで外出を止めようとした。それだけならまだしも、いうことを聞かないと庇護者である左大臣道長に直訴すると脅した。叔父にあたる道長は、今や師宮の生殺与奪の権をにぎっている。しかも乳母は、師宮の同母兄で東宮でもある居貞親王の耳にも入っているとほのめかして師宮を不安にさせ、その胸をかき乱した。

そして、誤解も。

師宮は純朴な若者である。女流歌人として名を成し、恋の噂の絶えない式部が、ほんとうに自分を想ってくれているのか。式部にとって自分など数多の恋の戯れの、とるにたらぬひとつではないのか。この時期、帥宮は気弱になっていたらしい。

式部には相変わらず恋の噂がつきまとっていた。源雅道(まさみち)や源俊賢(としかた)、といっても雅道は道長の妻女の倫子の甥(おい)で赤染衛門とごく親しい、俊賢のほうは行成を世に出した恩人にして大の親友、娘と息子が夫婦になっているから縁戚でもある。雅道は彰子中宮の従兄、俊賢は彰子の権大夫(ごんのだいぶ)、中宮御所に出入りをしている二人が日中、堂々と式部の家を訪ねるのは、実は宮中をはなれられない赤染衛門や多忙な行成にかわって、式部に歌を詠んでもらうためだったのだが……。

歌といえば、帥宮も式部に歌の代作を頼んできたことがある。歌人の恋人という立場を誇らしくおもう反面、次々に世に出る恋の歌に嫉妬心をかきたてられたようで、わざと相聞歌の代作を頼んで式部をあわてさせようとした。

式部はあわてもしなければ嫉妬もしなかった。ただ、そんなことをする帥宮をいじらしいとおもった。

またあるときは、やっとのことで逢いにいったのに、家の前に止まっていた式部の姉の夫の牛車を式部の恋人の車と勘ちがいして帰ってしまったことも……。直情的な若者は恋のかけひきが不得手で、喜怒哀楽を隠せない。そんな帥宮にふりまわされて、それでもその一途さが愛おしくて、式部も想いをつのらせてゆく。

もうひとつ、恋人たちの逢瀬を妨げるものに、大雨があった。もっとも大雨や洪水は、恋の焔をあおる扇でもあったが——。

おほかたにさみだるるとやおもふらん
君恋ひわたるけふのながめを

大雨の日に帥宮が贈歌をとどけた。式部は答歌を返した。

しのぶらんものとも知らでおのがただ
身を知る雨とおもひけるかな

どんなことも歌になり、それがまた恋を燃え上がらせる。

いざとなると、若者は驚くほど大胆だった。

ある夜、久々に訪ねてくると、榑縁まで牛車をさしいれて、

「さぁ、いらっしゃい。他人に見られない場所を見つけました」

というなり、式部を抱きかかえて、むりやり車へ乗せてしまった。

だれかに見られたら、とおもうと恐ろしくて、式部は生きた心地もしない。どこをどう通ったか、車が止まって降ろされたところは豪壮な邸宅の細殿（渡り廊下）の一室だ

った。ふだんは使われていないのか、閑散としている。

式部はそこで、帥宮に抱かれた。異様な状況であればあるほどのめりこんでしまうのは男も女もおなじで、二人がわれに返ったときはもう夜が明けかけていた。

帥宮は額にも首すじにも裸の胸にも汗の粒を浮かべている。無防備な男の寝姿を、式部がものめずらしく愛しくおもいながらながめていると、帥宮が目を覚ました。照れくさそうに瞬(まばた)きをする。

「わたしの寝乱れた姿を見たのは乳母だけです」

「わたくしとておなじです。こんなこと……生まれてはじめてですわ」

「ほんとうに?　兄上とも?」

「むろんです」

「あなたの夫だった人とも?」

「ええ。帥宮さまのようなお方は他にはおられません」

「嘘ではないでしょうね。嘘でないと誓ってください」

「まぁ、宮さまは聞き分けのない童のままですね」

「童なら、こうしてあなたを抱きはしない……」

二人はまたもや抱き合っていた。

「すっかり夜が明けてしまいました。お送りしたいのですが、こう明るくては人目についてしまいます」

「ここは……」

「東三条院の南院」

帥宮の自邸である。なんと無謀な……と、式部はあきれた。それでいて腹が立たないのは、若者の熱情にほだされたからだろう。

　よひごとに帰しはすともいかでなほ
　あかつき起きを君にせさせじ

「暗いうちにあなたをお帰しするのも辛うございますが、今朝はもっと別れが辛うございました。もう二度とこんなことはいたしません……」

　家へ帰るや、式部は早速、歌を贈った。

　帥宮もすぐに歌を返してきた。

　朝露のおくるおもひにくらぶれば
　ただに帰らんよひはまされり

「早朝にあなたを送りだすより、あなたの家へ行ったのに何事もなく話をしただけで帰ってこなければならない夜のほうが、わたしには辛く感じられますよ」

そんな歌につづけて、次のような文までそえられていた。

「言い訳は聞きません。今宵、あなたの家は方塞(かたふた)がりでゆかれませんので、また使いをやります。今宵もこちらへ」

帥宮の性急さに、式部はあきれた。

人目を忍んで男の家へゆくなど見苦しいことだ。金輪際したくない。だいいち帥宮の北の方は、夫がどこにいたとおもっているのか。帥宮は北の方になんと言い訳をしたのだろう。

二度と誘いには乗るものか、とおもっていたのに――。

その夜も式部は迎えの牛車に乗りこんでいた。赤染衛門の忠告を忘れたわけではない。年上だから自重すべきだともわかっていた。でも、帥宮に逢いたくてたまらない。

気がつけば帥宮しか見えなくなっていた。

翌朝は用心して鶏の声とともに起きだした。まだ暗いうちに牛車に乗りこむ。この日は帥宮自ら式部を家まで送りとどけ、あわただしく帰っていった。

たちどころに文がとどく。「今朝は鳥の声に起こされてしまいましたね。憎い鳥を殺しました」と、鳥の羽がそえられていた。

殺してもなほあかぬかなにはとりの
　をりふし知らぬけさのひと声

式部は忍び笑いをもらした。

いかにとはわれこそおもへ朝な朝な
　なき聞かせつる鳥のつらさは

「どんなに鳥の声を聞くのが辛いか、わたくしのほうがよう存じておりますよ。だって、あなたがいらっしゃらないまま明かした朝のたびに、あの憎らしい鳥は朝が来たと鳴いて知らせてくれるのですから……」

　こんなふうに相聞歌をやりとりし、人目を忍んでは逢瀬を重ねる。そのときだけの、まるで綱渡りのような恋なればこそ、烈しく燃えさかるのかもしれない。夏から秋へ移ろう庭をながめているだけで、式部はいくらでも歌が湧いてきた。山吹、萩、柏(かしわ)……なにを見ても心がふるえ、歌になる。軒の蜘蛛(くも)の網、有明の月、手枕(たまくら)の袖……。

　多くは望むまいと、式部は自らを戒めていた。今が幸せ、とおもいつつも、それでもときおり、いいようのない不安にかられる。底なしの寂しさに鬱然と沈みこんでしまう。大切な人を次々に失ったことが自分でおもう以上に堪えているのか、人の命の儚さばかりが想われて、もし帥宮までいなくなってしまったらどうして生きてゆけよう、そうおもうだけで涙があふれてくるのだった。

八月、式部はそんな憂さを払いのけようと石山詣をおもいたった。

石山寺は淡海（琵琶湖）の南端、瀬田川の右岸にある古刹で、如意輪観音を本尊として天平時代に建立された。菅原道真の孫の一人が座主となったころから宮廷人の参詣が増え、縁結びや安産など女性に功徳のある寺だというので官女にも人気が高い。

逢坂の関を越えて近江路をゆく旅は容易ではなかった。はるばる訪れたのだからと、式部は七日間の参籠をすることにした。

紅葉にはまだ早いものの、高台に建つ古寺の秋の風情が胸にしみて、淡海に映る月影も儚げに物寂しい。初日からもう、式部は都が恋しかった。

そういえば、夫を和泉国へ残して独り都へ帰ったあのときも、都の土をふんだとたんに不安や心細さが霧消した。やはり古里は都——とおもえば、なぜ石山寺へやってきたのか、そのわけもわかる……。そう。自分にとって帥宮がどんなに大切な人か、式部は今、あらためて感じていた。

どうか、ずっとおそばにいられますように。身分ちがいの恋が実ることはなくても、せめて心だけは生涯むすばれていますように――。

昼夜分かたず仏に念じる。

早くも功徳があったのか。二日目の夕、お堂にこもっていると、高欄の下のほうに人影を見つけた。おや、と見下ろせば、なんと帥宮の小舎人童である。侍女を介して何用かと問わせると、帥宮の文をはこんできたとのことだった。

式部は高鳴る胸を抑えきれず、その場で文をあけた。

「どうして教えてくださらなかったのですか、わたしのことなど気にもかけずに残して行ってしまうとは……心憂く」と書かれているそのあとに、

　関越えてけふぞ問ふとや人は知る
　おもひ絶えせぬ心づかひを

「逢坂の関を越えてまでこうして文をとどけさせたのですよ。わたしのあなたへの愛は切れることはありません。おわかりでしょうか……」

と、歌が認められていた。

帥宮のあふれんばかりの熱いおもいに、式部はおもわず頰を染めていた。

聞けば、小舎人童は式部の家を訪ねて石山詣を知り、主に知らせたとたん、翌朝には石山へ出立して文をとどけるよう命じられたのだという。

式部もすぐさま歌を返した。

恋文の使いを仰せつかった小舎人童こそ、いい迷惑だったかもしれない。関越えの道をもう一度たどって、「わたしと逢うために早く帰ってください」という師宮の歌をとどけてきた。

式部もすぐさま返歌を認める。

こころみにおのが心もこころみむ
いざ都へと来てさそひみよ

「わたくしも自分の心を試しているのです。あなたも本気なら、ここへ来て、さぁ都へとわたくしを誘ってください……」

小舎人童を歌とともに都へ帰すや、式部は早くも帰り仕度をしていた。師宮に逢いたくてたまらない。

「まだ七日になりませんよ。よろしいのでございますか」

「よいのです。すぐに都へ帰らなければ」

おろおろする侍女や舎人を急きたてて、式部は石山寺を出た。帰り道でまた歌を詠む。

山を出でて冥きみちにぞたどりこし
今ひとたびのあふことにより

太后の死、母の死、そして夫にまで棄てられて絶望の淵を這いまわっていたとき、弾正宮の情けをうけることになった。それは決して光射す道ではなかった。「冥きより冥き道にぞ入りぬべき」と詠んだのは、それでも生きる覚悟をした証だ。

今また式部は新たな覚悟を決めていた。帥宮との愛を貫くこともやはり、冥い道にちがいない。それでも歩きつづける、という覚悟だ。

悪評には耳をふさごう。父や赤染衛門や、帥宮の北の方や乳母や、帝、東宮、左大臣……周囲の人々の忠告にも、もう耳は貸さない。だれ一人、味方がいなくなってもよい。帥宮を想いつづけよう……と。

帰路は寒風が身を刺した。が、空はどこまでも高かった。

関を越えて都路へ入り、式部は蘇生した。

十一

都をはなれることで帥宮への想いの深さをたしかめた式部だったが、だからといって、二人の仲がすぐに進展したわけではない。まさに出口のない冥い道へふみこんでしまったようなもの。帥宮が北の方に手を焼き、乳母の泣き落としに辟易(へきえき)していたように、式部も、耳をふさいでもなお聞こえてくる心ない噂に傷ついていた。

今の間に君来まさなん恋しとて
名もあるものをわれゆかんやは

「わたくしを想ってくださるなら、今すぐにいらしてください。世間の評判があります。どうしてわたくしがあなたのもとへ行かれましょう……」

うらむらむ心はたゆな限りなく
頼む君をぞわれもうたがふ

「わたくしをお恨みになっておられるなら、そのお心だけは絶やさないでいてください。それさえなくなれば、たよりとしているあなたを、わたくしも疑うようになるやもしれません……」

なぐさむる君もありとはおもへども
なほ夕暮れはものぞ悲しき

「なぐさめてくださるあなたがいる。それがわかっていても、冬の日が暮れてゆくのはもの悲しゅうて……」

君は君われはわれともへだてねば
心々にあらむものかは

「あなたはあなた、わたくしはわたくし、もうそんな分けへだてはありません。二人はおなじ心なのですもの……」

心はゆれ、胸は昂り、強気になったかとおもうと気弱になって、鬱々と沈みこんでしまう。

そんなある日、行成が訪ねてきた。御簾をへだてているから顔は見えないはずなのに、行成は開口一番、

「おもいつめてばかりおられると、病にとり憑かれますぞ」

と、兄が妹に意見をするような口調で切りだした。

「明神さまのような口ぶりですこと」

式部も身内に対するような気安さでいい返した。

「貴船明神との贈答歌なら聞いています。式部どのの歌はたいそうな評判ですから。ものおもへば沢のほたるもわが身より……というのでしたね」

「ええ……あくがれいづるたまかとぞ見る」

「明神直々の返歌をいただいたとやら」

「そうなのです。奥山にたぎりて落つる滝つ瀬のたまちるばかりものなおもひそ……という歌です。まことに聞こえたのですよ、殿方のお声でした。魂が砕け散るほど、ものおもいにふけってはならぬ、そんなことをしたら身の破滅だ……と」

あれは蛍の季節だから、まだ帥宮と結ばれて間もないころだった。自分の身に起こってしまったことのあまりの重大さに押しつぶされそうになって、矢も楯もたまらず貴船明神へ参拝に出かけた。

小雨にけむる境内をさまよい、うっそうたる林の下闇に芥子粒のような光を見つけたとき、式部は、こんなところにわたくしの魂が……とおもわず駆けよっていた。ぬれそぼち、ふるえながらも、そこにいることを知らしめずにはいられない蛍――。

「あのときも明神さまに叱られましたが、これはわたくしの性、いけない、引き返さなければ、とおもうても冥き道を突き進んでしまう……そう生まれついているのでしょう」

「その烈しさがのうてはあれほどの歌は詠めません。それこそ式部どの、とおもえば、むろんおもいつめるな、とはいいにくいのですが……」

行成は膝を進めた。

「それでも、今日はいわせていただきます。なにごとであれ、立ち止まって冷静に考える間合いが必要です。そのためには暮らしぶりを変えてみるほうがよいのでは、とおもいます」

「暮らしぶりを変える……」

「さよう。また宮仕えをする気はありませんか」

式部は驚いた。太后がいないのに、今さらどこへ出仕せよというのか。

行成がいう宮仕えとは、帝の皇子、一の宮と呼ばれる敦康親王の養育係だった。親王は生母の定子皇后を喪い、彰子中宮のもとで育てられている。左大臣道長の庇護下にある、ということだ。

帥宮も道長の庇護をうけている。亡き弾正宮と帥宮の兄弟は、行成とも身内のような絆でむすばれていた。

「どういうことか、わかりました。わたくしを帥宮さまからひきはなすよう、左大臣さまからのご下命があったのですね」

式部は硬い声でいった。前夫との仲をひきさいたのも道長だった。年上の浮かれ女から帥宮を救おうという魂胆だろう。その手には乗るものかと、こぶしをにぎりしめる。

行成は狼狽した。ということは、式部の推測は当たっていたのか。

「左大臣の要請があったことはたしかですが、これは、式部どのの才を買うたがゆえに出た話にございます。中宮さまは式部どのの歌に心酔しておられて、ぜひとも一の宮さまのご養育をしてほしいと……」

彰子中宮と聞いても、式部の心は動かなかった。どのみち作り話にちがいない。道長の姫として蝶よ花よと育てられ、帝と相思相愛だった定子を押しのけるように入内した彰子である。赤染衛門は彰子にも悩みがあるといっていたが、そうだとしても、何不自由なく育てられた彰子に自分の歌がわかるとはおもえないし、またおもいたくもなかった。

「これがよき話だとおもうたのは、式部どのにとっても、先々のことを考えるには願ってもない機会ではないかとおもったからで……」

行成はまだぼそぼそいっていたが、式部はもう聞いていなかった。

「権どの。おひきとりください。わたくしは宮仕えなどするつもりはありません。中宮さまにもどうか、よしなにお伝えくださいませ」

とりつく島がない。これ以上いってもむだとあきらめて、行成はそそくさと帰ってゆく。

式部は独り、四面楚歌の悲哀にとらわれていた。

宮仕えの話は、帥宮の心にもさらなる不安を植えつけたようだ。うかうかしていては式部を奪われてしまうと焦ったか、知人の三位宮（さんみのみや）の邸宅を訪ねる際に式部を伴い、ひと晩中、車舎で待たせておいたり……昼日中、女車に乗って式部の家を訪れて「これからは逃げ隠れはしませんよ」と豪語したり……。

「もうはなれているのは耐えられません。南院へいらしてください」

帥宮はしばしば催促するようになった。

南院は帥宮の住まいで、式部も二、三度つれてゆかれたことがある。が、そのときは細殿の空き部屋でこっそり逢瀬を遂げただけだ。南院で暮らすとなれば、北の方をはじめ邸内の女たちとも顔を合わせなければならない。

「侍女として入るのでは、宮仕えをするのとおなじです」

「表向きは……なれど、わたしは妻とおもっています」

はなれたくないのは式部もおなじだ。たしかにこのままでは、文を贈ってきたり強引に押しかけてくる男たちもいて、帥宮とのあいだにいつ亀裂が入るか。

かといって、父や姉たちと別れ、幼い娘を残して、嫉妬や憎悪がうずまくであろう南院へ乗りこむ決心もつかない。

そうこうしているうちに、式部は風病にかかった。高熱ではないものの、体の節々が痛くて起き上がれない。いつ命の緒が切れてしまうか、せめてもう一度、帥宮に逢いたいと式部は病床でひたすら祈った。

あらざらむこの世のほかのおもひいでに
いまひとたびの逢ふこともがな

祈りが歌になり、その時々に切実なおもいで詠んだ歌が凝縮し結晶となって珠玉の歌が生まれる。

帥宮からはたびたび見舞いの文が送られてきた。

だいぶ快方にむかったので、式部は「罪深いこの身ですが、もうしばらく生きていたいとおもいます」と文を返した。

　絶えしころ絶えねとおもひし玉の緒の
　君によりまた惜しまるるかな

かえすがえすも大変でしたね、と、すぐに帥宮も次のような返歌を贈ってきた。

　玉の緒の絶えんものかは契りおきし
　なかに心はむすびこめてき

命の儚さをおもえば、いつまでも逡巡してはいられない。こうなったらもう、帥宮にすべてをゆだね、いうがままになってみようと、式部は心を決めた。そう。春になったら心機一転、南院で暮らそう……と。

帥宮との恋がはじまって八カ月余り。前夫への未練にとらわれ、弾正宮の死去にうちのめされていたとき、帥宮は彗星(すいせい)のごとく颯爽とあらわれた。若者の一途さ、真正直さで式部をとりこにした。

式部はこのごろ、自分がいつのまにか幾重にも身にまとってしまった世間体や保身といった衣を一枚ずつはぎとられて、薄衣だけを身につけた女童にもどってゆくような気がしていた。帥宮の前で手放しに泣くことができるのもそのせいかもしれない。

やはりなにか心境の変化があったのか、近ごろ知友の若者たちと仏教を学び、誦経にはげんでいるという帥宮は、あるときふっと出家への憧れを口にした。以前、行成からも聞かされていたのに、式部はひどく動揺した。

「なんということを仰せになられるのですか。わたくしは誠意をわかっていただくために南院へゆこうと決めたのに、わたくしをおいて出家なさるなどと……。それではわたくしも尼になるしかありません」

さめざめと泣く式部に当惑して、帥宮は「ほんの軽い気持ちでいったのですよ」となぐさめた。が、式部はひと晩中、泣きつづけた。

自分でも気持ちが昂っているのがわかる。次々に大切な人を失った。帥宮にまで出家されたら、どうやって生きてゆけばよいのか。そうおもうと、恐ろしさと心細さで気が転倒してしまう。

「あなたは可愛い女ですね」

帥宮は式部をやさしく抱きよせた。

「お高くとまった才女でも、男たちを手玉にとる浮かれ女でもないことが、よくわかりました。あなたは、わたしの、愛しい妻です」

十二月十八日。月の美しい夜。

「さぁ、いらっしゃい」

帥宮は式部に手をさしだした。式部はいわれるままにその手をにぎり、牛車に乗りこんだ。

帥宮は式部の侍女の一人に、身のまわりの品々を持参して南院へついてくるよう命じた。

「今宵より、あなたは南院の人です」

うつむいていた顔を上げて、式部は帥宮の眸を見つめる。

蛍のようにきらめく眸を――。

月明かりの都大路を、恋人たちを乗せた牛車は東三条院の南院へむかって歩みだした。

十二

これは現のことかしら――。

帥宮の胸に抱かれて南院へむかうあいだ、式部は夢見心地だった。目覚めたらすべてが消え失せて、冷たい寝床に独り横たわっているのではないかと不安になる。

たよりきっていた夫に棄てられた。それも、裏切りにも等しいやり方で。そのあといくらもしないうちに弾正宮と死別する不幸に見舞われた。弾正宮については強引な求愛に腹を立て、不快におもうこともままあったが、あっけなく死なれてしまった今となっては弾正宮は弾正宮なりに自分を想ってくれていたのだとおもえるし、孤独を和らげ自尊心を満足させてくれたことには感謝すらしている。

愛し愛された男たちを立てつづけに失って悲しみにうちひしがれていた自分が、新たな恋に溺れ、われを忘れるほどのめりこんでしまうとは……。こんなことが長くつづくとはおもえない。帥宮まで失う日がきたらどうすればよいのか。そうおもうだけで、恐ろしさに胸がつぶれそうになる。

東三条院の南院は、これまでも逢瀬のために訪れたことがあった。今回は細殿の小部屋ではなく、帥宮が起居している寝殿のなかに部屋が用意されていた。これ以上、式部を独りにしておいてはだれに盗みとられるか。帥宮は気が気でなくなり、妻や乳母からだけでなく世間からも非難を浴びるのを承知の上で、あえて同居という決断を下したのだ。

となれば、式部も肚をすえるしかなかった。翌朝、侍女に実家へ櫛箱など足りない品々をとりにいかせるついでに、父や姉たちに文をとどけさせた。

宮さまは軽々しいお気持ちではありません。わたくしも覚悟を決めております。どうか身勝手をお許しください。娘のこと、くれぐれもよろしゅうお頼みいたします……という文面である。

帥宮は有頂天だった。はずむ気持ちは式部にも伝染して、二人は格子も上げず、こもりきりで濃密な一両日をすごした。

「あなたを北対へお移ししなければなりませんね。こうして朝晩いっしょにいたら新鮮味がなくなって飽きられてしまいそうで……」

「あら、それならわたくしのほうこそ心配です」

二人は顔を見合わせて微笑む。北対は妻の住まいだから式部が入ることはこれから先もあり得ないが、こんな軽口がいえるのも、新鮮味がなくなることは断じてないとお互いに信じていればこそ。とはいえ、閉めきりのこもりきりはうっとうしい。

帥宮は真顔になった。

「わたしがあちらにいっているときは用心してください。あなたをひと目、見ようと、不心得な者たちがわれもわれもと覗きにくるはずです」

式部が寝殿に入ったことは早くも知れ渡っていた。帥宮をとりこにしたのはどんな女かと、だれもが好奇心をつのらせている。

「独りのときは宣旨(せんじ)の局へおゆきなさい。あそこならだれにも覗かれる心配はありません。宣旨はわたしたちのことをだれよりもわかってくれていますから」

宣旨とは帥宮付きの女房の一人で、かつては冷泉上皇——帥宮の父——の侍女だった。

精神を病んでいる冷泉上皇も、今はこの南院の東対にいる。昔、御許丸だったころの式部は上皇の正妃たる太后に仕えていたから宣旨とも顔見知りだ。宣旨は帥宮の北の方である小一条の中の君と折り合いがよくないそうで、上皇の元女房という威厳があるため、北対の女房たちが近づくことはまずないという。

「宣旨さまにお会いできるとは、おなつかしゅうございます」

「そうだ、よいことをおもいつきました。宣旨の局の近くにあなたの局をしつらえます。もっともあなたにはいつもわたしのそばにいて、身のまわりの世話をしてもらうつもりですが。それとも、そんな召人（めしゅうど）のような扱いはおいやですか」

「いいえ。宮さまのお役に立てるなら、なんでもいたします。身分のちがいははじめからわかっていたことですもの」

「許してください。わたしは自分の妻でさえ自分では決められない。でなければこれほど悩みはしないのに。でも、いつかきっと……」

「よいのです。わたくしはもう肚を決めております。だれになんとおもわれようとかまいません」

いずれにしても、ここで暮らす以上、こそこそ隠れてばかりはいられない。帥宮は北対へおもむく際、自分の侍女のなかに式部をまぎれこませた。が、これが中の君や北対の女房たちの怒りを招く結果となってしまった。中の君は帥宮を廂間から奥へは一歩たりとも入れようとしなかった。あきらめてひきあげたところへ、それみたことかといわんばかりに乳母が小言をあびせかける。

「ひと言の相談もなく女をひきこむとはけしからぬと、あちらでは皆、それはもう腹を立てておられますよ」

「それゆえ挨拶をさせようとつれていったのだ」

「今ごろ挨拶など……宮さまのけしからぬおふるまいには、前々から怒り心頭に発していらしたのです」

乳母は帥宮のうしろでうつむいている式部に棘のある視線をむけた。

「いったいなにゆえ……お若うてご身分のつりあう姫がいくらでもおりますのに」

式部はいたたまれなかった。乳母の言葉が真実であるだけに身の置き所がない。

乳母には、顔を合わせるたびに嫌味をいわれた。が、なにをいわれても聞き流すしかなかった。帥宮のかたわらにつき従い、でなければ宣旨と縫い物や染め物をしているうちに一日がすぎてゆく。独りになって紙と筆をとりあげても歌を詠む気にはなれない。

「やれやれ、また泣かれました。相談もなくあなたをつれてきた、人並みに扱ってもらえず世間では物笑いの種になっている、恥ずかしい……と、繰り言ばかりで」

中の君と逢うたびに、帥宮は憂鬱な顔で帰ってきた。

あるとき北対で式部が帥宮の髪を梳いていると、中の君の女房の中将が目をつりあげて文句をいいにきた。大事な儀式があって参殿するときは、北の方が装束をあつらえる。この日も北対で身仕度をしていたところだ。

「さような女にこれみよがしに髪を梳かせるとは、いったいどういうおつもりですか」

「皆、わたしに腹を立てています。仕度を手伝うように命じても嫌そうな顔をする者ばかりなので式部を呼んだのです」

「さようでした、その女は召人でした。閨以外でも少しはお役に立つのですねえ」

「上手なものですよ。なんなら、こちらでも梳いてもらったらどうですか」

中将と帥宮との応酬に、式部はおもわず耳をふさいでいる。


式部は、中の君の気持ちを慮って、できるだけ表に出ないよう気をつけていた。

かつて橘道貞に新しい妻ができたとの噂を耳にしたときは、嫉妬に身を揉んだ。別れた夫であってもそうなのに、ましてや帥宮は恋人を邸宅へ入れて寵愛している。中の君にとってそれがどれほど酷い仕打ちか、式部にも痛いほどわかっていたからだ。

中の君さま、なんとお詫びすればよいか——。

謝ってすむものではなかった。けれど、こんなことをしてはいけないとおもいつつも、帥宮への想いを断ち切ることができない。

誹謗、中傷、いやがらせ、なにがあってもじっと耐えようと式部は自分にいい聞かせていた。口をつぐみ、頭を低くして、できるかぎり目立たないようにすることだ。

そこここからひそひそ話が聞こえていた。足早にとおりすぎる者、目をそむける者、露骨にいじわるをする女もいた。裳の裾をふまれてころびそうになるのはしょっちゅうで、扇や鏡がなくなっていたり、局に虫や鳥の死骸が投げ込まれていたり……。もちろん呪詛されているであろうことは疑う余地がなかった。呪符か土器か毛髪か、式神と呼ばれる呪物がどこかに隠されているにちがいない。

暮れも押しつまった一夕、式部は中将に呼びだされた。

「至急、北対へおいでくださいとのことです」

帥宮は左大臣と出かけている。宣旨も東対の上皇を見舞っていた。北の方の女房からの呼び出しでは断るわけにもいかず、式部は急ぎ北対へおもむいた。

「こちらへどうぞ。お見せしたいものがあるそうです」

中将の使いが式部を招き入れたのは塗籠だった。

「いらっしゃるまでしばらくお待ちください」

問い返す間も、抗議の声をあげる間もなかった。外から妻戸を閉められ、式部は真っ暗ななかに独りとり残された。あわてて妻戸へ這いより押し開けようとしたものの、戸はびくともしない。はしたないとはおもいつつも、やむなく戸を叩きながら大声をあげてみた。が、人の気配すらなかった。

はじめから閉じこめるつもりで誘いだしたのだろう。背すじが冷えた。血の気が失せてくるのを感じたが、今となってはどうすることもできない。

「お願いです。開けてください。どなたか、戸を、開けて……」

空しく訴えるばかりだ。

そのうちに声も涙も涸れた。式部は疲れはててうずくまる。

このまま、ここで死ぬのだろうか。北対の女たちは自分が息絶えるのを待ちわびているのか。死そのものより、それほど烈しい憎悪を生んでしまったこと、その憎悪が自分にむかっていることが恐ろしい……。

どれほど閉じこめられていたか。

式部は宣旨に助けだされた。

「式部どののお姿が見えないので、すぐにここだとわかりました。塗籠に閉じこめるのは折檻の定法、今にはじまったことではありません。後宮ではよくあることです」

衰弱して死んだ者もいるとやら。

次に顔を合わせたときも中将は平然としていた。

「先日は手違いがあったとか。いったいどうしたことでしょう」

式部が訴えなくても、嫌がらせの数々は帥宮の耳にもとどいていたようだ。帥宮は式部の身を案じて、自分のそばから離さぬよう、これまで以上に心をくばるようになった。となれば北対からも足は遠のくばかりだ。

そうこうしているうちに年が明けた。

元日には冷泉上皇に賀詞を述べるため、殿上人たちが続々と集まってくる。

「北対へいっても不愉快なおもいをするだけです。こたびの仕度はあなたにまかせます」

あらかじめ帥宮にいわれていたので、式部は帥宮の直衣や指貫をあつらえていた。いそいそと着替えの介添えをする。蘇芳がさねの匂いに花唐草文をあしらった直衣は帥宮の色白の顔をひきたてて、ため息が出るほど美しい。

「さすがは式部どの。あなたに頼んだ甲斐がありました」

帥宮に褒められて、式部も得意満面。

「あなたもおいでなさい」

帥宮は式部を誘った。

人前には出たくない。出てはいけない。そうおもう一方で、自分が用意した装束を身にまとった帥宮が晴れの席でどんなふうに見えるか、この目で見たいという誘惑もこらえがたかった。

式部は帥宮付きの女房たちといっしょに東対へ出かけた。御簾と襖障子（ふすましょうじ）にかこまれた薄暗い一画にひしめいて、きらびやかに着飾った殿上人たちの晴れ姿をながめる。

やっぱり帥宮さまがいちばんだわ――。

式部は安堵と誇らしさに頬を上気させた。自分こそが女たちの注目の的になっていることには気づかない。式部の姿をひと目、見ようと、無数の目が覗き見をしていた。なかには障子に穴をあけて覗く不届き者もいて、いつのまにか周囲がざわざわと騒がしくなっている。しばらくして自分が晒し者になっているとわかったものの、席を立つわけにもいかず、扇で顔を隠して身をちぢめるしかなかった。

「式部どの。こちらへいらっしゃい」

救いの手をさしのべてくれたのは宣旨だ。宣旨は式部を局へつれ帰るや、いつになく厳しい顔をむけてきた。

「これでまた、火に油をそそいでしまいました」

装束をあつらえるという中の君の役目を奪ってしまった。その上、それを誇示するように年賀の儀に列席して、北対の女たちに面目を失わせた。

「そんな……あちらでは不機嫌な顔をされるからと帥宮さまがお頼みになられたので、できるだけのことをしてさしあげようとおもうただけにございます」

「そうだとしても、やんわりとお断りして、帥宮さまを中の君さまのところへいかせてさしあげるのがあなたの役目です」

いわれてみれば、たしかにそのとおりだった。帥宮の晴れ姿を見たいという誘惑に負けてしまったのは自分の浅はかさである。式部はうなだれた。

「中の君さまに申しわけないことをいたしました」

「あのお人は甘やかされ放題の姫さまで、深いお心がありません。帥宮さまは結婚なさった当初からお寂しゅうおもわれておられました。宮さまが、秀歌を詠まれ仏事にも励まれる式部どのに魅かれるのはやむをえません。帥宮さまはその前のご妻女でもご苦労をなされましたし、わたくしもあなたがおそばにいてくださってよかったと、正直を申せばおもっているのです」

「宣旨さま……」

「ただね、あなたがなにをしようと、世間からは寵を笠に着た驕りととられましょう。決して目立たぬよう、ここでは息をひそめて暮らすことです」

帥宮の評判にもかかわってくると諭されれば、式部もうなずくしかなかった。帥宮の求愛を受け入れた時点でわかっていたことなのだから。

「心いたします、二度とかようなことがないように」

式部が殊勝な顔でいうと、宣旨はようやく笑顔になった。

「先日、赤染衛門どのにお会いしました」

「まぁ……わたくしのこと、さぞやあきれておられましたでしょうね」

「いいえ。式部どのらしい、と仰せでした。後先見ずに突き進むのは式部どのの性分、だれにもお止めすることはできない……とも」

突き進んだわけではない。坂道をころがるように、いつのまにかここまで来てしまったのだ。そういい返したかったが……。

ともあれ赤染衛門が自分を見限ってはいないようなので、式部はほっと息をついた。

宣旨はつづける。

「それからそうそう、歌は詠んでおりますか、と訊かれましたよ」

また歌か……と、式部はかすかに眉をひそめた。まわりから白い目で見られ、身をちぢめている暮らしなのに、どうして歌など詠めようか。

宣旨は目くばせをした。

「赤染衛門どのは仰せでしたよ。辛いときこそ歌をお詠みなさい、と。さようです、歌は——歌だけは、裏切りもしないし意地悪もしません」

冷泉上皇への賀詞が終わって上達部(かんだちめ)たちの宴(うたげ)がはじまったようだ。管弦の音が流れてくる。いつまでこの暮らしがつづくのかと、式部はため息をついた。

十三

式部に対する世間の目は総じて冷たかった。

夫がいるのに弾正宮の子を産み、兄宮が死んだら弟宮へ乗りかえた。妻たちを泣かせ、身分もわきまえずに男の邸宅へ入りこみ、わがもの顔にふるまっている。そもそもが美貌と歌の才を武器に男たちをとりこにしてきた「浮かれ女」である。

父や姉たちはどうおもっているのか、式部は気にかかっていた。今度こそ、世に恥じない結婚をさせようとしていたのに、さぞや落胆しているはずだ。なにもいってこないのは相手が親王だからで、でなければとうにつれもどされていたにちがいない。

里へ帰ろうか、と、式部はおもった。一度帰ってきちんと話をしたほうがいい。久々に娘にも会いたい。あつらえたばかりの表着(うわぎ)の裾に焼け焦げを見つけ、あぁまたか……と嘆息したときなど、まなじりを決して荷物をまとめかけるのに、帥宮に抱きよせられるとまたもや決意がにぶってしまう。毎日がそのくりかえしだ。

朝露のごとき命だもの――。

今このときだけがすべてとおもえば、帥宮のそばから離れられない。

年賀の行事が一段落したころだった。式部と帥宮がむつまじく語らっていると、宣旨が血相を変えてとんできた。

「北の御方さまが出ていかれると……里邸からご兄弟がお迎えにいらしたそうにございます」

中の君の姉は東宮の女御である。

「里帰りをされておられる女御さまより御文がとどいたとか、噂を聞いて胸を痛めている、帰っていらっしゃい……と。北の御方さまは渡りに船とばかり、女房たちに荷物の整理をおさせになり、北対を塵ひとつなく清めさせて……」

女房たちはあわてふためき、式部の悪口をならべたてた。中の君は耳をふさぎ、そんなこともう聞き苦しいからと里邸へ迎えの車を催促した。

「北の御方さまが里邸へお帰りになられれば、東宮さまのお耳にも入りましょう。宮さま。早う(はよ)ひきとめてくださいまし」

「それがようございます。さ、北対へ」

宣旨につづいて式部も勧めたので、帥宮は気乗りしない顔ながら北対へ出かけていった。しばらくしてもどってきたときは、むしろさばさばした顔をしていた。

「とうにお心を決めておられたようです。なにを申し上げてもむだでした」

「では、出ていってしまわれたのですか」

式部と宣旨は顔を見合わせる。

「せめて車のご用意を、と申し上げたのですが、もうお迎えの牛車が待っていました」

「そんな……手をこまぬいていてよろしいのですか」

「よいもなにも……したいようにさせてやるのがいちばんです。中の君はまだお若い。

わたしに愛想を尽かしたと仰せなら、独りになったほうが本人のためでしょう。きっと良縁も見つかる……」

はたしてそうだろうか。中の君の父である藤原済時(なりとき)は数年前に病死していた。姉が東宮妃というだけで良縁が舞いこむかどうか。

結婚は、ほとんど例外なく、出世や保身のためにするものである。

式部は今さらながら中の君が左大臣道長の娘でないことに胸を撫で下ろしていた。道長の娘だったら、こうなる前にしかるべき手が打たれていたはずで、式部と帥宮の仲など即座に握りつぶされていたにちがいない。

ともあれ、中の君と北対の女たちが出て行ってしまったので、式部と帥宮は人目を気にしなくてすむようになった。式部が北の方にとってかわることは身分上あり得ないし、表向きは召人のままでいるしかないものの、もはやそんなことは二人にとってどうでもよいことだった。世間の人々が自分たちをなんといおうと、悪評さえも気にならない。

「羽目をはずしてはなりませんよ」

「いい気になれば足をすくわれます。心してくださいまし」

乳母や宣旨の忠告を、帥宮も式部も聞き流した。今のところ、どこからも横槍は入っていない。だったら今このときを謳歌(おうか)して、なにがわるいのか。

傍（はた）からみれば異様にもおもえる昂りだったかもしれない。

もっと単純にいえば、二人ともはしゃぎたい気分だった。妻に愛想を尽かされるという不名誉を味わった帥宮同様、式部も胸にぐさりと突き刺さることがあったからだ。元夫の——相変わらず離縁の話さえしないまま疎遠になってしまった——橘道貞が春の除目で陸奥守（むつのかみ）に就任、彼の地へ赴任するとの知らせを耳にした。

「赤染衛門どのがこれを……」

宣旨に手渡された文には歌が一首、そえてあった。

ゆく人もとまるもいかに思ふらん
別れて後のまたの別れを

目をとおすなり、式部は過去へひきもどされた。とうに棄て去ったはずの未練に頰を打たれたような衝撃だった。

わかれてもおなじ都にありしかば
いとこのたびの心ちやはせし

南院へ来てからおもうように歌が詠めなかったのに、皮肉にもすらすらと浮かんでくる。式部はすぐさま手元の紙に書きつけ、赤染衛門に渡してくれるよう宣旨に託した。

これでいよいよ前夫との縁が切れたということか。

式部も師宮もしがらみから解き放たれた。うしろめたさを感じなくてすむ安堵と同時に、大海に投げこまれたような心もとなさもあった。二人は今やたよる小舟とてない迷い子、どんなに非難をあびようとも、手をたずさえて生きてゆかなければならない……。

二月の終わり、二人は洛北の白河院（しらかわいん）へ花見に出かけた。藤原北家（ほっけ）の別邸ではなく、左衛門督（さえもんのかみ）の藤原公任の山荘である。三船（さんせん）（漢詩・管弦・和歌）の才に秀で、行成らとともに道長をよく補佐し、血統も申し分なしという公任は、師宮が訪れると聞き、自分も参院して待ちかまえていた。満開の桜を愛でながら歌を詠み合おうというのだ。

師宮と公任は豪壮な別邸の廂間にならんで座り、御簾をへだてたそのうしろに式部が席をとって、三人でかわるがわる歌を詠み合った。

われが名は花ぬす人と立たば立て
ただ一枝は折りて帰らむ

真っ先に詠んだのは師宮だ。式部という評判の歌人をわがものにした自分を花盗人になぞらえているのが、恋に胸をときめかせる若者らしい。

　山里の主に知られで折る人は
　花をも名をも惜しまざりけり

　つづいて公任が、花を手折って花盗人と呼ばれるとは惜しいことよ、と、人生においても恋においても熟練者たる余裕をみせて批判めいた歌を詠んでみせた。式部はたちどころに次のように詠みかえして、帥宮への想いを吐露した。

　折る人のそれなるからにあぢきなく
　見し山里の花の香ぞする

「折る人が折る人だからこそ、味気なく見える山里の花も芳しい香がするのですよ」

　次々に歌を詠み合っているうちに、長閑な午後がすぎてゆく。
　式部は、自分の体が空高く舞い上がってゆくような感覚にとらわれていた。浮遊する体から魂がぬけだして、さらなる高みへ昇ってゆく……。

「これまで見たどのときより、晴れやかなお顔ですよ」

帰り道の牛車で、帥宮は式部の肩を抱きよせた。

「楽しゅうございましたもの。わたくしにとって、歌は命の水なのだとあらためておもいました。ようやく渇きが癒されたような心地です」

式部は答えた。本当にそんな気がしている。

帥宮は式部の頬を両手ではさんで、きらめく眸を見つめた。

「わたしの命の水はあなたです。あなたがいないと、干からびて死んでしまいます」

「まぁ、大変。では枯れないよう、帰ったらすぐに水をさしあげましょう」

「それでは間に合いそうにありません。ほら、もう枯れてきた。今、ここで、水を……飲ませてください」

くちびるが合わさる。式部は今さらながら帥宮を、なんと一途な、なんて可愛い人だろうとおもった。南院へつれられてきたときは不安に目がくらみ、女たちの侮蔑と憎悪のまなざしに身を切られるようだった。そしてあの、恐ろしい意地悪の数々……。

今は、耐えぬいてよかったと心底からおもう。

ようやく手にしたこの幸せが末永くつづきますように——。

抱かれながら、式部は祈った。

帥宮の北の方、小一条の中の君が退去して以来、式部と帥宮の蜜月はつづいていた。帥宮に勧められても北対へ入ることだけは遠慮をしていたものの、式部はもはやだれの目にも帥宮の妻だと映っているようで、あの眉をひそめていた乳母までが何事も式部の指示を仰ぐようになっていた。

落ちついた暮らしのなかで、式部はまた歌を詠み、時に飽かせて散文なども書き散らすようになった。帥宮は帥宮で管弦の催しや法話会（ほうわえ）に出かけ、ときには道長や行成に誘われて遊山に赴くこともある。

九月になって橘道貞が赴任している陸奥国へ妻子が旅立ったとの噂が流れてきたときも、式部はもう動揺しなかった。時は移ろってゆく。ひとところにとどまるものはない。あの辛い別れがあったからこそ今の満ち足りた日々がやってきたのだとおもえば、道貞への恨みつらみも薄れてゆく。

父や姉たちも、今では当たり前の顔で行き来するようになっていた。帥宮がなんでも気前よく下げ渡してくれるので父は機嫌がよい。なにより道長が帥宮と中の君との離縁を黙認していることも、父を安堵させていた。道長の機嫌をそこねれば、昇進はおろか、お先真っ暗になってしまう。式部が駆け落ちしたあとしばらく音沙汰がなかったのは、道長の出方をうかがっていたためらしい。

翌寛弘（かんこう）二年（一〇〇五）十一月十五日に内裏が焼失した。一条天皇と中宮彰子は東三条院を仮御所にすることになった。それにともない、帥宮の兄の東宮も、帥宮と式部、冷泉上皇の住まいである東三条院の南院へ避難してきた。帥宮の周辺はにわかにあわただしくなった。

そんな年の瀬、式部は帥宮の子を身ごもっていることに気づいた。道貞との第二子を懐妊したときは、腹の子の実父が弾正宮だと噂を立てられた。道貞に認知を拒まれた息子は大江家の養子となり、現在も大江邸で養育されている。第一子の娘のほうは、陸奥国へ赴任する前、道貞が顔を見に来たというから両親に見捨てられたわけではないものの、やはり父母とは離れ離れの暮らしである。

姉や兄に比べて胎内にいる子は幸運だと式部はおもった。父が帥宮であることはまちがえようがないし、両親の期待と愛を一身にあびて生まれてくるのだから。

帥宮は大よろこびだった。これで式部との絆が盤石になる。身分上、正式な結婚はできなくても、子を生した事実は曲げられない。式部の立場もこれからは変わってくるはずだ。

「もう、だれにもあなたを召人などと呼ばせませんよ」

「それにしても、帥宮さまが父親になられるなんて、想像もつきません」

「見ていてごらんなさい。良い父親になりますから。わたしは、父に、愛されたことがありません、だからこそ……」

東宮、弾正宮、帥宮の三兄弟の父である冷泉上皇は、帥宮が物心ついたとき、すでに精神に異常をきたしていた。母親も早く死んでしまったので、三人は外祖父の藤原兼家に育てられた。甘やかされて育ったとはいえ、両親のいない寂しさは幼子の胸に刻みこまれているはずだ。

「ええ。大切に育てましょう。その前に、すこやかな御子をお産みしなければ」

「わたしがついていています。心配は無用です」

なんと頼もしい言葉か。口だけではない。帥宮の誠実なまなざしを見れば、それが心からの言葉だとわかる。

こんなに幸せな日が来ようとは——。

式部は黒髪をかきあげた。と、そのとき、背すじがぞくりとした。非の打ちどころがないほど幸せなのに、それならなぜ悪寒がするのか。

笑顔のうしろで、式部は得体の知れない不安を感じていた。

十四

その日、わたしが四条大納言と話をすることができたのは、夫のおかげだった。大概は厄介事を持ち帰ってくるだけで役に立たない夫でも、ごくまれにわたしをよろこばせることがある。

もっとも、これはまったくの偶然だった。

「おい。ちょっと手伝(てつど)うてはくれぬか」

書物の山から顔を上げた夫に声をかけられたとき、わたしは内心やれやれとおもった。母の様子を見に実家の大江邸へ出かけようとおもっていたのだ。母の赤染衛門は高齢にもかかわらず人並みの体力を保っていたが、和泉式部を喪って以来、ふさぎこむ日がふえている。

しぶしぶながらも、わたしは夫の頼みを聞いてやることにした。

「で、なにをお手伝いすればよろしいのですか」

「今から四条へゆく。大納言さまにお教えを請いたきことが出来したのだ」

「おうかがいすると、お約束しているのですか」

「いや。しかし四条邸におられることはわかっている」

「でしたらまずはご都合をうかごうて……」

「なに、出家の身だ、ひまをもてあましておられよう。それにお歳もお歳ゆえ、先延ばしにしておっては訊けずじまいになるやもしれん」

「四条大納言さまは母より十ほどもお若(わこ)うございますよ」

「おまえの母者は化け物だ。八十で歌会に出かけるご仁がどこにおる?」

「化け物とはまぁ……」

毎度のごとくあれこれいい合いながらも身仕度をして、夫婦はそろって牛車に乗りこんだ。いいだしたら聞かないのは夫のわるい癖で、文句をいいながらも夫に牛耳られてしまうのはわたしの弱さである。

夫がいう手伝いとは、四条大納言の教えを一字一句もらさぬように書き留めることだった。大納言は多弁の上に早口だ。というより、夫とおなじで漢詩や和歌に造詣が深く、またのめりこみ方が尋常ではないので、いったん話しだしたら止まらない。二人して夢中になってしゃべっていては大事な話を聞きもらす恐れがあるので、わたしの出番となったらしい。

四条大納言とは、藤原公任のことである。関白太政大臣にまで昇った藤原頼忠（よりただ）の嫡男だから血筋は申し分ない。学才ひときわ優れ、歌人としても名を成し、世の動静を見る目もたしかで、道長のかたわらにあって行成らとともに一条天皇の治世を支えてきた。一条、三条、後一条、そして今年は後朱雀と天皇がかわり、道長も行成もとうに鬼籍に入ってしまったが、大納言は十年ほど前に出家をして、今も健在だった。四条邸にこもって有職故実の書の執筆に専心しているという。

夫はこのところ白居易（はくきょい）に入れこんでいるから、大納言に訊ねたいことがあるのだろう。大納言が選者となって世に出した『和漢朗詠集（わかんろうえいしゅう）』は和歌二百首の余、漢詩は六百近くを収めた壮大なもので、白居易の漢詩も数多くとりあげられている。行成が清書したという硯箱入りの美しい本はわが家の蔵書のひとつにもなっていて、わたしもときおり手にとることがあった。

「大納言さまのあの豪華な御本は、たしか、一の姫さまのご婚礼の引き出物でしたね」

牛車のなかで、わたしはふっとおもいだして訊いてみた。

「さようだったか。うむ、そうか。父が、内大臣教通（のりみち）さまと一の姫さまとの所顕でもろうたというておられた。となると十五年、いや二十年も昔のことか」

「まだそこまでは経っておりませんよ。でも、一の姫さまはもう亡（の）うなられてしまいましたね」

「御子を何人もお産みになられ、仲むつまじいご夫婦とうかごうていたが……しかし、あのご結婚はずいぶんと強引だったそうな……」

わたしはあッと声をもらした。

「その話、母からも聞いたことがあります」

「うむ。和泉式部の娘の小式部どのはお気の毒だった」

「むりやり別れさせられたのでしたね、教通さまと……」

「左大臣家の意向とあれば、式部どのもよけいなことはいえなんだのだろう」

「御子までいらしたのです。小式部どのは悔しいおもいをなさったはずです。式部どのとて、お胸の内ではお辛かったにちがいありません」

「何人たりと左大臣家には逆らえん。官位も結婚も、われら下々はご上意に従うのみ」

「下々でのうても、高貴な姫さまもおなじにございます」

「さよう。われらは吹けば飛ぶような駒だ、だれぞの手の上で弄ばれておる。ま、わが娘もその手の上におるわけで、とやこうはいえんがのう」

「それにしては、いいたい放題にございますよ」

「ゆえに出世とは縁がないのだ」

夫はため息をつく。夫が万年、中宮亮なのは、粗雑な態度と礼を失する物言いのせいであることはまちがいなかった。出世など、わたしはとうにあきらめている。

四条邸では突然の訪問に驚いた門番にけげんな顔をされたものの、釣殿へとおされたときはもう四条大納言が待っていて、機嫌よく迎えてくれた。

大納言は小柄な老人で、品のよい顔は血色がよく赤子のようにつるりとしている。そのせいか、口と顎をおおうふさふさとした白い髭が作り物めいて見え、どことなく可笑しみを感じさせる翁だ。

「ご妻女がごいっしょとは……なるほど、匡衡衛門さまの娘御らしゅうございますな」

わたしの母は、父が生きていたころから夫婦仲のよさを揶揄されて、「赤染」のかわりに父の「匡衡」をつけて呼ばれることがあった。

「江侍従と申します。今は宿下がりをさせていただいております」

大納言と夫は早速、本題に入った。やはり漢詩の話で、白居易だけでなく陶淵明や李白や杜甫や、矢継ぎ早に質問をあびせる夫も夫だが、なにを訊かれても即座に答え、しかもそこから延々と逸話や伝承をくりだす大納言もさすがの学才としかいいようがない。案の定、二人の話を書き留めるので、わたしは汗だくである。

一段落して御酒や肴が供されたところで、わたしは訊いてみた。ここへ来る車の中で話が出たときから、ぜひとも訊いてみたいとおもっていたのだ。

「先ごろ逝去された和泉式部どのの歌集に、大納言さまと詠み合うたお歌がございましたね」

和泉式部ほど、人々の好き嫌いのはげしい歌人はいなかった。いや、歌の才はだれもが認めるところだから、式部の評価の大半はその人となりによるものだろう。大納言の娘が式部の娘を押しのけるようなかたちで内大臣教通――当時は左近衛大将だった道長の五男――と結婚した事実もあるので、わたしは大納言がどの程度、式部と親しかったのか、式部をどうおもっているのか、見当がつかなかった。まずは当たり障りのなさそうなところから入ることにする。

「和泉式部……あの式部どのがもうこの世におられぬとは……いやはや、わしも少々生きすぎましたな」

予想外の名がとびだしたので一瞬、目をしばたたいたものの、大納言は深々と吐息をついた。

「あれは、帥宮さまと式部どのが白河院へ花見にいらしたときの歌にございました。なんともまぁ、花などかすむほどのお美しきお二人にて、しかもその御仲のむつまじいことといったら……あれでは完敗、これはかなわぬと見惚れておりました」

ということは、大納言も若かりしときは式部に想いをよせたことがあったのか。相聞歌を贈った男たちの列に名をつらねていたのかもしれない。

「それでは帥宮さまと式部どのはお幸せだったのでございますね」

「むろん、お幸せでしたろう。とはいえ式部どのはあのとおり浮名の絶えぬお人ゆえ、帥宮さまは気の休まるひまがなかったのではありませんかな。お命をちぢめられたのは、それもあったのではないか……と。他人に奪われないように南院へ住まわせた、が、見せびらかしたい気持ちも抑えがたい……」

「賀茂祭の話がありましたねえ。見物したかったなぁ、真っ赤な物忌み札をつけた式部どののお姿を……」

夫が口をはさんだ。

帥宮と式部は、当時、なにかといえば世間の耳目を集めていたらしい。賀茂祭の奇行もそのひとつで、わたしはその話も母から聞かされていた。

祭り見物にひとつ牛車でやってきた二人は、車の前方の簾を真ん中で縦に切り、帥宮のほうは高く巻き上げてその優美な姿を見せ、式部のほうは下ろしたままの下方から出衣（いだしぎぬ）といって華美な装束の裾を長々と見せる。しかも紅の袴の裾に大きな赤い物忌み札を貼りつけていたというのだ。「物忌みゆえ皆さんに顔はお見せできません」と、わざわざおもわせぶりに喧伝するなど、親王ともあろうお人がなさることともおもえない。

「なぜさようなことをなさったのでしょう？」

ちょうどよい機会である。前々から気になっていたので、わたしは大納言に訊ねてみた。式部が帥宮と愛を育んでいたこのころ、大納言が二人と親しくしていたことは、白河院での歌合（うたあわせ）だけでなく、式部に元夫の橘道貞の妻子が陸奥国へ下る知らせなど伝えていることからもわかっている。

大納言は眉をひそめた。

「帥宮さまは式部どのを見せびらかしたかった。公衆の面前で自分のものだと宣言したかった。それは若者の昂りでもあったかもしれないが、そればかりではありません。

そうしなければ忌々しきことが起きるのではと危ぶんでおられたからでしょう」

「忌々しきこと……」

「さよう。式部どのは懐妊しておられた。戯れの恋ならよい。見すごしておくこともできる。が、御子ができたとなると……。帥宮さまは東宮の御弟君（おんおとうとぎみ）にございます」

夫とわたしは顔を見合わせた。

「なれば大納言さま、式部どのが帥宮さまの御子を産むことを、快くおもわぬ者がいたとでも？」

「わかったぞ。弾正宮さまが亡うなられた。万にひとつ、帥宮さまが次期東宮に冊立されることも、ないとはいえぬ。そのとき御子がいてはまずいと……」

当時、彰子中宮にはまだ御子がなかった。亡き定子皇后の御子を、母代わりとなって養育していた。東宮が帝になったとき、次の東宮に冊立されるのはこの御子か、東宮の御子か、可能性としては薄いものの、東宮の弟である帥宮も三番目の可能性としてまだ除外されたわけではない。

大納言はうなずいた。

「小一条の中の君さまが出て行かれたのは好都合、式部どののなればもとより正妻にはなれぬゆえ好きにさせておけばよい。そうおもっていた者がいたのではないかと……ただし、御子は困る。御子ができたと知って、帥宮さまは歓喜した。が、すぐにぞっとしたはずにございます。せめて式部どのとの仲を公然の事実にしておかなければ、なにが起こるか。知らぬうちに闇に葬られ、うやむやにされた例なら、いくらでもありますからな」

わたしは動悸を鎮めるのがやっとだった。

「御子を守るために、あえて奇行をしてみせた、と仰せなのですね。それがわかったから式部どのも師宮さまのいうなりになっていた、と……。恥をかこうがあきれられようがかまわない、二人の仲を世に広く知らしめて、危害が加えられることのないように……」

「おそらく、そういうことにございましょう。お二人は大よろこびをしたものの、次第に追いつめられてゆかざるを得なかった。孤島に二人きりで流されたようなものです。下手に動けば腹の子もろとも息の根を止められる……」

「そんな、恐ろしい、ことが……」

わたしは青くなっていたはずだ。

大納言は長い顎鬚をしごいて、腹の底から太い息をついた。

「後年、式部どのの御身に起こったとおなじことが小式部どのの御身に起こったとき、わしは式部どのにこういいました。だれを怨んでもよいが、わしの娘だけは怨まんでもらいたい、と。式部どのは深くうなずき、ようわかっております、と答えました。

娘の試練はわたくしの試練でもありますが、太后さまの試練、定子中宮さまの試練、数知れない女たちの試練でもあります。ご心配なく、小式部には歌がありますから……と」

「ほう。歌がある、といわれましたか」

「式部どのらしゅうございますね」

「教通さまは兄君とちがい、道理のわかる、情深いお人ゆえ、ありがたいことに娘は正式な妻となり、御子たちにも恵まれ、幸せに暮らすことができました。しかしお産で亡うなってしまった。しかもその翌年には小式部どのまでやはりお産で……なにやらふしぎな縁にございます」

式部の面影を追いかけているのか、大納言は手にとどかぬものを追い求めるかのように虚空に視線をさまよわせている。わたしはこのとき、和泉式部が鮮やかな色彩と共にくっきりとわたしの面前に生身の姿をあらわしたような感動にとらわれていた。

十五

式部は男児を産んだ。

稚児の世話は乳母の役目である。帥宮は稚児が生まれる前から乳母を選んでいた。これは公家では当然のならいで、ましてや親王の御子ともなれば、生母が自分でわが子を養育することなどあり得ない。

それでも、稚児は健康そのものだし、おなじ邸内にいればいつでも顔を見られる。式部は産褥の床で母になったよろこびをかみしめた。

「わたしには兄宮のような野心はありません。あなたと、わたしたちの息子と、穏やかに暮らせればそれで充分です」

帥宮は父となった誇りではちきれそうだった。横槍が入って式部とひきはなされてしまうのではないか、なんらかの妨害があって稚児が水にされてしまうのではないか……無事に出産が終わるまで気が気でなかったからだ。

「宮さまは法華経を書写してくださいました。その功徳にございましょう」

「法華経といえば、権納言にも礼をいわなければなりませんね」

帥宮は妻子の無事を祈って法華経の書写を完成させた。法華経の教えは「すべてのものが仏になる」ということで、貴賤や上下で人を差別しない。帥宮が法華経をよりどころにしたのはもちろん、身分にしばられて結婚相手さえ自分では決められないもどかしさゆえにちがいない。

完成した書写本の外題は権納言こと行成が書いた。能筆家として知られる行成が、かねてから懇意にしている帥宮と式部の頼みにふたつ返事で応じたのはいうまでもない。

南院の二人の殿舎には、行成や赤染衛門、多田大将や大納言公任ほか、とおりいっぺんのつきあいしかない殿上人からも次々に祝いの品がとどけられた。本人が望むと望まざるとにかかわらず、帥宮が東宮になる可能性も皆無とはいえない。今のうちに機嫌をとっておこうというのだろう。

左大臣道長からも、当然ながら祝いの品々が贈られた。とどけてきたのは左大臣家の家司、藤原保昌だった。女童のころ摂津国多田荘で出会い、四年前に行成の世尊寺供養の際に再会した、あの鬼笛である。

帥宮が不在だったので、式部が御簾越しに礼を述べた。

ところが鬼笛は平伏したまま、いっこうに顔を上げようとしない。侍女たちも困惑して顔を見合わせる。やむなく声をかけようとした式部は、鬼笛の肩がふるえていることに気づいた。

「ご気分でもおわるいのですか」

「いや、いやいや、どこもわるうはございません。こうして式部どのと直々にお会いできる日が来ようとは……身に余る光栄に浴し、感涙にむせんでおる次第にて……」

洟(はな)をすすりながらいわれて、式部は目を丸くした。

「世尊寺でもお会いしましたよ」

「あのときはあまりの驚きにただ茫然とするばかりでした。むろん面影がございましたゆえ、御許丸どのであることはすぐにわかりましたが、それにしても、多田で会うた愛らしき女童がかようにろうたけた女性になっておられようとは……」

世尊寺では、だれにも会わないだろうとタカをくっていたので、顔を隠していなかった。

「多田荘でのこと、覚えていらしたのですね」

「覚えているもなにも。御許…… いや、式部どのは、わが命の恩人にて……」

「命の恩人……わたくしが？」

「さよう。あそこで式部どのに話を聞いてもらわなんだら、京へ舞いもどって、弟とおなじ道をたどっていたやもしれませぬ」

そう。多田荘で話をしたときの鬼笛は、生きる気力を失くしているようだった。それもそのはず、あのときの鬼笛は、弟が捕えられ、壮絶な自害を遂げたとの知らせをうけたところだったのだ。式部——御許丸は女童だったから、分別くさいことをいって多田荘に身をひそめているようにとひきとめたわけではなかった。話に耳を傾けているうちに、鬼笛が腰に差している笛に興味をひかれた。乱暴者でならす若者が横笛の名手だと聞いていたので、吹いてくれとせがんだ。

「わたくしは、笛を吹いていただいただけにございます」

「笛のおかげで胸が鎮まったのです。あれは弟の形見で、二度と吹くものか、棄ててしまおうとおもっていたのですが……」

猪名川の清流をふるわせ、蟬しぐれと競うように松林を駆けぬけて鷹尾山のかなたへ消えていった笛の音……烈しくも哀切な、忘れがたい調べだった。

「わたくしはしばらくして都へ帰りました。でも、あなたはあれからも多田荘にいらしたそうですね。そういえば多田大将や壺井大将が鬼笛どのの噂をしておられました。笛だけでなく弓も刀も武勇ではならぶ者がないと……というても昔のことで……左大臣家の家司をなさっておられるとは存じませんでした」

「肥後守でもあります。任地へおもむくべきところ、左大臣家の御用に追われていまだ都にとどまっております」

そもそも鬼笛が多田荘に匿われていたのは、鬼笛の姉が多田大権現こと源満仲の妻だったからだ。多田荘には血気に逸る若者たちが集められていた。やがて満仲とその息子たち——多田大将の頼光、河内大将の頼親、壺井大将の頼信——は、関白太政大臣の藤原兼家やその子の道長といった権力の中枢と親交を深め、用心棒の役目を担うようになった。とりわけ壺井大将と鬼笛は「道長四天王」の一人と呼ばれるほど藤原家の信頼が厚かった。国守に任じられながら任地へゆくひまもないほど家司の仕事にも追われているということは、鬼笛が道長のお気に入りである証だろう。

式部は、筋骨隆々とした髭面の男を、今一度、御簾越しに観察した。

「左大臣さまに、お心づかいかたじけのうございます、とお伝えください。帥宮さまもさぞやおよろこびになられましょう」

鬼笛も御簾のむこうからこちらを見つめている。御簾の奥まで見とおすような鋭い視線だった。しかも鋭いだけでなく粘っこくまつわりついてくる。

なんとなく気づまりになって、式部はわざと衣ずれの音を立てた。退出せよとの合図である。鬼笛は今一度、平伏した。

「式部どのの御為とあらば、この鬼笛、なにをおいても馳せ参じまする」

きっぱりといって帰ってゆく。

その言葉が口先だけではないとわかったのは、それからちょうど一年ほどした寛弘三年(一〇〇六)十月五日のことだった。

深夜亥の刻(午後十時頃)に東三条院南院内の南西にある釣殿のあたりから火の手が上がった。火元となるものはなかったはずで、しかもここ南院は冷泉上皇や帥宮の住まいなので警備も厳重だったはずだが……。都の治安は乱れ、放火が横行している。昨年末にも内裏が火事で焼失した。

「宮さまッ、御方さまッ、火事にございます」

乳母の甲高い声に、床のなかにいた式部と帥宮は跳ね起きた。動転しているうちに邸内のそこここから悲鳴や駆けまわる足音、呼び合う声が聞こえてくる。

二人はあわてて身仕度をととのえた。

「父上は？」

「お仕度をされておられるところかと……」

「わたくしなら大丈夫です。稚児をつれて逃げますゆえ、宮さまは帝のおそばに……」

式部は帥宮に、上皇の住まいである東対へ駆けつけるよう勧めた。父帝を置き去りにして女と逃げた、などと噂が立ったら、それでなくても芳しいとはいえない帥宮の評判が地に堕ちてしまう。

「では御東門にて会おう。稚児を頼む」

帥宮はいつもとは別人のような緊迫した顔で、上皇の御座所がある東対へ急いだ。

式部は女たちに指図をして荷物をまとめさせ、その間に稚児がいる西対へむかう。稚児の乳母は勝手がわからず、おろおろしているにちがいない。稚児になにかあってはとおもうと、心配でじっとしてはいられなかった。

西対へつづく渡殿には煙の臭いがただよっていた。釣殿の方角に炎が見える。木と紙の殿舎は煙が充満しないかわり、火のまわりが速い。

あぁ、どうか無事でいますように――。

式部は無我夢中だった。稚児のことしかかんがえられない。

西対にはだれもいなかった。稚児と乳母はもう逃げたのか。よかった……と、安堵の息をつく。そこで、自分がたった独りで人けのない場所にいることに気づいた。通常ならあり得ない。だれもが頭に血がのぼっていて逃げだす算段に大わらわだったから、式部が西対にいるとはおもっていないはずである。

来た道をもどろうとした。が、西対は釣殿と渡殿でつながっている。殿舎の中では火元にいちばん近い。すでに背後には煙が押しよせていた。バチバチと木が燃える不気味な音も迫っている。

一瞬、頭の中が真っ白になった。日ごろから邸内を歩きまわる機会がないので、こんなとき、どうしてよいかわからない。

ともあれ、一刻も早く、門の外へ逃げなければならない。

われにかえって、式部は袿と五衣（いつつぎぬ）を脱ぎ捨てた。ずしりと重い上に裾をひきずって庭へ下りれば転んでしまいそうだ。動けなければどうなるか。焼死する。

ぞっとした。悲鳴がもれそうになった。落ちつけ落ちつけと自分にいい聞かせながら、小袖（ちょうこ）と長袴の軽装になって階（きざはし）を駆け下りる。

前方に炎が見えた。庭木に燃えひろがって、こちらへ触手を伸ばそうとしている。

帥宮は東門で待つようにといっていた。東門へゆくには庭を突っ切らなければならない。火の勢いから見て、無事にたどりつけるかどうか危うい。となれば、右手の西門をめざすしかなさそうだ。

　式部は西門へむかおうとした。そこでふたたび棒立ちになる。西門の付近からも火の手があがっていた。これではやはり、いちかばちか東門へゆくしかない。式部はきびすを返した。

　とっさのことなので素足だった。歩きなれないばかりか、地面を踏むことのほとんどない柔らかな足裏はたちどころに痛みだし、血がにじんできた。

　いくらもいかないうちに式部は転倒した。身を起こそうとして煙にむせび、はげしく咳込(せきこ)む。

　あぁ、母さま、太后さま、どうかお助けください――。

　式部はけんめいに起き上がろうとした。足をねじったのか、足首に激痛があり、力が入らない。絶望にとらわれておもわずうめいたときだった。

「お、人がおるッ」

　男の声がした。

「もしや、おお、式部どのかッ。おうおう、生きておられたぞッ」

　大声で叫びながら、男が駆けよってきた。

「あなたは……鬼笛どのッ」

「やはり式部どのか。おーい。見つけたぞーッ」

「わたくしを捜してくださっていたのですか」

「左大臣御自ら駆けつけられての、御西門から入り、二手に分かれ……」

稚児と乳母は西門から外へ出した。一行はそのあとただちに庭を駆け、東対へむかった。冷泉上皇はまだ東対にいた。装束はあらためていたものの、火事に興奮して子供のようにはしゃぎ、大声で歌をうたっていたので、つれだすのに難儀をしたという。

「上皇さまも帥宮さまもご無事なのですね」

「御東門からお出し申した。が、式部どのだけがおられぬ……」

鬼笛は真っ先に邸内へひきかえし、式部を捜しまわっていたという。

「ぐずぐずしてはおられぬ。むむ、御東門はもう危ういの。北の通用門へゆこう。さ、式部どの、わしの背にお乗りくだされ」

北対のさらに北方には雑舎がならんでいて、雑色たちが使う通用門がある。

式部はうながされるままに鬼笛の背にしがみついた。今はあれこれかんがえているときではない。鬼笛は式部を背負って大股で歩きだした。

大兵(だいひょう)の背中におぶわれていると、多田荘にいたころの女童にもどったような気がする。山々に抱かれ、川面や雑木林の梢(こずえ)を風が渡ってゆく多田荘……土や水、風の匂いが、この背中にはしみついているようにも……。

随身たちがわらわらと駆けてきた。

鬼笛と随身たちに守られて、式部は、猛り狂う火焔につつまれた南院から命からがら脱出した。

十六

南院の火事で焼けだされた師宮と式部は、行成邸のひとつ、三条第の対舎に仮寓することになった。もちろん岩蔵宮と名づけられた稚児をともなっている。岩蔵の名は、形の上ではあったが師宮の養母であり、式部を御許丸と呼んで愛しんでくれた亡き太后のゆかりの地、岩倉陵にちなんだものだ。

行成は主邸である三条第の他にも、世尊寺を建立した桃園第や叔母の九の御方が東対に隠棲している花山院など、洛中にいくつかの邸宅を所有していた。九の御方が亡き弾正宮の正妃だったこともあり師宮とはもとより親しく、式部とも気心の知れた仲である。

「ご不便にはございましょうが、御用があればなんでも家司にお申しつけください」

弾正宮と浮名を流した式部を九の御方のいる花山院へ仮寓させるのははばかりがあるとおもったのか、行成は師宮と式部に三条第を明け渡して、自らは妻子共々花山院へ転居した。南院の再建が成るまでということになってはいるものの、いつ着手されるかもわからない。見通しが立たないのは、昨年、焼亡した内裏の再築がようやく終わろうというところで、毎年のように起こる火事騒ぎに財力も人手も追いつかないからだ。

「火の気のないところから火の手があがったと聞きました。やはり呪詛のせいでしょうか。権どの。権どのはどうおもわれますか」

式部は火事見舞いに訪れた行成に不安を打ち明けた。花山院へ移ったといってもここは行成の自邸、ときおり様子を見にやってくる。

実際、式部は気がかりだった。自分が南院へ入ったがために、小一条の中の君は出ていってしまった。怨んでいるのはまちがいない。

行成は否定も肯定もしなかった。

「もしそうだとしてもご心配なく。こちらの警備は万全です。左大臣家からも随身たちが参っております」

「左大臣家から……」

「式部どのの御身に危難がふりかからぬよう、鬼笛大将が采配をふられるそうで」

炎の中から式部を救いだしてくれたのも鬼笛だった。行成は鬼笛が帥宮と式部の警備に加わると聞いて心強くおもっているらしい。

鬼笛は命の恩人である。いくら感謝してもしたりない。警備をしてくれるというなら、これほど心強いことはないと式部もおもっていた。

それは帥宮も同様である。式部を助けだしてくれたと知ったとき、帥宮は鬼笛にひれ伏さんばかりだった。それを機に二人は意気投合したようで、今や師宮は鬼笛に全幅の信頼をおいている。

にもかかわらず、式部の胸にはざわめくものがあった。

懐妊してから岩蔵宮を無事に出産するまで、師宮と式部がなにに怯えていたか。北の方にかかわる者の呪詛もたしかに気になってはいたが、それより遥かに大きな不安があった。二人を力ずくでひきはなすことができる者はだれか。邪魔者となれば、稚児を水にすることとさえ厭わぬ者はだれか。

師宮と式部は、その名を決して口にしなかった。けれど暗黙の了解のもとに奇策を講じた。

「都中の評判になるはずです。笑われ蔑まれるやもしれませんが……」

「それしかないのですね。ええ、わかっております。御子を無事にお産みするためなら、わたくしはなんとおもわれてもかまいません」

都人の関心を集めて度肝をぬく。自分たちが切っても切れない仲で、すでに子まで生していることを大いに喧伝する。それが、邪悪な企みを未然に防ぐための、微力な二人にできる唯一の手段だった。

これでだれも手を出せまい。だれも……そう、邪悪なことを企もうとする者でさえも。

その者とは鬼笛が家司をつとめる……。

赤子は無事に誕生した。岩蔵宮はすくすくと成長している。

「南院にもしや式神が隠されていたとしても、すでに灰になっております。もう呪詛を気に病むことはありません」

「権どのがさように仰せなら取り越し苦労はやめましょう。権どのはいつもわたくしを元気づけ、手を差し伸べてくださる。ほんに得がたい同朋ですね」

「同朋だけでは、ちと、寂しゅうござるがのう」

「では相聞歌でも詠み合いましょうか。ご継室を迎えられたばかりの権どのを惑わせてはまた怨まれます。これでもわたくし、身を律しているのですよ」

もちろん冗談である。二人はくったくのない笑い声をあげる。

行成は前妻に先立たれて、妻の妹を後妻に迎えた。生真面目で仕事一途の行成は浮いた噂とは無縁だ。例外はただひとつ——。

「清少納言どのはいかがしておられますか」

ふとおもいだして、式部は訊いてみた。一条天皇の皇后、定子が存命だったころ、後宮はひときわ華やいで、清少納言の才女ぶりもひんぱんに聞こえていたものだ。当時、行成と清少納言には恋の噂があった。

「摂津国でしたか、ご亭主の赴任先へ行かれたと聞いています」

「未練はないのですか、清少納言どのに」

「未練？　ありませんね。未練など抱いているほど暇人ではない」

「薄情なお人ですこと。ようございました、わたくしは権どののお相手でのうて」

「それをいうなら式部どのこそ変わり身が速うござる。ご亭主に棄てられたといって泣いておられたのは、どこのどなたか」

「あれは……だって、ほんに辛うて悲しゅうて……」

行成はくつくつと笑った。

「式部どのはお強い。しかも会うたびにお強うなられます」


わたくしが強いですって？　とんでもない――。

行成と話をすれば少しは胸が鎮まるものの、式部の不安は消えなかった。なぜなら、あまりにも満ち足りていたからだ。毎朝、目覚めるたびに、今日も一日、何事もありませんようにと祈る。毎夜、今日は一日、何事もなかったと安堵の息をつく。

冥い道から、気がつけば陽の当たる道へ出ていた。この道はどこまでつづいているのか。あっという間にまた、冥い道へ足を踏みいれてしまうのではないか……。

不安は、的中した。

不幸はおもいもしないかたちでやってきた。

十月二日、帥宮は鬼笛に誘われて左大臣道長の主邸である土御門第へ出かけた。夕刻になって帰ってきたときは鬼笛の背に担がれていた。両手足がだらりとたれている。息はあるが意識はなく、顔は血の気が失せて土気色だ。

「終日なんのお変わりもなく、左大臣さまともご機嫌ようすごしておられました。こちらへ帰られて、車舎に牛車をつけましたがお降りになられず……どうなさったかと中を覗きましたところ、お苦しそうにうめいておられ……」

鬼笛はしどろもどろである。

三条第は大騒ぎになった。帥宮は寝殿へはこびこまれて帳台に寝かされたが、その間も意識は回復しなかった。

「宮さま、宮さま、どうなさったのですか。お目を開けてください」

式部は狂乱の体でとりすがる。乳母や宣旨をはじめ帥宮の侍女たちもおろおろととり乱すばかりでなすすべもない。

「薬師(くすし)を呼びました。陰陽師も駆けつけるはずにて……」

この場でも鬼笛がたよりだった。いち早く正気をとりもどして、てきぱきと指図をはじめる。やがて鬼笛が懇意にしているという薬師がやってきたものの、呑みこむ力のない病人では体に薬草を塗りつけるだけ、さしたる効果は望めそうにない。つづいてやってきた陰陽師は帳台の位置を動かしたり、柱に樟玉(くすだま)をぶら下げたり。あれこれ試しても帥宮の容態はいっこうに回復しない。

そうしているうちにも、知らせを耳にした縁者や知人が集まってきた。廂間では僧侶が居並んで加持祈禱がはじまる。

「帝から御見舞いの品がとどきました」

「左大臣さまが高僧をさしむけたそうにて」

「権どのが御蔵(みくら)より法華経をお持ちくださいました。枕辺に置かれますように、と」

そんな声も式部の耳には入らない。

加持祈禱は恒例通り夜を徹して行われることになった。数百の僧が声を合わせて祈禱する荘厳な響きは邪気を一掃してくれそうにおもえたが――。

夜半、まだ日付が変わらないうちに帥宮は息をひきとった。一度も目覚めることはなかった。

行年二十七である。


突然の出来事に式部は涙すら出ない。茫然としている間にも帥宮の遺体は清められ、葬儀の準備が粛々ととのえられてゆく。このときまでに行成や公任など多くの公卿が弔問につめかけていたが、その日の昼間、いっしょにいたはずの左大臣道長は体調がすぐれないとのことであらわれず、かわりに入棺の際に遺体をくるみ、また棺を覆うための絹がいち早く送られてきた。その青鈍色の絹布を見たとき、式部ははじめて、これは悪夢ではなく現実なのだとおもい知らされた。

「わたくしがよいというまで、だれも近づいてはなりません」

人払いをした上で、帥宮の遺体の上に身を投げる。片手を伸ばして頬にふれれば氷のように冷たいが、抱きしめた体にはまだぬくもりが残っているようにおもえた。胸に耳をつければ鼓動が聞こえてきそうだ。

「宮さま。どうして、こんなことに……」

あまりにも幸せすぎたから、いつかこんな日が来るのではないかと怯えていた。けれど、なぜ、今なのだろう。なぜ別れを告げる間もなく、あっけなく逝ってしまったのか。朝露のような命、蛍のような儚さだとわかってはいたけれど――。

「ああ、宮さま、わたくしもいっしょにつれていってください。遺していかないで。独りにしないで。宮さま、お願い……」

いつのまにかあふれだした涙が帥宮の死衣をぬらしていた。が、そんなことにも式部は気づかなかった。昨晩は共寝をした。今朝方は笑い合い、語り合って、共に朝餉を食べた。笑顔で送りだしたとき、こんな恐ろしいことが待っているとだれがおもったか。

「式部どの……」

うしろで宣旨の遠慮がちな声がした。

「入ってはならぬといったはずです」

「わかっております。なれど……」

「あっちへいってッ。独りにしてッ」

宣旨は退出するかわりに式部ににじりより、乱れた髪をやさしく撫でた。

「神も仏もない、と、おもうことが、このわたくしにもございました。両親を喪い、夫を喪い、子を喪い……遺されるのは辛い、生きてゆくのは苦しゅうございます」

静かな声が式部の胸にしみいる。

「ああ、どうしたら……わたくしはどうしたらいいのでしょう。宮さまがいなければ生きてはゆかれません。宣旨どの、教えて、どうすればいいのですか」

式部は身を起こし、宣旨の胸にとりすがった。涙は止まらない。泣きむせぶ式部を宣旨は抱きしめる。

「なにもしないことです。なにも、かんがえないことです。今はただ淡々と日々の暮らしに勤しむことです」

「それができたら……」

「できますとも。よけいなことはかんがえず、起きて食べて寝る。いつも以上に身だしなみをととのえ、しゃんとしていらっしゃい。手持ち無沙汰なら写経に没頭すればよい。そう、式部どのでしたら歌を詠むのがよいでしょう」

それで悲しみが癒されようか。ますます苦しむことになるのではないか。

「騙されたとおもってやってごらんなさい。今日一日の身のまわりのこと以外、頭をわずらわせてはなりません」

「それで、苦しみが、和らぐと……」

「さぁ、和らぐかどうかはわかりませんが、なんとかやりすごすことはできます。今日が終われば明日、明日が終われば明後日……一日また一日とやりすごしているうちに、自ずとどうすればよいかわかってきます」

式部は半信半疑だった。わかるとはとうていおもえなかったが、かといって、他にどうすればよいかもわからない。

式部がうなずくのを見て、宣旨は襖障子のむこうへ声をかけた。

声がかかるのを待っていたのか、乳母に抱かれた稚児が入ってきた。

「若宮さまもお父上とお別れを……」

「さようでしたね。岩蔵宮、いらっしゃい。そなたも父宮さまのお顔をよう覚えておくのですよ」

生まれて一年余りの稚児では覚えていられるはずはなかったが、それでも式部は這いよってきた息子の小さな手をとって、帥宮の死に顔にふれさせた。

帥宮は岩蔵宮の成長をなにより楽しみにしていた。こんなに早く死別しなければならないとは、どれほど無念だったか。そうおもうとまたもや嗚咽がこみあげる。

稚児はどうなるのか。今はかんがえまいと式部は自分にいい聞かせた。宣旨の教えに従うのが唯一、生きのびる道だろう。いや、生きのびたいとはおもわないが、とりみだして醜い姿をさらすことだけはしたくない。

それにしても、またもや父子の縁の薄い稚児を産んでしまった……。

「まだ眠そうですよ。つれていって寝かせておやりなさい」

式部は稚児と乳母を退出させた。

「式部どのも少しお休みください」

「今のうちに寝ておかないと、お体がもちませんよ」

宣旨や侍女たちに勧められたが、式部は遺体のそばをはなれなかった。どうして、はなれられようか。

葬送が営まれたのは十月七日で、それまでの数日間、式部は一日の大半を帥宮の遺体のかたわらですごした。疲れれば眠り、目覚めればじっと座って合掌をする。弔問があれば御簾の陰に隠れ、日に何度か局へもどって体を清めたり着替えをしたり、かたちばかり箸を動かして食事をする。

家司や仕丁が棺をはこんできたときも、遺体がその棺に納められたときも、入れかわり立ちかわり人がやってきては涙の別れをしていく光景も、式部は御簾越しに見つめていた。が、それがいつのことか、自分がどこにいるのかさえおぼつかなくなっていた。涙はとうに涸れている。

葬送のあと、二条の法興院の御堂のひとつ、積善寺で四十九日の法要が営まれた。道長が準備万端ととのえ、行成がこまごまと采配をしたこの法要に、式部は列席しなかった。心労がたたって床についていたからだ。

母の寝息をたしかめて、わたしは放出へ出た。

西対の放出から見渡せるのは見飽きるほどながめてきた実家の庭で、今は、昨年ぬりなおしたばかりの池の反橋の朱赤でさえ見まごうほどの紅葉で埋めつくされている。屋根だったり細殿だったりと邸宅は必要に応じて修築されているものの、わたしが物心ついてからは焼失もなく、庭は当時のままだ。最愛の伴侶を喪って大江邸へ住まいを移した式部も、わたしとおなじように晩秋の庭をながめたにちがいない。

そう。帥宮の薨去後、体調をくずした式部は半年ほど大江邸で養生した。手狭で往来が騒がしい勘解由小路の実家より、大江邸のほうが病人のためにふさわしかったからだろう。

当時、わたしは女童だった。

「ご病人がおられるのです。西対へいってはなりません」

　母に叱られても好奇心がおさえられず、毎日のように西対舎を覗いた。もちろん、それがあの、童女御覧の最中(さなか)に窮地から救いだしてくれた女人だとわかっていたからだ。

　式部は、寝床に横たわっていることもあり、呆(ほう)けた人のようにただつくねんと座っていることもあった。豊かな黒髪から覗く顔は白く艶めいて、はっとするほど美しい。わたしは、陽炎(かげろう)のようだ、とおもった。一瞬でも目をはなしたら、ゆらゆらと消えてしまいそうだ。話しかけることもできず、まだ見えるかどうかと何度も目をこすったものである。

　母と兄は、病が癒えても気力が回復しない式部に頭を痛めていた。廂間の片隅に文机と硯箱、紙束と筆を置いておくことにしたのは、式部が歌のひとつも詠む気になってくれればと祈るようなおもいからだったという。

　式部はなにをおもって筆をとったのか。ある日、兄が様子を見にいったところ、文机にむかって書き物をしていた。

　あかざりしむかしの事をかきつくる
　すずりの水は涙なりけり

　式部のこの歌は、そのころにつくられたものらしい。式部は、だれのためでもなく、自分自身の苦しみを癒すために、帥宮との思い出を書き留めておくことにしたようだ。

　あかざりし……と口ずさんだとき、衣ずれの音がした。

「母上はようなられたか」

　紙束を抱えて、兄がこちらへやってくる。

　わたしはくちびるに人差し指を立てて、身舎へ目をむけた。

「眠られたのならひと安心」

「お熱もないようですし、心配はないでしょう」

　母は高齢なので、わたしたち家族はちょっと疲れが見えただけでもつい大騒ぎをしてしまう。

「兄さま、その紙束はもしや……」

「うむ。探してくれといわれておったゆえ」

「やはり、捨てられてはいなかったのですね」

「これで全部かどうかはわからんが……散逸しないよう、ひとまとめにしてあった。帥宮さまが身罷(みまか)られたあと、ここで養生していたときに書かれたものだろう」

「母さまはこれをごらんになられたのですね。真っ先に読まれたはずです」

わたしは兄の手から、ひと目で幾星霜を経たものだとわかる紙束をうけとった。

「持ち帰ってもよいが、くれぐれも扱いには……」

「いいえ。すぐに読みとうございます。兄さま。だれぞに火桶をはこばせてはもらえませんか」

「いつもながら、せっかちなやつだな」

「夫婦は似てくると申します。せっかちなばかりか、わたくし、人づかいも荒うなりました」

歌や漢詩となると寝食を忘れてのめりこむ夫を冷ややかな目でながめていたのに、いつのまにか、自分も和泉式部にのめりこんでいる。なぜだろう、なにかがわたしを急きたてていた。

侍女が火桶をはこんでくれたので、わたしは廂間の明るいところに座を占めて、兄が見つけだしてくれた紙束の紐を解いた。

たしかに式部の手蹟だった。女童のころいっしょに暮らしていたことがあるし、母のところへきた文も見ているから、わたしは式部の手蹟を知っている。筆にたっぷり墨をふくませてあとは一気に書き下ろす流れるような書体や、ひとつひとつの文字の癖までが目に焼きついていた。

逸る胸を鎮めつつ、一枚一枚、紙をめくってゆく。

大半は歌だった。式部自身が七、八年前に世に出した歌集に収められているものか、収められている歌の原型とおもわれるものがほとんどだ。いずれも長々と詞書がそえられている。歌以外に手記のようなものもあった。細かい文字でびっしりと埋めつくされている。「宮」と随所に出てくるから帥宮との思い出をつづったものらしい。帥宮への追悼歌は、わたしも歌集で目にしていた。

うちかへし思へば悲し煙にも
たちおくれたる天の羽衣

身よりかく涙はいかがながるべき
海てふ海は潮や干ぬらむ

なき人の来る夜と聞けど君もなし
わが住む宿や魂なきの里

ひたすらに別れし人のいかなれば
胸にとまれる心地のみする

捨てはてんと思ふさへこそ悲しけれ
君に馴れにし我ぞと思へば

式部は、葬送や四十九日の法要がつづくあいだ、太后、母、弾正宮、さらには自分より若い帥宮にまで先立たれてしまった苦悶にのたうち、あっけなく灰と化してしまう人の命の儚さを憂えて、天へ帰ることさえできない自分を羽衣にたとえ、ただただ泣き暮らしていたのだろう。大晦日には帥宮が帰ってきてくれるのではないかと待ちわびた。この西対舎で火桶の炭を熾（おこ）しつつ帥宮を偲び、どうしたら形の失せた恋人を胸に刻みつけておけるのかと思案していたのかもしれない。

いったんは、式部も身を捨てて尼になろうとかんがえた。実行に移せなかったのは諸事情によるものだろうが、あまりに煩悩が深かったせいもあったのではないか。帥宮への想いに心が乱れて、読経にも写経にも身が入らなかったのだ。

そこで式部は、気持ちを切り替えた。

捨てることができないなら、捨てなければよい。むりに忘れようとせず、むしろ二人の思い出を胸に刻みつけて、それを生きるよすがにしよう……と。

式部は文机にむかい、筆を手にとった。

そうにちがいないと、わたしはおもっている。

手記を読んでみることにした。

「四月十余日」と書かれた紙を見つけた。「故宮にさぶらひし小舎人童、たちばなの花持て来たる。弟宮の御使ひとなん」と、帥宮と出会ったいきさつが記されていた。また別の一枚には「夜更け、南院の廊、あさましきこと」と逢引きの様子がつづられていた。石山参籠や南院入りの事情などを小さな字で事細かに記した紙もある。

「和泉式部物語」は、寛弘六、七年（一〇〇九、一〇）には世にひろまっていた。わたしはまだ幼かったのでこれは母の話だが、その四、五年前から彰子中宮の女房の紫式部によって少しずつ書きつがれていた「源氏物語」がたいそうな評判で、中宮にせがまれた左大臣・道長が新たな恋の物語を物色していたという。和泉式部が大江邸で手記を書き散らしているのを見ていた母は、これなら左大臣や中宮の意に適うのではないかとかんがえた。物語を手土産にすれば、中宮御所への出仕も叶うかもしれない。式部の悲嘆を和らげるには後宮でもう一度華やいだ暮らしをさせるしかないと、母はおもいはじめていたのだ。

式部は恋多き女として知られていた。しかも親王の兄と弟に寵愛された。浮かれ女でありながら、次々に秀歌を生みだす当代きっての女流歌人でもある。その式部が書いた恋の物語なら、だれもが先を競って読みたがるのはまちがいない。

道長も母の話にとびついた。ちょうど帥宮の喪が明けるひと月ほど前に、彰子中宮は待望の男児を無事、出産していた。道長はむろん、左大臣家の人々が狂喜したのはいうまでもない。これから中宮御所はますます華やぐ。となれば、ぜひ和泉式部も……。

母は、そのころはもう勘解由小路の実家に帰っていた式部のもとへ談判に出かけた。式部ははじめ、首を縦にふらなかったという。帥宮との大切な思い出を物語に仕立てて世に出すなどもってのほか、宮仕えをする気もない……と、にべもなかった。

「よいではありませんか。しょせんは物語なのです。出会いから恋の成就まで、女たちが胸をときめかせるような場面だけをつづればよいのですから」

これは母があとからおもいついたことなので正しいかどうかはわからないが、このとき式部は父親からも彰子中宮のもとへ出仕するよう、急きたてられていたらしい。おそらく式部の父は道長にいいくるめられたのだろう。なぜなら式部が出仕したのち、木工頭のままくすぶっていた父親までがめきめきと出世をして、越前守に抜擢されたのだから。

母の説得は功を奏した。道長から矢の催促があったので、母は式部が歌を選び、手記をもとに物語を仕立てる場によりそい、助言をしたり、ときには自ら筆を加えたりもしたという。母の尽力のおかげで「和泉式部物語」は完成した。

わたしはこうしたいきさつを聞いていたから、大人になって「和泉式部物語」を手にしたときも、これは虚実をとりまぜた物語だと軽い気持ちで読了した。紫式部が一条帝の後宮の華やぎと道長の隆盛を頭において「源氏物語」を紡ぎだしたように、和泉式部は自身の恋を題材に身分ちがいの恋の苦悩と歓喜の物語を生みだしたのだ……と。

こののち紫式部と和泉式部は彰子中宮の女房として親しくつきあうようになる。「源氏物語」のなかに和泉式部の歌が引かれ、双方の物語に似通った箇所があるのは、そもそもどちらの物語も、中宮の膝下で女たちが読み合い語り合うために書かれたものであったからだ。

それなら、現実の式部は、どんな生涯を送ったのだろう。物語とはちがう式部――式部の身に起こった真実とはなんなのか。

かんがえもしなかったそのことが突然、気になりだしたのは、母の発案によるあの「蛍を愛でつつ和泉式部を偲ぶ会」に出席したためだった。あれ以来、式部のことが知りたくてたまらなくなったわたしは、式部の手になる書き物が実家に遺されていないか、探してほしいと兄に頼んでいたのである。

しばらくのあいだ、わたしは紙を選り分けることに専心した。

「和泉式部物語」に書かれていることと、書かれていないこと――。つまり母の助言があったかなかったかはともかく、あえて物語から省かれてしまった真実が知りたい……。

紙束から顔を上げたときは火桶の火が消えかけていた。わたしは身ぶるいをしながら火箸で炭をつついた。身ぶるいは寒さのせいばかりではない。

動悸を鎮め、数枚の紙をよけて、残りをまた紐でひとまとめにした。

よけたほうの一枚は、物語ではわずかしかふれられていない南院での壮絶ないじめについて詳細に記されていた。あとの紙に書かれているのは物語以後の話で、帥宮と式部が怯え、そのために奇矯なふるまいをしなければならなかったいきさつが記されていた。先日、大納言から聞かされていなければ、わたしは激しい衝撃をうけていたはずだ。

もちろん、公にはできない。これを読んだとき、母もさぞや当惑したにちがいない。物語が式部の南院入りのあと、北の方の退出で唐突に終わっているのは、さしさわりのないところで終了する必要があったからだろう。

母さまがお目覚めになられたら訊いてみよう――。

式部の手蹟を目にすれば、母はこの件についておもいだすかもしれない。それとも、忘れてなどいないのに、あえておもいださないようにしていたということも……。

わたしは選り分けた紙をたたんで、ふところへしまった。

十七

迷い悩んでいた式部に宮中への出仕を決意させたのは、赤染衛門の勧誘でも父の懇願でもなかった。彰子中宮本人からの、心のこもった文である。

中宮は「物語を心待ちにしています」という文の中で、面識すらない太后、すなわち冷泉上皇妃の故昌子内親王についても切々と記し、式部を驚かせた。自身の入内と相前後して太后が崩御したこと、実子のない太后が弾正宮や帥宮の母代わりになっていたこと、自分も子ができなかったので定子皇后の忘れ形見の御子たちを養育していたこと……。

「入内したころは女童でしたので、太后さまのお寂しさやご苦労にまでおもいがいたりませんでした。今はようわかります。幸いにも皇子をさずかりましたが、わたくしは亡き皇后さまの御子たちもわが子として愛しんでおります。子はなによりの宝……」

彰子中宮は式部に、娘といっしょに宮中へあがってほしいと頼んでいた。

「太后さまのおそばでそなたたち母娘が和やかな日々をすごしていたように」

式部の眼裏に、御許丸と呼んで自分を愛しんでくれた太后の面影がよみがえった。太后の慈愛につつまれて、あのころはほんとうに幸せだった……。

わが子のことで、式部は悲しいおもいをした。帥宮の死後、二人の愛の証である岩蔵宮とひきはなされてしまったのだ。弾正宮の御子ではないかと噂はあったものの確証がなかった稚児とちがって、岩蔵宮は南院で生まれ、帥宮の遺児として知れ渡っている。となれば、母の身分は低くても、帝の血をひく皇子である。

「ご養育についてはおまかせください」

式部に有無をいわせず、道長の手の者がつれ去ってしまった。いずれ内親王のだれかに母代わりをさせるつもりか。帥宮まで死んでしまったので、万が一、彰子中宮に子が生まれなかった場合の三番目の東宮候補として、手の内に確保しておこうということだったのだろう。

道長には逆らえない。

もう一人の息子は大江邸で養育されていた。大江邸で養生することになった式部は久方ぶりにわが子と対面したのだが……息子はすっかり大江家になじんでいて、大江家の嫡子の北の方を実母だとおもいこんでいた。それはそれで幸せなことである。式部はあえて母を名乗らず、あらためて大江家の人々にわが子の行く末を託した。

そんなことがあったので、勘解由小路の実家へもどってからは娘とすごす時間を大切にするよう心がけていた。帥宮との愛に溺れ、死別したのちは尼になろうとまでかんがえた身勝手な母ではあったが、そもそも稚児を養育するのは乳母の役目だ。物心つくまで母の出番はない。式部の娘は十歳をすぎており、行く末をかんがえれば女として磨きをかけてやるべき年ごろである。

いつまでも嘆いてばかりはいられない、この娘のためにも——。

そうおもいはじめていた矢先だったから、彰子中宮の申し出に式部の心は動いた。

中宮御所には当代きっての才媛が集められている。見るもの聞くもの、衣食住のすべてにおいて最良のものに接することができるし、なによりありがたいのは書物があふれ、巷(ちまた)では入手しづらい紙や墨をふんだんに使えることだ。太后御所も野心のある娘たちが教養を磨いて良縁を得るのにもってこいのところだったが、中宮御所は道長の肝煎りでかつてないほど洗練され、世の娘たちのあこがれを一身に集めているという。

自分だけなら気がひける。が、娘にとっては願ってもない話だった。

さらにもうひとつ、式部の心を動かしたものがある。

赤染衛門に勧められたとき即座にことわったのは、実は、彰子中宮に偏見を抱いていたからでもあった。道長の威光を笠に着て入内した彰子は、相思相愛といわれていた一条天皇と定子皇后の仲へ割って入ることになった。定子が皇子を出産したその日、彰子の女御宣下があり、盛大な宴がもよおされたが、主だった公卿は皆、彰子の宴に駆けつけたので、定子の祝いは閑散としていたという。また、太后の崩御を待ちかねたように彰子が立后したため、太后の葬送は参列する人が少なく侘しかった。このときの口惜しさは、式部自身、経験している。そんなことがあったので、これまではどうしても彰子に好感を抱けなかった。姫さま育ちの幼い彰子を怨むのはお門違いだとわかっていても、やはり好きになれない。

彰子の文は、式部の偏見を払拭した。

どんなお人かしら――。

にわかに好奇心が高まっている。

「では、やってみます。となれば、まずは物語をきちんと仕上げなければなりませんね。中宮さまにご覧いただくのですから」

「よかったこと。さぞやおよろこびになられましょう。さ、わたくしもお手伝いいたしますよ」

赤染衛門の助けを借りて物語を完成させるかたわら、式部は、喪中のあいだに帥宮を偲んで詠んだ歌の数々にも手を入れて、四十六首に及ぶ恋の歌集としてまとめた。「昼しのぶ」「夕べのながめ」「夜中の寝覚め」……など、一日の時刻で振り分けたものだ。

悲しきはただ宵の間の夢の世に
くるしく物を思ふなりけり

これは「宵の思ひ」という一首。「暁の恋」には次のような歌もある。

夢にだに見で明かしつる暁の
恋こそ恋のかぎりなりけれ

「夢でさえ見ることができなくなってしまった——それがなにより悲しくて、暁にあなたを偲んでいます。そんな恋こそ、究極の恋、なのかもしれませんね」

つれづれに詠み散らした歌をあらためてととのえ、書きならべてゆくうちに、式部は、いつ胸が張り裂けるかとおもうほど激しかった悲しみがわずかながら和らいでくるのを感じていた。帥宮への想いが日々、形を変え、強弱や濃淡を変えて心のひだに刻みこまれてゆく。それは、いつしか帥宮をはなれて恋そのものを見つめ、恋そのものを問いなおしてゆく時間のようでもあった。

恋は歌。わたくしにはまだ歌が遺されている——。

帥宮の死から一年半余りがすぎた寛弘六年の四月、式部は完成した「和泉式部物語」を胸に抱き、娘の手を引いて、内裏の中宮御所へ入った。

内裏は四年前の十一月に焼亡した。その際は三種の神器のひとつである神鏡まで焼失して大騒ぎをしたものだが、翌年には再建されている。もっとも財政難の折から、再建された内裏は以前の半分ほどの大きさだった。

飢饉(ききん)や流行病はいっこうに下火になる気配がない。人々は貧困にあえいでいた。都大路にまで行き倒れの骸(むくろ)がころがっている昨今、治安は最悪で、放火も後を絶たない。冷泉院や帥宮が住んでいた東三条院の南院も焼けてしまったし、去年はあそこ今年はここと毎年のように大火に見舞われる。再建の費用だけでなく人手も足りない。

それでも、十年近い歳月を経て目にする後宮は、式部の目に光りかがやいて見えた。式部が娘時代をすごした太后御所とちがって、このたびは今をときめく中宮御所、そのちがいもあるのだろう。渡殿や廊で迷路のようにつながり、東西南北の廂や孫廂でかこまれた殿舎は、繧繝縁(うんげんべり)の畳や青簾もすがすがしく、厨子(ずし)や円座、置灯籠など調度のすべてが豪奢で、なによりそこに集う女たちの装束の美々しさは目をみはるばかりだ。喪が明けたとはいえ着飾る気にもなれず、地味ないでたちで出仕した式部は、自分がひときわみすぼらしく見えることに気後れして顔も上げられない。

そんな式部を局へ案内して、なにくれとなく世話をやいてくれたのは大中臣輔親(おおなかとみのすけちか)の娘、「伊勢大輔(いせのたいふ)」と呼ばれている大輔命婦だった。

「ご心配には及びません。中宮さまは大らかでおやさしいお方ですから。わたくしたち女房がのびのび暮らせるよう、お気をくばってくださいます」

「紫式部どの？　ええ、口が重くて引っ込み思案で、少々とっつきにくくおもわれるかもしれませんが、根はよいお人ですよ。わたくしがまだ新参者だったときに、ご献上の八重桜をうけとる栄えある御役をゆずってくださったことがありましてね、そのとき詠んだ歌が評判になり、わたくし、ずいぶんと皆さまからお褒めのお言葉をいただきました。紫式部どののおかげです」

「そうそう、紫式部どのはあなたのお歌にいつも感心しておられますよ」

出仕初日の夜、大輔は式部の局へやってきた。明るく物怖じしない大輔と式部はひと晩中、自分たちの生い立ちや後宮の噂など飽かずに語り明かした。

翌朝、式部は早速、自分の局へ帰った大輔に歌を贈った。

思はんと思ひし人と思ひしに
思ひしごとも思ほゆるかな

「以前からあなたとお近づきになりたいとおもっておりました。おもっていたとおりのお方とわかり、ほんにうれしゅうございます」

すぐに大輔からも返歌がとどいた。

　君をわが思はざりせばわれを君
　　思はんとしも思はましやは

「わたくしがあなたとお近づきになりたいとおもっていなければ、あなたもそうおもってくださるはずがありませんね。わたくしの想いがあなたに通じたのでしょう」


翌日、赤染衛門が豪奢な装束を抱えてやってきた。

「左大臣さまが北の御方さまにあつらえさせてくださったそうで……やはりね、そのなりでは肩身がせまいでしょう。皆、賀茂祭のあの式部どのを楽しみにしていますから」

帥宮と二人、派手派手しいいでたちで祭り見物に出かけた。赤い物忌み札と共に、式部の出衣の華やかさが評判になったものだった。思い出の矢が鋭い痛みをともなって式部の胸に突き刺さる。

赤染衛門は案じ顔になった。

「式部どの。あなたは故宮さまとの恋物語を手土産にここへ参ったのです。これからも、なにかといえばその話がむしかえされる。いちいち動揺していてはつとまりません。それだけは覚悟しておくことです」

「わかっております」

「ついでにもうひとついっておきますが、皆、あなたが奔放な恋をしてきたとおもっています。浮かれ女と眉をひそめる者もおります。なにをいわれても、腹を立ててはなりませんよ」

「ご心配なく。ここへ上がらせていただくと決めたときに心を定めました。わたくしは歌人です。歌は恋、恋をしなければ詠めません。わたくしは恋をしようとおもいます。たとえ浮かれ女と蔑まれようとも」

後宮が恋のかけひきをするところだということは、昔の経験からわかっていた。内裏から一歩外へ出れば飢えた人々や病んだ人々があふれているこの都で、花鳥風月を愛でて恋にうつつをぬかすなど、とんでもない増上慢である。けれど、だからこそ、そこから歌や物語が生まれてくるのだと、式部はどこか開きなおるようなおもいを抱きはじめていた。なにもかもが儚い夢なら、わたくしの役目はつかのま、闇の中で蛍のように光りかがやいて見せること……。

赤染衛門に先導されて、式部はその夕、中宮の御座所におもむいた。

大広間にはすでに女たちが居並んでいた。廂間まで埋めつくしてひしめいているのは、噂に高い和泉式部とその娘をひと目見ようというのだろう。

軒先には釣り灯籠が吊られ、部屋のそこここには置灯籠が置かれているので、あたりは煌々と明るい。好奇にみちた視線に迎えられて、式部はおもわず身をちぢめた。女たちの装束に焚きしめた様々な香がまじりあって濃密な香りがただよっている。むせびそうになりながら式部は膝行して、正面に立てられた几帳の前へ進み出た。

平伏して挨拶をすると、几帳のむこうから「こちらへ」とうながす声がした。

式部母子は几帳のうしろへまわりこむ。

彰子中宮は色白で小柄な姫だった。十二歳で入内して十年、昨年、待望の皇子を産んで母親になっているものの、間近で見るとまだ初々しく愛らしく、とても母親には見えない。それでいて表情は凛として、式部母娘へむけたまなざしも怜悧そのもの。

「顔をお上げなさい。式部どの、そなたを迎えられてどんなにうれしいか」

「もったいのうございます」

「『和泉式部物語』をよう書き上げましたね。早速、読みはじめたところです。たちばなの花の贈答歌からもうどきどきして、早う先が読みとうてたまりません」

気さくに話しかけられて、式部はかえって動転してしまった。気の利いた言葉を返そうとおもうのに出てこない。

中宮は式部の娘にも笑顔をむけた。

「まぁ、なんと美しい女童だこと。母ゆずりの歌詠みと聞きましたよ。御蔵には書物がたくさんあります。いつでも好きなだけお読みなさいね」

式部が前夫の橘道貞と別れることになったのは、道長のせいだった。道長は弾正宮や帥宮を意のままにあやつっていた。今回の出仕もそうだ。強引なやり口に、何度、不愉快なおもいをしたことか。

その娘、というだけで身構えていた。が、それはまったくのおもいちがいだった。式部はひと目で彰子に心を奪われた。

「末永う仕えてください。たよりにしておりますよ」

やさしい言葉に涙ぐみながら退出する。

彰子中宮に拝謁したあとは、女房たち一人一人に挨拶をしてまわった。

南院ではさんざんいじめられた。ここでは皆、好意的に迎えてくれた。彰子という類まれな女主の庇護のもと、女たちも彰子を支えようと心をこめて仕えている。そんな主従のつながりが温かな雰囲気をかもしだしているのだろう。

彰子は一条天皇との仲もむつまじいと聞くし、今では皇子も誕生した。中宮御所は春爛漫とばかりおもったのだが……。

「それがね、そうでもないのです」

弁御許という古参の女房は、式部におもわせぶりな目くばせをした。弁御許によれば、忌々しいことがつづいて中宮は胸を痛めているという。

「そんなふうには見えませんでしたよ」

「中宮さまはそういうお方なのです。幼いころからご実家と一条帝とのあいだでお気を揉んでこられましたから、皆に心配をさせないよう、なにがあっても明るいお顔をしておられるのです」

いったいなにがあったというのか。

昨年、皇子が誕生するまで、彰子は子ができず、実家の期待に応えられないことに胸を痛めていた。そのことは式部も赤染衛門から聞いている。彰子は、子が授からないのは自分の強引な入内で定子皇后を悲しませ、ついには死なせてしまったせいではないかとおもい悩んでいたようだ。定子の忘れ形見の子供たちを愛しんでいるのは、罪滅ぼしの気持ちもあったのだろう。子供たちはよくなついた。とりわけ敦康親王は実母の定子皇后が崩御したときまだ稚児だったので、彰子を実の母同様に慕っていた。

「昨年、中宮さまご出産の際、物怪(もののけ)がとり憑(つ)いた話はご存じでしょう。幸い母子ともご無事でしたけれど、左大臣家を呪詛する呪符が見つかって、中関白家(なかのかんぱく)にかかわる者たちが処罰されました」

中関白家とは定子皇后の実家である。定子の父の道隆は関白まで昇り隆盛を誇っていたが、病死したのちは弟の道長が権勢を握った。定子の兄たちが罪をこうむって左遷されるという大政変があったのは十四年ほど前になる。定子没後には徐々に復帰が許されていたが、この呪詛騒ぎでまたもや追いおとされてしまった。

式部はこのとき勘解由小路の実家にこもって帥宮の供養に明け暮れていたので、父や姉たちが話しているのを小耳にはさんだ程度で、詳しいことは知らない。

とはいえ、定子に負い目を感じている彰子が、定子の実家の度重なる不運に同情し、わが子のように愛しんできた敦康親王を不憫におもうのは当然だった。

「中宮さまはほんにお心の広い、まっすぐな女人にございますね」

「そうなのです。なればこそ、わたくしどもも案じております。近ごろは左大臣さまのなさりように、お首をかしげられることもしばしばで……」

入内した当初は父のいうなりだった。が、彰子は歳を経るうちに自分の目で見、頭でかんがえるようになったのだろう。一方で、それが彰子を苦しめている。

弁御許の話を聞いて、式部はなおのこと彰子に親近感を抱いた。幼いころから見てきた太后の苦悩が、そっくりそのまま彰子にひきつがれているようにもおもえる。

自分の意志とはかかわりなく、帝の后という重い荷を背負わされた二人――。比べるべくもないけれど、抗うすべもなく大きな力に押し流されてきたのは式部もおなじだ。

「お話しいただいてようございました。中宮さまの御為に、わたくし、できるだけのことをいたします。お役に立てることがあれば、なんでもおっしゃってください」

たよりにしています、といった彰子の言葉が耳に残っている。

式部は、このときはじめて、出仕してよかったと心からおもった。彰子という、太后にかわる心の支柱ができたのだから。


式部が中宮御所に出仕してまもなく、彰子中宮の懐妊が明らかになった。昨年につづく懐妊は帝とのむつまじさの証でもあり、左大臣家にとっても大慶だが、一方で心配もあった。初産では物怪がとり憑いて難産だった。もしまたおなじことが起こったら、今度こそ彰子や赤子の命まで奪われてしまうかもしれない。

「どうか、わたくしのために罰をうけた者たちを許し、もとどおりの御役目にもどしてさしあげてください」

さすがの道長も、彰子の懇願を聞き流すことはできなかった。これ以上、中関白家の怨みを買えば、彰子ばかりか「敦成（あつひら）」と名づけられた兄皇子にも不幸が襲いかかるかもしれない。

六月、故定子皇后の兄、伊周の罪が許され、内裏への出入りが許可された。つづいて呪詛騒ぎで罪を問われた者たちがこぞって赦免された。もっとも、許されたといっても、度重なる浮沈に痛めつけられて、中関白家の力はもはやない。

十月に入ると、彰子中宮はお産のため、実家の土御門第へ移った。土御門第は左大臣家の主邸で、内裏の東方、二条東京極大路にある。二町を占める豪邸では母の倫子が赤染衛門ら古参の女房の手を借りて、昨年にひきつづき彰子の産屋を建て、準備万端ととのえていた。

産屋というと簡素な小屋のようだが、とんでもない、道長夫婦が后妃でもある愛娘のためにあつらえた産屋は、内裏の殿舎をそのまま移しかえたような豪華な御殿である。女房たちも彰子中宮に従って土御門第へ移ってきた。

一同は主邸の大広間へおもむいて、まずは道長夫婦に挨拶をした。

道長は関白家の貴公子の一人として若いころから耳目を集めていたから、式部も遠目では何度も見たことがある。馬上の姿だったり、唐車や網代輿に乗っている姿だったり、美々しく着飾ったその姿は色白のふくよかな顔と相まって、この上なく高貴に、また近寄りがたくも見えたものだ。一方の倫子のほうは、しばしば中宮御所を訪れていた。そのたびに親しく声をかけられている。

そうはいっても、道長夫婦に直々に挨拶をするのははじめてだ。女たちは順番に名を告げて挨拶をする。式部は自分の番がくるまで動悸が鎮まらなかった。脇の下に冷や汗をかいている。

ようやく番がきた。ひと膝、進み出て、

「大江雅致の娘にございます。和泉式部、と呼ばれております。ふつつかながらよろしゆうお見知りおきを……」

　と挨拶をすると、倫子がいたわるように声をかけてきた。

「『和泉式部物語』面白うございましたよ」

「ほう、そなたが噂に高い和泉式部どのか。彰子の願いを叶えてもろうて礼を申しますぞ。これからも面倒をみてやってくだされ」

　道長があとをつづけた。にこやかな笑顔や親しみのこもった口ぶりとは裏腹に、式部にむけた視線は鋭く、装束の下まで見通されそうだ。たじたじとして目を伏せると、道長はすかさず「こちらへ近う」と手招いた。

　式部はやむなく膝を進める。

「これを……」

　道長はふところに差していた扇を引きぬき、かたわらの女房に目くばせをした。女房はすかさず席を立つ。

「女物の扇を後生大事に持っておる者がおりましてな、だれのものかと訊ねたところが和泉式部どののものだとか。火事のときに拾うたそうです。いくら懸想をしておるからといって、だまって持っていては礼を失します。それゆえ、こうしてとりあげて参った次第……」

　そこへ、席を立ったばかりの女房が硯箱を持ってもどってきた。すでに墨は摺られ、筆を使うばかりになっている。

道長はおもむろに扇を広げた。色とりどりの紅葉がちりばめられた美しい扇の右端に「浮かれ女の扇」と認めて、開いたまま式部の膝元へ押しやる。

今の今まで、式部は恥ずかしさで消え入りそうだった。それなのに扇に認められた文字を見たとたん、気後れが一掃されていた。女房に合図をして硯箱を所望する。

一同が固唾を呑んで見つめるなか、式部は片手で扇をとりあげ、片手で筆を持って墨を含ませる。扇の左半分にさらさらと一首を記した。

越えもせむ越さずもあらむ逢坂の
関守(せきもり)ならぬ人なとがめそ

「越えもしないし、かといって越さないともいえませんよ。逢坂の関の関守のような恋をしているわたくしを、どうか咎めないでくださいまし」

「どうぞ、拾うたお人に差し上げてください」

式部がもう一度、広げたままの扇を道長の膝元へ押しやると、道長はとりあげ、声を出して歌を詠みあげた。即興の歌の見事さに、道長や倫子だけでなく居並ぶ女房たちのあいだからも感嘆の声がもれる。

「さすがは和泉式部」

道長は大満足の体でうなずいた。何度も歌を復唱している。


「式部どの。やりましたたね。あなたはもう、押しも押されもせぬ女流歌人ですよ」

産屋へもどるや、伊勢大輔が興奮気味に話しかけてきた。

「浮かれ女といわれたので、つい、あんな歌を詠んでしまいました。これではますます恋しか頭にない女だとおもわれてしまいますね」

恋の手練れならではの歌だ。男を手玉にとっていると自負する女が、いかにもおもわせぶりに詠んだととられてもしかたがない。

「よいではありませんか。式部どのといえば恋、それが皆の憧れなのですもの」

「さようですとも。せいぜい殿方をふりまわしておやりなさい」

弁御許からもけしかけられて、式部は苦笑した。

いずれ劣らぬ才色兼備がひしめく後宮である。自分の存在をたしかなものにしたいのなら「恋の歌人」という称号を守ることだ。恋の手練れだとおもわれれば好都合。実際、式部は大いに恋をしようとおもっていた。もちろん、帥宮とのような恋はもうできない。歌のための恋、恋のための恋……。今さら浮かれ女と呼ばれたくらいで動じはしない。

なんとでもいえばいい。そうおもう反面で——。

自分にむけられた道長のまなざしが眼裏に浮かんでいた。揶揄するような……そう、誘いかけるようにも見える当代一の権力者の不敵なまなざしだ。

もしかしたら、あの歌を詠んだのは、道長への挑戦だったのかもしれない。

曖昧模糊(あいまいもこ)としていた霧の中から忽然と浮かびあがった人影、冥い道のむこうに立ちはだかる男……。式部は、われ知らず、武者ぶるいをしていた。

十八

和泉式部が彰子中宮のもとで女房勤めをはじめたその年、寛弘六年の十一月二十五日、彰子は実家の土御門第で無事、第二皇子を出産した。定子皇后の忘れ形見の敦康、彰子の第一子の敦成につづく敦良(あつなが)である。

土御門第はよろこびにわきかえった。一条天皇の後継者たる東宮は居貞親王と定まっているが、その次の東宮に道長が彰子腹の皇子を立てようとしていることはだれの目にも明らかだった。早世する子供が多いなか、東宮たりうる孫を二人も得たことで道長もほっと胸を撫でおろしているにちがいない。

産後の肥立ちを待って、彰子と稚児、女たちは内裏へもどった。といってもこのとき一条天皇が内裏としていたのは二条東洞院大路にある枇杷第で、ここも道長の邸宅のひとつである。

一条天皇は早速、稚児と対面した。彰子中宮との仲むつまじさに式部は目を細めたものの、伊勢大輔や弁御許によれば、天皇も中宮も胸のうちは複雑だという。

一条天皇は円融天皇と道長の姉の詮子のあいだに生まれた皇子だから、道長の甥である。藤原家ゆかりの天皇として、なにかにつけて藤原家の庇護をうけてきた。もちろん道長との関係は良好だったが、唯一、亡き定子皇后やその一族の不幸が天皇の胸に暗い影を落としていた。

天皇は彰子の出産に安堵しながらも、定子所生のわが子の行く末を憂えている。その気持ちを察して、彰子も敦康を不憫におもい、父の道長をうとましくおもうことさえあるらしい。

「ご実家の意のままにはなりとうない、というわけですね」

式部には彰子の焦燥がよくわかった。自分も道長の都合で前夫と離縁させられた。帥宮と暮らしていたときも、道長の影に怯えて不安な日々をすごしたものだ。

「女子は非力ですね」

式部はため息をついた。

伊勢大輔もうなずく。

「女子ばかりではありませんよ。帝とておなじです。ご自身ではなにひとつお決めになれないのですから」

自分で決められないといえば、式部は帥宮の血を引くわが子、岩蔵宮の将来についても不安を抱えていた。彰子が二人の男児を産んだ今、道長にとって岩蔵宮はもはや無用の長物だろう。無事に成長していようか。寂しいおもいをしてはいまいか。会えない稚児に式部は想いをつのらせる。

人それぞれに心配事は尽きないものの、とりあえず、内裏は平穏だった。

翌年の正月、一条天皇と彰子中宮は一条院へ居を移した。彰子がお産をしているあいだに焼亡してしまい、このほどようやく再建された本来の内裏である。おなじころ、道長の長年の政敵で、彰子の嘆願によって罪を許されたばかりの藤原伊周――故定子皇后の兄――が、政争に敗れた失意を抱いたまま逝去した。つづく二月には道長の娘、妍子が東宮妃として入内した。道長はいよいよむかうところ敵なしである。

となれば彰子の中宮御所は大盛況。公卿や貴公子たちが夜ごと集って歌を贈答し合ったり、文学談議に花を咲かせたり……。もちろん、昼といわず夜といわず、恋のささやきも聞こえてくる。

和泉式部が自らの恋物語を持参して御所へ出仕したことは、とうに知れ渡っていた。名だたる女流歌人と浮名を流したいと願う殿上人は数知れない。歌を贈られれば式部もおもわせぶりな歌を返し、ときには戯れの恋に身を投じて、華やいだ噂をふりまいていた。それがこの後宮で自分に課せられた役目だと心得ている。

「大納言さま、権中納言さま、五位君（ごいのきみ）さま、それに壺井大将も……式部どののお目当てはいったいどなたですの？」

大納言とは道長の異母兄の藤原道綱、権中納言は彰子付きの大夫をつとめる源俊賢、五位君は彰子の異母弟の藤原頼宗（よりむね）で、壺井大将はかねてからの恋人、いわずと知れた源頼信である。他にも名を挙げればきりがない。実際のところ、式部自身、いったいだれをいちばん愛しくおもっているのか、よくわからなかった。

男たちはひととき寂しさをまぎらわせてくれるだけ。それで充分だと式部はおもっていた。どのみち、もう二度と、命がけの恋などできそうにない。

「紫式部どのが眉をひそめていらしたそうですよ。あちらにもこちらにも軽々しきふるまい、和泉式部どのはまったくもってけしからぬお人だ……と」

大輔に耳打ちされるまでもなかった。帥宮との恋物語に胸をときめかせ、哀悼歌にももらい泣きをした女たちは、帥宮のことなど忘れたかのような式部の浮かれ女ぶりに非難の目をむけている。

「だれになんとおもわれてもかまいません。中宮さまさえ、わたくしの気持ちをわかってくださっておられるのなら……」

　式部は今や、自分より十歳も年下の彰子を心から敬愛していた。とりわけ二児の生母になってからの彰子は、心映えのやさしさだけでなく、人を見る目のたしかさ、真実にむきあう強さがそなわったように感じられる。

　彰子だけは自分の寂しさや空しさを理解してくれていると、式部は信じていた。

　いつだったか、彰子は式部の目を見ていったことがある。

「悲しいときに泣く人だけが、悲しいのではありません」

　ただそれだけなのに、自分をいたわってくれているようにおもえて感激したものだ。

　男たちは、満ち欠けをくりかえしながらも夜明けを待たずに沈んでしまう月のように、式部にはたより甲斐のないものにおもえた。冥い道を照らしていたかとおもえば、あっけなく雲にかき消されてしまう月――。

　たとえば道綱は高齢のせいか式部を別の女房とまちがえることがあったし、頼宗は反対に若すぎてお調子者、娘の小式部にもちょっかいを出しているらしい。四納言の一人で行成の親友でもある俊賢は、堅物すぎて戯れの恋ならではの妙味を解さない。

「もういいだろう。おれといっしょに来い」

「来いって、どこへゆくのですか」

「決まっている。おれは常陸の国司だ」

　頼信は相変わらず身勝手だった。

「そんなこと、急におっしゃられても……」

「来るのか来ないのか」

「中宮さまがお許しになりませんわ」

「だったらおれが頼んでやる。いや、そうか。おまえが四の五のいうのは鬼笛にそそのかされたからだな。やつめ、おれの女に懸想をしやがって……」

「待ってください。だれが、なにを、そそのかしたのですって？」

「鬼笛に決まっておろうが。あやつはとんでもない乱暴者だ。強欲で二枚舌で……」

自分こそ当代一の乱暴者であることは棚に上げて、頼信は鬼笛をこき下ろした。が、式部はそんなことより、なぜ唐突に鬼笛の名が出てきたのか、わけがわからなかった。

「鬼笛どのがわたくしと、どう、かかわりがあるのですか」

首をかしげると、頼信は探るような目になる。

「知れたことよ。あやつはおまえの扇を後生大事に持っておるそうだ」

「まぁ、では、あれは鬼笛どのが……」

女たちの面前で道長が「浮かれ女の扇」と記し、式部が余白に歌を書きこんだ。式部に懸想をしている者が拾ったという扇である。そういえば、あの火事の最中、鬼笛に助けられたときに失くしたのだった……。

「扇を持っていたからといって、懸想していることにはなりませんよ。わたくしがここへ上がってから、歌ひとつ、贈ってはこられませんもの」

「それはあやつが任地へ行っておったからだ。他人まかせにしたまま杜撰な取り立てを黙認した。ゆえに騒動が起きた。しぶしぶ出かけ、なんとか収拾したものの、悪事が暴かれて逼塞となった」

鬼笛は肥後守を解任された。もっとも道長のお気に入りの鬼笛である、今も道長の家司役をつとめているという。

「あやつめ、また返り咲くにちがいない。どこぞの国司になって、おまえを任地へ伴う気でいるのだろう」

「まさか。もしそうだとしても、わたくしは参りませんよ」

「まことか」

訊きかえした頼信の顔は、わずかながら和らいでいた。頼信と鬼笛は式部のことだけでなく、政でも張り合っているようだ。

「まことならよい。ともあれ、鬼笛だけはやめておけ」

「なにゆえにございますか」

「それは……血も涙もない卑怯なやつだからだ。保身のためなら赤子の首でもひねりかねぬ。それも眉ひとつ動かさず。汚れ仕事をひきうけて左大臣家に取り入っておる」

保身や出世のために道長に取り入るのは、当節、だれでもしていることではないか。

そういってやると、頼信は肩をすくめた。

「やつは特別さ」

「叔父上ではありませんか。なぜ目の敵になさるのか、わたくしにはさっぱり……」

「知らぬなら教えてやろう。やつは盗賊の身内だ」

「そんなこと、とうに存じておりますよ」

鬼笛の話が出たおかげで、常陸へゆく話はうやむやになった。聞きわけのない子供のように口をへの字にまげて帰ってゆく男を、式部は苦笑しつつ見送った。

十九

平穏に見えた内裏が一変、暗雲に覆われたのは、翌寛弘八年（一〇一一）の五月も下旬になってからだった。一条天皇が発病した。症状自体はさほど重くはなかったが、内裏の人々は皆、顔色を失っている。

実は、そのおなじ月の上旬に、敦康親王の御座所の天井に瓦礫を投げつけるようなすさまじい音が鳴り響くという怪異があった。音だけで実際になにかが投げつけられたわけではなかったが、怪異が起こったときの常として、早速、陰陽師に占わせたところ、近々一条天皇の身に大事がふりかかるという卦が出た。

つまり占いどおり天皇が発病したのだ。彰子はもちろん、中宮御所の女たちは動転して、上を下への騒ぎになった。

幸い、天皇は数日病んだだけで快方にむかった。

ところが、道長はふたたび大江匡衡を呼んで易占をさせた。この結果がどうであったのか、公表されないうちに天皇の病がぶりかえし、今度は重篤になってしまった。道長は天皇の受諾を得て、ただちに譲位の手筈にとりかかった。

騒ぎの最中、式部は大輔から耳打ちをされた。

「帝が権納言さまをお呼びになられましたそうにて、たった今、昇殿なさいました」

「権どのが？　なにごとでしょう」

「次期東宮のお話ではありませんか。帝も中宮さまも敦康親王さまをぜひ東宮に、とお望みにございます。そのことで権納言さまにご相談なさるおつもりなのでしょう」

一条天皇が譲位すれば居貞東宮が帝位につく。と同時に新たな東宮が定められるわけだが、長幼の序でいけば定子皇后の遺児である敦康親王が東宮になるべきところ、道長は彰子所生の敦成を東宮に立てようと画策しているらしい。天皇が行成を枕辺へ呼んだのは、道長の独断を阻止せんがため、行成に自分の意志を伝えておこうというのだろう。

行成はまがったことの嫌いな硬骨漢である。融通は利かないし頭でっかちなところも多々あったが、私利私欲のために権力者におもねることだけはないと式部は信じていた。

定子皇后の悲運にあれほど悲憤し、現に敦康親王の家司別当でもある行成なら、帝や中宮の意をくんで道長を諫めようとするにちがいない。

式部の期待は裏切られた。行成は敦成を東宮に立てるという道長の考えをあらためて伝え、了承するよう病床の天皇を説き伏せたという。

「では、敦成さまが東宮にお立ちあそばすのですね」

「そうなりましょう。中宮さまは立腹されておられます。お父上のお顔はもう見たくないとまで仰せで……」

「わたくしも権どのを見損ないました」

式部も憤懣やるかたなかった。今の行成は道長を諫めることができる数少ない重臣の一人である。道長の意をひるがえすことは不可能かもしれないが、それでも天皇や中宮の側に立って道長に意見することくらいはできるはずである。

このままでは腹の虫がおさまらない。式部は行成に、話があるので昇殿の際、自分の局へ立ちよるようにと伝言を送った。

数日後、律儀な行成は天皇を見舞った帰りに式部のもとへやってきた。一条天皇の病は快方にむかうどころか、悪化の一途をたどっている。

御簾をへだてて対峙するなり、式部は挨拶もそこそこに東宮の一件を問いただした。

「中宮さまは御胸を痛めておられます。敦康親王さまとてお心をこめてお育てした、中宮さまにとってはわが子同然の皇子さまではありませんか。帝にふさわしいご器量をそなえておられることはだれもが存じておりますのに、なにゆえ、わずか四歳の御弟宮を東宮になさるのか。権どのは、それでよろしいのですか」

やはりそのことか……というように、行成は顔をゆがめた。

「左大臣におもねって帝の御意をまげさせた、式部どのもそう、おもいか」

行成の声の烈しさに、式部は一瞬、息を呑む。

「そうではないと……仰せにございますか」

「むろん」

「では、なにゆえ……」

「よもや、お忘れではありますまい。帥宮さまと式部どのは、なぜ、わざと人目に立つようなおふるまいをなされたのか」

「それは……」

「奇矯とおもわれてもよい。稚児の無事を願うたからではありませんか。なんとしても、岩蔵宮さまのお命を守らんがために」

「それは……でもなぜそれを？」

式部は心底、驚いた。自分と帥宮が暗黙の了解のもとにとった行動を行成にいい当てられるとは、おもってもみなかったからだ。

「おなじおもいをしてきた式部どのなればこそ、おわかりのはず」

式部は「あッ」と声をあげた。

「権どのは、敦康親王さまのお命をお守りするために、あえて御弟宮を東宮になさるよう進言されたのですね」

行成は重々しくうなずく。

「あの日、大江の御老師が血相を変えて拙宅へとんで来られた。本年は陰陽道では大凶の年、しかも帝が死病にかかる卦が出たと……」

「わたくしの養父でしたら近ごろめっきり年老いて、先日、一切経供養の願文を頼まれたときも苦心惨憺しておられたそうです。お目もおわるいとうかごうております」

大江匡衡の体調が良好とはいえないことは、赤染衛門から聞いていた。今のところなんとか役職をこなしてはいるものの、衰えは隠せない。匡衡の易占がまちがっていたとしてもふしぎはなかった。

それにしても、道長はなぜ、老衰した匡衡に易占をさせたのだろう。

式部の疑惑はつのるばかりだったが、行成は匡衡の易占に疑いを抱いてはいないようだった。

「卦は当たりました。そのあとすぐ、帝は重篤になられた」

「でも、一度は快方にむかわれましたよ」

「御病については今、申すべきことはありません。ただ、なんとしてもご回復いただきたいと願うばかりにて……。ともあれ、帝はお苦しみの最中にわたしを呼ばれた。敦康親王をいかにすれば守れるかと訊ねられたゆえ、不本意にはございましょうが、ここは隠忍自重なされて、東宮位は御弟宮に譲られるべきでしょうとお答えしました。親王さまが定命を全うされるためにはそれしかありません、と……」

式部と行成は、言葉を発するかわりに目を合わせる。

式部は身ぶるいをした。

「まことに、それしかないと、権どのはおおもいになられるのですね」

「さよう。内裏ではなにが起こってもふしぎはありません。いや、内裏だけとはかぎらぬが……」

「わかりました。権どのに腹を立てたのはわたくしのあやまりでした。それにしても、帝や中宮さまのお気持ちをおもうとおいたわしゅうございます」

「中宮さまは聡明なお方ゆえ、親王さまにとってなにがお幸せかご存じのはずです。もしそれでもなお、お怒りとあらば、それは、ご自分を目の中に入れても痛くないほど愛（いつく）しんでおられるお父上が、なんの相談もなく勝手に事を進めてしまったことが腹にすえかねておられるのでしょう」

行成のいうとおりかもしれないと式部はおもった。十二歳で入内したとき、天皇には寵愛する定子がいた。定子の死後も、かたちばかりの夫婦のまま、彰子は定子の忘れ形見の皇子をわが子として育ててきた。じっと耐えてきたのはひとえに実家のため、道長の野望を叶えるためだったのだ。彰子が今、はじめて激しい憤りをおぼえているとすれば、それはただ敦康親王への同情からだけではないはずだ。

行成は表情をあらためた。

「式部どの。宿世ではおもうようにゆかぬことがままあります。それは式部どのも身をもって感じておられましょう。時だけが心の傷を癒してくれることも。今は中宮さま親王さまのおそばで、お二人をお支えし、慰めてさしあげることですぞ」

六月十三日、一条天皇は譲位して、居貞東宮が三条天皇となった。これにともない、彰子の第一子である敦成が親王となり、東宮宣下をうけた。が、この儀式に一条天皇の姿はなかった。病状が一段と悪化していたからだ。儀式の最中に危篤の知らせが入り、高僧が加持祈禱のために駆けつけるという一幕もあったとか。

一条はそれから数日、うわ言をいったり正気づいたりと一進一退をくりかえしたあと、二十二日、枕辺の彰子の耳元で辞世の歌を詠み、息をひきとった。行年三十二だった。

一条の譲位にともなって皇太后宮となった彰子の御所は、深い悲しみにつつまれた。葛藤を乗りこえて真(まこと)の夫婦となり、ようやく二児に恵まれた一条と彰子の仲むつまじさを、だれもがわが事のようによろこび、この幸せが長くつづくものと信じていたからだ。歌を詠み、物語に興じ、管弦の調べの絶えない日々……いつも笑い声が聞こえていた。

それが一転、すすり泣きとため息ばかり。

彰子の憔悴ぶりは見るも憐れだった。生まれおちたそのときから天皇の后になるべく運命づけられ、天皇のためだけに生きてきた。一条に先立たれてしまっては、これから先、なにを心の支えに生きればよいのか。

女たちのだれもが涙にくれているそのとき、彰子から式部に、御前へ参るよう呼び出しがあった。

式部は深い縁を結んだ男たち三人といずれも悲惨な別離を経験している。冷泉天皇の后だった故太皇太后昌子の孤独も目の当たりにしてきた。式部なら大切な人を喪う悲しみをだれよりもわかってくれるとおもわれたのかもしれない。

「皇太后さま、こたびのご不幸、おなぐさめする言葉とてなく……」

彰子の御前に出た式部は、両手をつくなりもう声をつまらせていた。

彰子もうつむいたまま肩をふるわせている。が、しばらくして顔を上げ、式部を見返したときは、両眼に涙はなく、これまで見たどの眼光にもまして強い光が宿っていた。

「そなたを呼んだのは、式部、なぐさめてもらうためでも、いっしょに泣いてもらうためでもありません」

なぜ呼んだかわかりますかと訊かれて、式部は思案しながらうなずく。

「皇太后さまは、お怒りにございましょう。なにゆえお怒りかは、おなじように腹を立てたことのある者にしかわかりません」

彰子は口元をゆるめた。

「そなたならわかってくれるとおもうていました」

「皇太后さまこそ、わたくしのことをなにもかもお見通しなのですね」

「わらわとそなたはおなじおもいをしてきました。自分のことなのにいつも蚊帳の外。いいえ、父上が娘のためをおもい、よかれとおもってなさってておられることはわかっています。でも父上は、なんでもご自分だけで決めてしまわれる……」

そう。道長には、式部もどれほど煮え湯を飲まされたか。

「敦康親王さまの御事でしたら、親王さまご自身の御為にも、今は事を荒立てないほうがよろしいかと……」

「わかっています。でもね式部、帝のお心をおもうと……」

彰子は今一度きりりとした表情にもどって、「もっと早う気づいていれば……」とつぶやいた。

「これまでわらわは父上が命じられるままに生きてきました。父上のなさることは正しいと信じていたのです。でも、今はちがいます。今日からは生まれ変わらなければ。そのことを、そなたに伝えておきたかったのです」

「皇太后さま……」

「敦成も敦良もわらわが育てます。今はまだ幼少なれど、敦成が帝になったとき、自分の頭でかんがえたことを自ら実行できるようにしてやりたい……」

それは、実家の左大臣家であっても帝を意のままにあやつることは許さない、という宣言か。自分の身内にも政を恣にはさせない。彰子はそう心に誓ったのだろう。

「今すぐになにかができるとはおもいません。それでも、善い事は善い、悪いことは悪い……わらわはそれを教えられる母になるつもりです」

式部はうなずいた。感動のあまりくちびるをかみしめ、目には涙をためて。

「及ばずながら、わたくしもお手伝いいたします」

感極まった面持でいうと、彰子は笑みを浮かべた。

「紫式部や大輔や、皆にも話すつもりです。ですが、まずはそなたに、とおもうたのです。声を大にしていいとうはない。父上のお顔もしばらくは見とうないが……そうもいかないでしょうね」

道長は悲嘆にくれている彰子を案じて、毎日のように様子を訊ねてくるという。

帥宮を喪ったとき、式部も人と話をするのが煩わしかった。実家や大江邸にこもって、経を誦し、哀悼の歌を詠んですごしたものである。

「まわりのことはお気になさらず、おもいのままにお心を癒されますように。ご安心ください。宮さまや姫宮さまのご養育は、わたくしたちが心をこめてさせていただきます」

「そういえば式部、そなたの男児は大江家にいるそうですね」

「一人は……はい、大江邸にて養育していただいております。もう一人の岩蔵宮のほうは左大臣家にまかせきりで……この先、どうなることやら……」

式部が子を案じる母の顔になったので、彰子はしばし思案した。

「帥宮さまとそなたの御子なれば、心根の清らかな、賢い男子に相違ない。寺門へ入れるがよいやもしれません。そなたは道命阿闍梨どのを存じていますか」

「道命さま……大納言さまのご子息にございますね」

大納言とは藤原道綱だ。摂政関白・太政大臣として位をきわめた兼家の息子の一人で、道長の異母兄である。式部の戯れの恋の相手にも名を連ねていた。

道綱の男子が若くして出家した話なら、いつだったか聞いたことがあった。天台座主の弟子となった道命が姿も声もとびきりの美僧で、歌人としても評判になっていることは耳にしている。

「故帝は道命阿闍梨どのにようお教えを請うておられました」

道命なら岩蔵宮の手本になるかもしれない。後ろ盾にもなってくれるはず。喪が明けたらひきあわせようという彰子の言葉に、式部は一も二もなく礼を述べた。

彰子の御座所を出て局へもどる。なによりのよろこびは、彰子が気力をとりもどしつつあることだった。東宮の母としての新たな決意にも感激した。その決意を真っ先に自分に打ち明けてくれたことがなによりうれしい。

彰子は、自分の足で歩きだそうと決めた。たとえ父や実家の人々を敵にまわすことになったとしても……。数々の困難が待ちうけているにちがいない。それでも、彰子のその勇気を知っただけで、式部まで力がわいてくるような気がした。


一条天皇が崩御した寛弘八年六月から一年間、皇太后宮彰子の御所は喪に服し、女房や部屋子、下女たちにいたるまで息をひそめて暮らした。

もっとも、そんなときでさえ恋の噂は絶えない。式部のもとへも三日とあげず相聞歌が贈られてきた。細殿の暗がりにひきこまれて抱きすくめられたり、妻戸越しにくどかれることもしょっちゅうだったが、彰子の決意を聞いてからは、なぜか戯れの恋に軽々しく身を投じる気がしなくなっていた。

この間、道長は新帝の三条天皇から関白位に就くよう要請されたものの固辞して、内覧という役に就いた。すでに子を生している天皇の后を皇后に押し上げ、自分の娘を中宮に立てて、さらにはその妹を東宮御所へ送りこんだ。敦成東宮が帝位に就くのを待って中宮として入内させるつもりでいるのは、だれの目にも明らかだった。

彰子はこの間、喪中だからといってじっとしていたわけではなかった。故帝を追悼して誦経に明け暮れるかたわら、東宮や自分の側近に命じて巷や内裏の噂を集めさせ、または文章博士や東宮学士、実資や公任、行成などの重臣たちを招いて、政の話に耳をかたむけた。任官や儀典に関しても疑問におもうことがあれば、父の道長に直談判をする。まだ喪が明けないうちから、彰子のもとへ意見を聞きにくる公卿が増えた。彰子の許可を得られず、贅沢な饗宴が中止されたこともあった。

ときに苦笑を浮かべつつも道長が彰子の政への介入を容認していたのは、自分の意のままに故帝を懐柔して皇子を産んでくれた娘を誇らしくも愛しくもおもっていたからだろうが、それに加えて、一日も早く外孫でない三条天皇から外孫の敦成東宮へ帝位を移譲させるには公卿たちの同意を得る必要があり、そのためには幼い東宮を補佐する国母彰子の権威を高めておくほうが得策だとかんがえたからにちがいない。

道長がこれまで以上に彰子を気づかい、娘の意見に耳をかたむけるのを見て、式部の道長への反感も多少なりと薄らいでいた。道長はなんといっても彰子の父だ。彰子を敬愛すればするほど、道長への不信も和らいでゆく。

出仕して三年、式部は宮中へもどってよかったと心からおもっていた。娘の小式部も美貌と歌の才が評判となって皆から可愛がられているし、最初のうちは牽制し合っていた紫式部とも今は打ち解けて話ができるようになった。夫の病が重篤のため赤染衛門はこのところ大江邸へ帰っていたが、伊勢大輔や弁御許など親しい女たちと競って歌を詠み、おしゃべりに興じるひとときは、憂さも悲しみも忘れさせてくれる貴重な時間だ。

六月、一条天皇の喪が明けた。

七月、大江匡衡が彼岸へ旅立った。養父でもあった匡衡の死を悼んで式部も大江邸へおもむき、葬儀のあと、赤染衛門としばらく水入らずですごした。

大江邸から皇太后宮彰子の御所へもどったのは、秋の気配がただよいはじめた八月の初旬である。

式部は彰子に呼ばれた。

「いらっしゃい。道命阿闍梨どのがおみえですよ」

二十

対面所の御簾をへだてたむこう側に、袍裳（ほうも）姿の僧が平伏していた。中肉中背で頭をきれいにそりあげている。道命阿闍梨は三十代の半ばと聞いているが、どう見てもまだ二十代に見えた。

「道命どの。和泉式部ですよ。会わせてくれと頼まれておりましたゆえ」

「ありがたきご配慮、かたじけのう存じまする。これほどの歌を詠む女人はどのようなお方か、ぜひお目もじを、と願(ねご)うておりました」

道命はおもむろに顔を上げ、「冥きより冥き道にぞ入りぬべき遥かに照らせ山の端の月」と、朗々と詠じてみせた。

式部は息が止まるかとおもった。ひとつには、すでに評判になっている道命の声のあまりの美しさに驚いて。温かくつつみこむような、それでいて凛と澄み渡って、いつまでも聞いていたくなるような声である。道命の誦経を耳にしたら、それだけで極楽にいるような気がするにちがいない。

今ひとつ、式部の目を釘付(くぎづ)けにしたものがあった。道命の顔、というよりその表情だ。亡き師宮の生母の超子(ちょうし)は道命の父の異母妹だから、二人は従兄弟(いとこ)同士である。そのせいもあるのか、道命は在りし日の師宮の面影をほうふつとさせた。こちらをひたと見つめるまなざしは、まさに師宮が乗りうつったかのようだ。

「式部。そなたも道命どのに、岩蔵宮の行く末を相談したいといっていましたね」

「あ、ええ……はい。さようにございます。後ろ盾のない身ゆえ、仏の道へ進ませるのがいちばんではないかと……」

「そのときは道命どの、式部の力になってやってください」

彰子にいわれて、道命はうなずく。

「宮さまがご成長され、ご自分からお望みになられましたなら、そのときは拙僧がいかようにもお力添えをいたしましょう」

「うれしゅうございます。これで胸の痞えがおりました」

　式部は安堵の息をついた。いや、正確にいえば、道命に見惚れておもわずため息がもれてしまったのかもしれない。

「東宮大夫が待っておるゆえ、わらわは行かねばなりません。あとは二人で……」

　彰子が席を立つや、道命は膝を進めた。

「わたしは十三のとき、出家を志しました。願いが叶うたのは四年後、祖父が死去してのちのことです。幸い弟に家を託すことで話がつきました」

「そのことでしたら、わたくしもずっとふしぎにおもうておりました。道命さまは名家の長子であられますのに、なにゆえ、そんなにお若いときからご出家を願うておられたのですか」

「父を……見てきたからです」

　道命の父は冷泉天皇妃の超子や左大臣道長の異母兄で、今は大納言になっている藤原道綱である。道綱は式部より二十歳も年長だが、式部の恋の相手の一人とも噂されていた。良い意味でも悪い意味でも典型的な貴公子で、育ちのよいお坊ちゃまがそのまま大人になったような道綱には恋の相手がごまんといる。数人の妻に多数の子を産ませていた。家柄がよく、風流人で見栄えもするが、政となるとやり手とはほど遠く、軽んじられることも多々あるらしい。

道命によると、道綱は鷹揚（おうよう）な見かけとは裏腹に屈託を抱えていたという。

「祖父は摂政関白・太政大臣だったのに、父は正妻腹ではありませんからね。出世も異母兄弟たちに比べてずいぶん遅く、歯がゆいおもいをしていたようです。式部どのはご存じでしょうか。二十余年も昔になりますが、祖父や叔父たちがまっとうとはいえない汚い手を使って、花山帝を強引に出家させてしまったことがありました」

その話なら式部も耳にしている。共々に出家を、と誘いだしておきながら、天皇だけを出家させ、太政大臣家の者たちは逃げ帰ってしまったとか。天皇に譲位をさせんがための無謀なやり口に、心ある人々は眉をひそめたものである。

「このとき、父は祖父に命じられるまま、悪事に加担しました。それが足がかりとなって出世の手蔓（てづる）をつかんだのです」

道命はまだ童だったが、花山天皇に可愛がられていたこともあって、この出来事に大きな衝撃をうけた。祖父たちはもちろん父にも憤り、嫌悪するようになった。花山天皇のあとを追って自分も出家するといいはり、家族を狼狽させたという。天皇への同情と若さゆえの潔癖さ、ひたすら純なおもいが高じたためだったが――。

「許してはもらえませんでした。まだ子供でしたから、祖父や父への怒りは次第に薄れてゆきましたが、そんなことまでしなければ出世できない父が憐れにおもえ、陰謀や裏切りだらけの宮中が恐ろしいところにおもえました。自分はとても宮中では生きていかれない、やはり俗世をすてるべきだと……」

出家の決意はゆるがなかった。周囲も根負けし、というより道命の聡明さを知るにつけて、これは名僧になるべき器だとおもいはじめたこともあって、祖父の死をきっかけに道命は天台座主・良源（りょうげん）の弟子となり比叡山へ入った。

比叡山には貴族が先を競って寄進した諸堂が立ち並び、三千にもなろうという僧徒が集っていた。最澄（さいちょう）を始祖とする天台仏教はすでに貴族の私物と化し、貴族や豪族はこぞって屋敷内にも寺を建立、天皇の勅願である御願寺の称号を欲したり、一族の中から護持僧を送りこんだりする風潮が高まっていたことも、道命には追い風となった。道命は今、藤原一族の期待を一身に集めている。

「突然、こんなことを耳にされて驚かれたでしょうね。ただ、わたしがどんな人間か、式部どのにはわかってほしかったのです」

「なぜ、わたくしに……」

「従弟は御仏に深く帰依していました」

「そういえば、帥宮さまもよう出家の話をなさいました」

「わたしのところへ教えを請いにきていました。いつしか式部どのの話をするようになり、そのうちに、式部どのがどんなに素晴らしい女性か、その話ばかり」

「まぁ、宮さまったら……」

式部はおもわず頬を染めていた。もちろんうれしい。が、褒められたことより、道命との出会いが帥宮の縁であり導きであることに心を動かされた。

「人の縁ほどふしぎなものはありませんね」

弾正宮の死が帥宮と式部を結びつけた。帥宮の死が、今また道命との出会いをもたらした。単なる偶然とはおもえない。

式部がおもったとおりのことを、道命も感じていたにちがいない。だから、なんとしても会いたいと彰子に頼んでいたのだろう。

「式部どのとははじめて会うたような気がしません」

「宮さまが亡うなられたとき、わたくしも出家を願いました。おもえば幼きころから太皇太后昌子さまのおそばで日々、仏事に励んでおりましたし……」

「冥きより、ですね」

「ええ。そうですわ、これからは道命さまに教え導いていただきとうございます」

式部がいうと、道命は目をかがやかせた。若やいだその顔が帥宮の面影と重なる。

「わたしでよろしければ、共に学びましょう」

「まぁ、うれしいこと」

「従弟の思い出話もできますね。従弟もそれを望んでいるような気がします」

話は尽きなかった。

これは断じて戯れの恋ではない。

そうおもいながらも、式部の胸は高鳴っていた。

式部のもとへ美僧が足しげく通っているとの噂はまたたく間にひろまった。紫式部は顔をしかめたが、御所の女たちの大半は自分のことのように胸をときめかせ、式部と顔を合わせるたびに恋の進展具合を知りたがった。

「そんなんじゃありませんってば。阿闍梨さまと恋をするなんて……」

「でも道命さまは平然とおっしゃっておられますよ。式部どののためなら地獄へ堕ちてもかまわない。式部どのは命にもかえがたいお人だと……」

「お戯れです。真にうけてはなりません」

否定する一方で、式部は自分の言葉の空々しさに身をちぢめた。道命と出会ってからというもの、美声やまなざしをおもいだして頬を赤らめたり、睦言の数々を反芻して甘い吐息をもらしたり……自分でも明らかに恋の病だとわかっていたからだ。

式部は、そんな自分にあきれていた。結婚をして子を産んだ身で何度も恋をした。浮かれ女の呼称を進呈されるまでもなく、戯れの恋に身をやつしてきた。そう。命がけで愛した帥宮を喪って五年、恋はもう二度とできないとおもっていたのに……人の心はなんとうつろいやすいものか。

式部と道命は、どんなにごまかしても、とりつくろっても、もはや隠せないほど恋に溺れていた。二度目に会ったときはもう、堰が切れたように流され、怒濤に巻きこまれて契り合っていたのだから、なにかにとり憑かれてしまったとしかいいようがない。それは、海の底へひきこまれてゆくような、でなければ天空のかなたへ駆け昇ってゆくような、これまで経験したことのない忘我のひとときだった。恋に初心な僧を教え導くどころか、式部のほうが圧倒され翻弄されている。

罪深い恋だということは、むろん承知していた。相手は阿闍梨、仏に仕える身である。天皇の御子、弾正宮や帥宮とも身分ちがいの恋に苦しんだものだが、またもや世間を騒がせる恋に身を投じてしまおうとは……。

はかなくも忘られにけるあふぎかな
おちたりけりと人もこそみれ

何度目かの逢瀬のあと、道命は扇を忘れて帰った。式部は扇に歌をそえてとどけた。気をつけないと皆から「堕落僧」とみられてしまいますよ――と警告をこめたつもりだったが、おもえば、このときはすでにのっぴきならない深みに堕ちこんでいた。

「わたしは還俗します。還俗して式部どのを妻に迎えます」

「それはなりません。お若いころからの御志を一時の恋のためにすてつてしまわれては、後々悔やむことにもなりかねません。道命さまをたよりとしておられる一族の皆さまも落胆なさいます」

「一時の恋？　これが一時の恋だといわれるのですか。あなたにとっては、それだけのものでしかないのですね」

「いいえ。いいえちがいます。わたくしだって、道命さまのためならこの命さえ……」

「では、その命、わたしにください。もう一度、式部どのを抱きたい」

「朝になってしまいますわ」

「かまうものか。いいですか。貪欲これ涅槃、恚痴もまたかくの如し。かくの如き三事の中に無量の仏道あり」

「最澄さまの教えですね」

「さよう。悉有仏性……煩悩があるから悟りもあるのです」

そうしてまた、二人は妻戸を閉め切って煩悩の深淵に堕ちてゆく。

自分がひきあわせた二人が恋に溺れていることを、皇太后宮彰子はどうおもっていたのか。噂は耳にとどいていたはずだが、彰子はなにもいわなかった。

ところが、式部と道命の恋はあっけなく終わりを迎えることになった。

「座主に呼ばれました。しばらく比叡山にこもらなければなりません。今後のことはともあれ、このまま手に手をとって逃げるわけにもいきませんし……」

ある日、道命が苦渋にみちた顔で別れを告げにきた。天台座主の命令とあれば逆らえない。自分が都を留守にするあいだ、他の男に心を移さないでくれと何度も懇願する男に、決して心変わりはしないと約束をして、式部は道命を送りだした。

翌日、左大臣・道長が御所へやってきた。道長が愛娘の顔を見に来るのはしょっちゅうなのでめずらしくはなかったが、この日は彰子や幼い孫たちとひとときをすごしたあとも、すぐに帰ろうとはしなかった。

「大殿さまがお呼びです。廂間へ参るように、と」

侍女に呼ばれたとき、式部は来るべきときが来たと悟った。

道命は、ゆくゆくは天台座主になると噂されるほど将来を嘱望されている。藤原一族の――とりわけ権力の中枢にある藤原北家の――至宝といってもいい。それが「浮かれ女」式部に惑わされて堕落するなど、あってはならないことである。

それにしても、帥宮といい道命といい、なぜ自分は身分ちがいの男とばかり深い仲になってしまうのか。道長が待ちかまえているという廂間へ急ぎながら、式部は自らの不運を呪った。

道長は、少なくとも一見したところは、いつもながらの温和な顔で膝元に並べた器に見入っていた。地方の国司からの献上品だろう。ひとつひとつとりあげてためつすがめつするたびに、口元が円やかな曲線を描く。怒っているようには見えない。

道長は四十七歳である。色白の肌は血色がよく、下ぶくれの顔はしわやしみひとつなく、四十そこそこにしか見えない。名家の貴公子が運を味方につけて最高権力者にまでのし上がったわけだが、水面下でいかに陰謀を練ろうと、身勝手さや斑気がときに非難を浴びようと、天性の爛漫さを損なうことはないようだ。情感たっぷり、文学や音曲を解する柔軟な頭と人心を懐柔する愛嬌をもち、ときに子供っぽいほど物事に熱中して、飽くなき野望を次々に実現させてしまう。

こんなときなのに、式部は道長に見惚れた。

「おう、参ったか。式部どの。こちらへこちらへ」

道長は閉じたままの扇をかざして式部を手招いた。鷹揚かとおもえば短気、かとおもえば涙もろい……計り知れないところのある道長なので、笑顔にごまかされないよう、式部は神妙な顔で御前へ進み出る。

「面白いものでのう、使い勝手に変わりはなくとも、髪の毛ほどの瑕瑾があるだけで価値が失せてしまう。器は人に似ておりますな」

もしや、道長は道命を器にたとえているのか。名声に瑕をつけるなといいたいのではないか。式部は身がまえたが、案に反して、道長は道命の「ど」の字も口にしなかった。

「式部どのに来てもろうたのは、縁談をお勧めせんがためです」

「縁談……ありがたきお話なれど、小式部にはまだ早うございます」

「娘御にあらず。式部どのをぜひに、と望む者がおりましての」

おもいがけない話に、式部は目をみはった。

「わたくし？　わたくしはもう結婚など……」

「いや。女独りで生きてゆくのは容易ではありません。実家とていつまでたよれるか。後宮勤めをつづけるにも後ろ盾は欠かせませんぞ」

道長のいうとおりだった。式部の母もそうだった。赤染衛門も伊勢大輔も弁御許も、夫をもった上で後宮に出仕している。定子皇后に仕えていた清少納言など、皇后の崩御で行き場がなくなり、あわてて結婚したと聞く。夫に先立たれてから宮仕えに出た紫式部は、夫はいないものの、目の前の道長がいっさいの面倒をみていると噂されていた。

女には庇護者が必要だ。とりわけ、贅を競う後宮に身をおく女たちには。

式部には、多少とはいえ、帥宮が遺してくれた蓄えがあった。しかも出仕後、実父は越前守に任じられている。長年の念願が叶って国司になった父は有頂天で、ときおり装束をあつらえてくれるし、いざとなれば大江家という後ろ盾もある。もっとも父は老年だし、大江家の当主も先ごろ代替わりしてしまったので、今後のことをおもえばたしかに心細い。尼になるさえ後ろ盾のいる昨今なのだ。

そうはいっても、道命との約束を反故にできようか。

「お心くばり、かたじけのう存じます。なれど、わたくしは……」

「一時の昂りに身をまかせて道をあやまればとりかえしのつかぬことになる。ようようかんがえ、なにがいちばん大切な人の為になるか……式部どののほどのお人なれば、おわかりになられるはず」

やはりそうだ。道長は道命の将来をかんがえて身を退くよう迫っている。

「ご心配はようわかっております。それでもこればかりは、どうか、ご寛恕のほどを……」

式部の返事を聞いて、道長のまなざしが一変した。口元は曲線を描いたままなので、眼光の鋭さがかえってきわだつ。

「ではうかがうが、岩蔵宮さまはどうなさるおつもりですかな。座主の不興を買うのは得策ではありませんぞ」

式部は「あッ」と声をもらした。血の気がひいてゆく。

「あの子は……岩蔵宮だけは……」

「賢い御子です。名僧になるはまちがいなし。ただし、式部どのが、しかるべき殿上人のご妻女になられれば、ですが……」

　式部と道長はじっと見つめ合った。男女は御簾越しに話をするのが慣例で、夫婦でもない者同士が目を合わせることはめったにない。おそらくこれが最初で最後だろうとおもい、そうなってくれればよいと願いながら、それでも式部は視線を逸らすことができなかった。

「しかるべき殿上人、とは、どなたですか」

「わが家司、藤原保昌」

「まぁ、鬼笛大将ッ」

「さよう。ははは、人呼んで鬼笛大将」

　鬼笛はかねてより道長に気に入られて家司に準じる役目をつとめていたが、正式に左大臣家の家司となったのは昨年で、そのめざましい働きぶりは余人とは比ぶべくもないという。

「来年の除目ではさらなる昇進もまちがいなし。保昌はなにしろやり手でしての、肥後守をしておったとき驚くほど財産を貯めこんだ。前々からなんとしても式部どのを妻にしたいと、仲立ちを頼まれておったのです」

　式部はなんと答えたらよいのかわからなかった。鬼笛には南院の火事のときに命を助けられている。そもそも幼いころ、摂津国多田荘で出会っていたから、身内のような気安さがあった。とはいえ結婚となると――。

鬼笛は式部より二十は年長だから、五十代の半ばになっているはずだ。

式部の心を読んだように、道長はうなずいた。

「歳の差はありますが、ひとつ、よいことに、保昌には正式な妻がおりません。財力も地位も手に入れた、あとは憧れの女流歌人を妻にして最後の仕上げをしたいのでしょう。掌中の珠としてかしずいてくれることはたしかです。岩蔵宮さまはもちろんですが、小式部どのの為にも願ってもない縁かと……」

「小式部の為にも……」

式部は首をかしげる。

「わが息子が小式部どのに執心しているそうで……」

道長の息子とは五男の教通のことで、皇太后宮権大夫として彰子に仕えていた。式部母子とも親しい。もちろん左大臣家の貴公子には正式な妻も子もいるから、たとえ小式部と関係ができても正妻にとってかわるわけにはいかない。それでも、道長に倫子と明子という二人の妻がいるように、小式部が第二の妻になることはまんざらあり得ぬことではなかった。

ただ、そのためには道長の承認が必要で、そうなったときは身分の保証――つまり家柄と財力のある後ろ盾――が欠かせない。教通にかぎったことではなく、将来、小式部が権家の妻と認められるには、相応の養父がいなければならない。

身分のことでは、式部も辛酸をなめた。小式部にはおなじような苦労をさせたくない。それは、母としての切実なおもいだ。

「式部どの、いかが？」

道長は笑顔になった。

「身に余るお話……なれど、あまりに急なことで……」

「返事を急かすつもりはありません。来年の除目をたしかめ、納得がゆくようであればぜひ……」

そういうことではない。鬼笛の出世を秤にかけているわけではなかった。が、それを道長にいったところで理解してもらえるとはおもえない。

丁重に礼を述べ、父とも相談して返答すると約束をして、式部は廂間をあとにした。道命恋しさに胸をかき乱されながらも、眼裏に愛しい子供たちの顔が浮かんでいる。


兼参議こと藤原兼経が兄を訪ねてくるとの知らせがあったのは、暮れも押しつまったころだった。このときわたしは宿下がり中で、新年を迎える仕度であわただしくすごしていた。

宿下がりといっても、道長夫婦の死後は娘を左大臣家に出仕させて、わたし自身は老母ともども上東門院（落飾した皇太后宮彰子）の御用をつとめている。気楽な身なので、なんだかんだと里邸にいるほうが多い。それをよいことに、浮世離れもはなはだしい夫は額を書物にのめりこませて、縦の物を横にもしない。

「実家に行って参ります」

夫に声をかけた。が、返事をするひまを惜しんでいるのか、人さし指をうしろにむけただけ。夫は杜甫や李白、とりわけ近ごろは柿本人麻呂に没頭している。たいがいは上の空なので、わたしは夫が困らないよう、行先や用件を書き留めておくことにしていた。

――大江邸にて兼参議と会う。

手近な紙にそう書きおいて、牛車に乗り込む。

年の瀬の都はざわついていた。毎年のことだが道端には物乞いや行き倒れがたむろしていて、検非違使や京職の衛士たちに追い立てられている。が、追い立てられても追い立てられても貧民はわいてきた。見飽きた攻防など目に入らないのか、往来では忙しげに人が行き交い、牛車がガラガラと通りすぎてゆく。

それでも大江邸へ一歩入れば、いつもながらの静謐な気配があふれていた。

「おう、よいところへ参った。こちらの用事は終えたゆえ、なんでも訊ねるがよい」

この季節、泉殿では寒かろうと、兄は東対の身舎の一隅で兼参議を待たせていた。

わたしは早速、屏風の陰へ入って挨拶をする。

「兼参議さまとお会いするのは、蛍のあの宵以来にございますね」

蛍を愛でつつ和泉式部を偲んだ。母が人選した来客は皆、自分や自分の父兄がどれほど式部に愛しまれていたか、自慢げに披瀝し合っていたものだ。

「兼参議さまはあのとき、兄上の道命さまが式部どのとの恋に苦悶しておられたとお話しくださいましたね」

「いかにも。兄にとって式部どのとの出会いは雷にうたれたようなもの、まさに天の配剤にもおもわれたそうです」

「戯れの恋、ではなかったと……」

「むろんです。あれこそ命がけの恋」

兼参議が鼻をうごめかせるところを、わたしは頭からふりはらった。式部の恋人だった美僧の話をするときは、兼参議の間のびした顔は見ないにかぎる。

「命がけの恋なのに、お二人は別れてしまいましたね」

「別れたのではない、別れさせられたのです」

「横槍が入ったと？」

「兄は座主から急用を仰せつけられて叡山へ帰りました。都へもどったら、式部どのより別離の文がとどけられたそうです。ひと目逢うことも叶わず、失意のあまり床についてしまいました」

「道命さまは、式部どのを怨んでおられたのでしょうか」

「最初のうちは……しかし、兄はすぐに気づいたそうです。自分の将来を閉ざしてしまわぬよう、式部どのは泣く泣く身を退かれたのだ、と。なぜなら翌年、式部どのは鬼笛と結婚したからです」

「なにゆえですか。なにゆえ鬼笛大将と結婚したことが身を退いた証拠だと……」

わたしは身を乗りだしていた。兼参議と目が合って、あわてて屏風の陰へ顔をひっこめる。

兼参議から答えが返るまでに一瞬、間があったのは、おもいがけずわたしの顔を見てびっくりしたのだろう。

「兄と深い仲になるまで、式部どのは数多の男たちと浮名を流してきました。が、鬼笛の名はなかった。そもそも鬼笛は後宮へ出入りできるような輩ではありません。怨霊の末裔にして盗賊の身内ですからね。左大臣家にとりいって国司にまで昇ったものの、その荒稼ぎたるや……悪評が高まって禅閤さまも都へつれもどすしかなくなった。家司にして汚れ仕事を一手にやらせていたが、まぁ、弱みをにぎられていたのでしょうな。鬼笛はほどなく大和守に返り咲き、左馬権頭に出世した上、式部どのまで手に入れた……」

禅閤は道長の出家後の呼称である。

「ということは、式部どのは鬼笛大将といやいや夫婦になられたと？」

わたしは目をみはった。

「いやいやだったかどうか……少なくとも恋ではありません。大よろこびで結婚したわけではない。兄のことも、お子さんたちのことも、よくよくかんがえた上でのことでしょう。どのみち禅閤さまに命じられれば、式部どのとて逆らえません」

「では、藤原道長さまに命じられて鬼笛大将の妻に……」

胸がざわめいている。最初の夫だった橘道貞との別れも、帥宮との薄氷をふむような日々も、道長の脅威がもたらしたものだ。兼参議によれば、道命との別離や鬼笛との結婚も道長の意向によるものらしい。

和泉式部は、そう、道長の手のひらの上で踊らされていたことになる。

「式部どのは、道命さまのことを、だれよりも大切に想うていらしたのですね。だからきっと、ご自分が身を退くことがいちばんよいとおもわれたのでしょう」

結婚してしまえば、道命もあきらめざるを得なくなる。

式部がだれより道命を想っていたといわれたのがうれしかったのか、兼参議は声をはずませた。

「兄は、病から回復するや、ふたたび修行に励みました。長生きをしていれば座主になっていたでしょう。四十半ばで逝去したときは天台別当でしたが、悔いはなかったとおもいます。なぜなら、式部どのと、生涯ただ一度の真(まこと)の恋ができたのですから」

二十一

世をすてて尼になりたいと願っていたくらいだもの――。

自分が鬼笛の妻になることで道命の名誉が保たれ、岩蔵宮や小式部の将来が約束されるというなら、これほどありがたいことはない。鬼笛を恋の相手としてみたことはなかったし、どこか得体の知れないところがある男には一抹の不安を感じないでもなかったが、そんなことに尻込みをする式部ではなかった。これまでも次々に襲いかかる不幸を乗りこえてきた。今さら幸福や安穏にひたれるとはおもっていない。ただ、彰子のために一日一日を精一杯生きることが使命だと、自らにいい聞かせている。

「鬼笛大将は大和守になられるとうかごうております。左大臣さまの仰せなればむろん、妻にしていただく一件、つつしんでおうけいたしとう存じますが……わたくしは皇太后宮さまにお仕えする身……任地へ同行することはできかねます。それでもよろしゅうございましょうか」

式部は彰子に了解をとった上で、道長にいちばんの気がかりを訊ねた。

「そのことなら心配は無用です。保昌はわが家司、なくてはならぬ男ゆえ、当分、都にいてもらわねばなりません。ま、そのうち任地へ出向くこともありましょうが、一度くらい顔を見に行ってやってくだされば、それだけで大よろこびするはずです。つまり、式部どのの暮らしはこれまでどおり、ということです」

本当にそれでよいのか。ではなんのために自分を妻にするのかと式部は首をかしげたが、道長の答えは明快だった。

「まずは女流歌人であること。保昌は勇猛な武人なればこそ、風流事に大いなる憧れを抱いております。自ら歌も詠み、笛も名手なれど、胸の内では常に粗野で野蛮な自分を恥じている。出自ゆえもあるのでしょうな」

式部に惚れこんだのは、高貴な男たちとの恋もふくめて、式部が自分にはない雅な雰囲気を身にまとっているからだ。恋の歌を自在に詠む式部こそ理想の妻とおもいこんでいるらしい。鬼笛にも女は何人かいたが、これまで正式な妻を持たなかったのは、身のまわりの世話をする侍女や床相手をする遊女とは一線を画し、自分の欠点を補ってかつ自分の値打ちを高めてくれるような妻を望んでいたからだという。

「さよう。保昌はなにつけても慎重な男です。人並みはずれて用心深い。決してむだなことはしないし、必ず利益を手にする。まったく、そういったことには舌をまくほどの嗅覚をもっています。つまり、式部どのが皇太后宮のおそばに仕えていることも、保昌には願ってもないことなのです。おわかりですかな」

道長の目くばせに、式部はうなずいた。

彰子は近い将来、幼い天皇を擁して最強の国母となるはずだ。そうなったときのためにも、鬼笛は彰子のお気に入りである式部をわがものにしておきたいのだろう。

それならそれで式部も気が楽だった。そもそも結婚は恋とは別物、式部の父と母がそうであったように、互いに得るところがあるならそれでよしとしなければならない。

父といえば、式部の父や姉たちも、鬼笛との結婚には歓迎の意を示していた。道長の家司であり、大和守になることが決まっている上に、ゆくゆくは左馬頭も約束されているとどこからか聞きこんだようで、となれば反対する理由はなかった。肥後国で荒稼ぎしたと聞く膨大な財産にも目がくらんでいるにちがいない。

「母さまはそれでよいのですか」

道長には承諾の返事をした式部だったが、小式部からは案じ顔をされた。恋をしているときの母を見ている娘は、鬼笛の話をするときの冷静な顔が気になっているらしい。

「母さまは、あまりうれしそうではありません」

「鬼笛大将は、わたくしをぜひとも妻に、とおっしゃってくださるのです。しかも今までどおり歌を詠み、皇太后宮さまのおそばにお仕えしていてよいと……。あなたともいっしょにいられますし、こんなによい話はないでしょう？」

「それは、そうですけど……」

「まだなにかあるのですか」

「いえ……ただ、あのお人は、なんだか恐ろしゅうて……」

「怨霊の末裔だの盗賊の身内だのといわれていますからね。でも、兄弟が盗賊だったからといって鬼笛大将まで悪者にしてはお気の毒ですよ。怨霊にしたって、もしまことに元方さまの怨霊だとしても、鬼笛どのにはかかわりのないことなのですから」

藤原元方の娘の皇子は、藤原兼家の姉（道長の伯母）が産んだ冷泉院に帝位を奪われた。元方は怨み骨髄に徹し、憤死してしまった。冷泉院が死病にとり憑かれたのは元方の怨霊のせいだというのがもっぱらの風評だ。元方は鬼笛の祖父である。

小式部は小首をかしげた。

「そういうことではないのです。出自のせいでも、大昔になにかがあったからというのでもありません。ただ、わたくしは、あのお人の目がなぜだか氷のようにおもえて……」

「氷……たしかにそうかもしれません。でも小式部、もしそうだとしたら、それは生い立ちやご兄弟のために辛いおもいをされてきたゆえでしょう。鬼笛大将はわたくしを火の中から救い出してくれました。命の恩人でもあります。よき妻となり、せめて少しでもお役に立てるよう、精一杯つとめるつもりです。あなたにとっても養父になるのですから、心をこめてお仕えしなければいけませんよ」

式部は娘を諭した。

最後には小式部も納得したのか、神妙な顔でうなずいている。

式部と鬼笛は長和二年(一〇一三)の夏に結婚した。

鬼笛が三晩、勘解由小路の実家に宿下がりをしている式部を訪ねて型どおり三日夜餅を食べ、そののち盛大に所顕の儀を催したので、世間からも正式な夫婦として認められた。遥かにつつましいものではあったが、橘道貞と結婚したときもおなじ手順を経験している。初々しかったあのころの、ただ道貞の横顔ばかり見つめていた自分をおもいだして、式部は万感胸に迫るおもいだった。望みもしないのに、得体の知れないなにかにどこか遠いところへ連れ去られてしまったかのような気分だ。

鬼笛は、上手でも下手でもないが、いかにも四苦八苦してつくったとみえる後朝の歌を贈ってきた。道命のように烈しくもなく、帥宮のように一途でもなく、弾正宮のように巧みでもなく、道貞のように細やかでもなく、つまり、式部を得たという現実がいまだ信じられないのか、三日夜でさえ緊張しきった様子で、腫れ物にさわるように式部を抱いた。少なくとも、黒髪をかきあげてこめかみの黒子を愛でたり、耳元で睦言をささやきながらなめらかな肌に指を這わせたりするような余裕はなかった。武骨であることにひらきなおって身も心も隷属させようと執拗に攻め立ててくる壺井大将や、老練な技と満ち足りた賢者の余裕で式部を終始よろこばせようとしてくれる多田大将とは、天と地ほどもちがう。鬼笛のぎこちなさには式部のほうがとまどうばかりだ。

「旦那さまになられたのですから、どうぞ、なんなりとお申しつけください」

道長の家司として諸方へ使いにたつことの多い鬼笛の装束をあつらえたり、歌会で披露する歌の手ほどきをしたり、式部は宮仕えのかたわら、妻としての役目をまっとうしようと努力した。噂どおり鬼笛にはふんだんな蓄えがあるようで暮らしむきの心配はいらなくなったし、浮かれ女なら容易になびくのではないかと勘違いして誘いをかけてくる男たちの数もぐんと減り、いいことずくめではあったが、慇懃で丁重ながらもどこか打ち解けない鬼笛に、式部は物足りなさを感じていた。

これまで数多の恋に身をやつしてきたせいだわ――。

そう。もう恋の季節は終わったのだ。鬼笛に道命や帥宮といたときのような胸の昂りまで期待するのは欲張りというものだろう。だいいち、鬼笛はすでに五十の坂を下りはじめている。

そんな鬼笛が唯一、心情を覗かせることがあるとすれば、それは多田荘に話が及んだときだった。

「あのころはあちこちから腕自慢の若者たちが集まってきて、それはにぎやかでしたね。

朝いらしたとおもえば夕にはもういない。そうかとおもえばふらりとやってくる。喧嘩もしょっちゅうでしたけれど、だれの目もきらめいていましたわ。

「猛者ばかりのあんなところに、ようもまぁ、都の姫がいられたものですな」

「旦那さまの姉さまもいらっしゃいましたよ。わたくし、面倒をみていただきました」

「それは、多田大権現さまの妻なれば。しかし姉の子らは、わが甥ながら、始末に負えぬやつらばかりで……」

　死後は多田大権現と崇められている源満仲の三人の息子たち、頼光、頼信、頼親はいずれ劣らぬ乱暴者でならしていた。が、それをいうなら鬼笛も負けない。満仲を慕って集まってきた者たちは皆が皆、腕自慢の猛者……といえば聞こえはよいが、盗賊と烙印を押された鬼笛の兄弟と大差のない荒くれ者ばかりだった。

　若き日をすごした多田荘をなつかしみながらも、鬼笛は当時の仲間に反感を抱いているようだ。怨霊の末裔・盗賊の兄弟という負い目か、そのために不当なあつかいをうけたこともあったのか。多田大将こと頼光や壺井大将こと頼信——つまり甥たちの恋人と噂される式部をあえて妻にしたのは、胸のどこかに彼らを出しぬいてやろうという気持ちがあったのかもしれない。

　もっとも競争心は競争心として、多田大権現の申し子たちは今でも徒党を組むことがよくあった。道長の家司であり、前評判どおり左馬頭や大和守という官職にもついて休む間もなくとびまわっている鬼笛も、一方で、多田大将に呼ばれれば賊退治と称して各地の抗争鎮圧にも馳せ参じる。道長が式部にいったように、これでは大和国に腰を落ちつけることは不可能で、式部と夫婦らしい語らいをするひまもめったになかった。

とはいえ、それは式部が願っていた暮らしでもあった。ごくたまに宿下がりする場所が勘解由小路の実家や大江邸から保昌邸に変わっただけで、皇太后宮彰子をめぐる日常はこれまでどおり穏やかにすぎてゆく。伊勢大輔や弁御許、紫式部など古参の女房たちの他、式部のように歌の才を見出され、多田大将の養女として出仕した乙（おと）侍従など、新たな女房も加わって、彰子の御所は以前にもまして華やいでいた。

二十二

長和五年（一〇一六）、鬼笛の妻となって三度目の正月がすぎ、春も終わりを迎えようというころ、式部は娘の小式部から懐妊を打ち明けられた。相手はかねてからの噂どおり、道長の五男の教通だという。美貌も歌の才も母ゆずりの小式部だから恋の噂は絶えなかったが、やはり教通との仲はつづいていたのだ。

五男といっても、教通は道長の二人の正妻の中でも身分の高い倫子を母に、道長の後継者たる頼通を兄、彰子を姉にもつ貴公子中の貴公子である。元服と同時に正五位下（しょうごいのげ）を叙位されて昇殿も許され、以後も順調に昇進をつづけてきた。今は権中納言と左衛門督を兼任、皇太后宮彰子の権大夫もつとめている。彰子の御所に出入りするようになった三年前から、早くも小式部とは深い仲になっていたらしい。

教通には正妻がいた。藤原公任の娘で、身分からいっても小式部の太刀打ちできる相手ではなかったが、この正妻にはまだ女児しかいなかった。教通はむろん、父の道長も、男児の誕生を心待ちにしている。

鬼笛と結婚してよかった――。

式部はあらためて天の配剤に感謝した。鬼笛は道長のお気に入りである。財力もある。

小式部にはもう一人、正式な父親もいた。式部との夫婦の縁はとうに切れてしまったが、橘道貞は娘を愛(いと)しんでいるようで、この正月にも任地の陸奥国よりはるばるもどってきた際、娘のもとを訪ねたと聞いている。

「陸奥国へも知らせをやらなければ」

式部は赤染衛門にその役を頼んだ。ついでに前夫の現状も知りたい。

赤染衛門はすぐに文を送ってくれた。

ところが――。

ひと月ほどして、宿下がりしていた大江邸から御所へもどってきた赤染衛門は、沈痛な面持で式部の局へやってきた。

橘道貞が任地で急死したという。三十八歳だった。

「なんてこと……」

式部は息を呑む。

式部の訴えには耳も貸さず、一方的に遠ざかるという卑劣なやり方で道貞は去っていった。あのときはどれほど深い傷を負ったか。とりわけこの別離が、たとえそれしか方法はなかったとしても、道長におもねるための策謀だったと知ったときの衝撃と悲嘆は、今おもいだしても胸がかきむしられるほどだ。

その後、新たな恋をしたことや、道貞の小式部への心づかいなどもあって、当初の怒りや怨みは薄れていたものの、心の傷が完全に癒えたわけではなかった。なぜなら、式部は道貞を全身全霊で愛しんでいたからだ。

いづれをか世になかれとはおもふらん
忘るる人と忘らるる身と

「どちらがこの世からいなくなったほうがよいとおおもいですか。わたくしを忘れてしまう男と、忘れられてしまったこのわたくしと……」

突然の訃報に、式部は動転した。

「小式部が、さぞや、嘆き悲しみましょう」

「伏せておいたところで、どのみちわかることです。小式部どのなら、きっと悲しみを乗りこえて、丈夫な稚児を産んでくれるはずです」

「さようですね。時機をみて伝えます」

赤染衛門は式部に、道貞の訃報の他にも忘れていた人の消息を教えた。

「清少納言どの？　まぁ、都へもどっておられるのですか」

清少納言と親しくしていた行成によれば、定子皇后の死後、三十ほども歳の離れた元夫と再婚して摂津国へ下ったという。それではまた都へ帰ってきたのか。

「ええ。月の輪にご主人の山荘があるのです。先にお訪ねしたときは、ずいぶんと荒れ果てていて驚きました。ご主人も逝去されたので、亡父が遺してくれた洛中の住まいへ移ることにしたと……それで先日、本当に移っていらしたのです。それがね、なんと、わたくしどもの別宅のお隣りなのですよ」

「まぁ、では隣人になられたわけですね」

「清少納言どののそのお宅には兄上のご一家が住んでおられたのですが、兄上はほら、大宰少監（だざいのしょうげん）ながらしばしば大和国へも行き来しておられますでしょう、ですから清少納言どのが留守をあずかることになったのですって。ちょうどわたくしが別宅にいたときにお会いして、それで式部どのにもよろしくと……」

　ほら……といわれても、式部はなんのことかわからない。

「なにゆえわたくしに、よろしくといわれたのですか」

「あら、ご存じないのですか。清少納言どのの兄上は、式部どののご主人の鬼笛大将のご家来ではありませんか」

　式部は目を丸くした。

「存じませんでした。夫とはほとんど話をするひまがないのです」

　ひまがあったとしても、政にかかわる話はいっさいしない。

　そうでしたか、と、赤染衛門はうなずいた。

「あの威張りやで高慢ちきの清少納言どのがなぜ式部どのによろしくといったのか、おわかりでしょう。鬼笛大将の覚えがめでたくなるように、こたびばかりは下手に出ることにしたのですよ」

　辛辣にいいながらも、赤染衛門は清少納言を疎んじてはいないようだった。

「まわりからはなんだかんだいわれていますが、才気煥発でそれは面白いお人です。式部どのも文のやりとりをしてごらんなさい」

「はい。わたくしもぜひ、お知り合いになりとうございます」

　年若い乙侍従、年長の清少納言……それぞれに歌を詠み合って、自分ももっと学びたいと式部はおもった。

悲喜こもごもの感慨を胸に赤染衛門とのひとときをすごした式部だったが、この年から翌年にかけて、内裏は不穏な空気につつまれることになる。

天皇家には、争い事を避けるための「両統迭立」という不文律があった。円融天皇の皇子が天皇になれば、次期天皇である東宮は冷泉天皇の皇子が、冷泉天皇の皇子が天皇位につけば、今度は円融天皇の孫（もしくは血縁の濃い男子）が東宮に……と交代に天皇位につく慣習である。

三条天皇は冷泉方なので、道長は一刻も早く譲位させて、自分の目玉の黒いうちに娘の彰子が産んだ敦成東宮を天皇にしようと画策していた。上品な温顔にものやわらかな笑みを浮かべ、機嫌のよいときは愛嬌のかたまりのような道長が、裏では非情な謀をしているとやら。あの手この手を使って、それでなくても眼病を患っている三条天皇を追いつめているとの噂は、宮中のそこかしこでささやかれていた。

式部はもちろん、噂が真実であることを一瞬たりとも疑わなかった。道長という男の、底知れない恐ろしさを身をもってあじわっている。

彰子も胸中は複雑だったにちがいない。とはいえ、天皇と東宮では御所もちがえば側近の顔ぶれもちがう。彰子がどんなに気を揉んでも、天皇の進退には口をはさめない。

彰子が道長や重臣たちに物申すことができるのは、幼い東宮にかかわる事柄のみである。

三条天皇の御代になってからのここ数年、式部は天皇の皇子、敦明親王の悪評をたびたび耳にしていた。礼儀知らず、非情、乱暴……等々である。真偽のほどはわからない。一方で、天皇の眼病も悪化の一途をたどっていた。

天皇はいよいよ根負けしたようだ。式部が赤染衛門から前夫の訃報を知らされたその年、長和五年の正月、三条天皇は退位の意向をかため、二月には敦成東宮がわずか九歳で後一条天皇となった。天皇が幼いので補佐をするため、道長は摂政の位についた。

そこまでは道長の思惑どおりといっていい。が、三条天皇は譲位するにあたって、自分の皇子である敦明親王を東宮とするよう主張し、これだけは断固ゆずらなかった。九歳の天皇に二十三歳の東宮という歪な事態が生じたのはこのためである。

式部は彰子に呼ばれた。

「鬼笛どのから、なにか聞いてはいませんか」

彰子も他の女たちとおなじく、式部と鬼笛が夫婦仲もむつまじく、閨ではなんでも話しあっているとおもっていたらしい。それはちがう。鬼笛は式部を家宝のごとくあつかい、小式部にまで贅沢をさせてくれてはいるが、相変わらず打ち解けるとまではゆかず、とりわけ自らの職務についてはいっさい話をしたがらなかった。清少納言の兄のことを訊ねたときも、ただうなずいただけである。なにを訊ねてもあいまいな答えしか返ってこない。

「なにか、とは、どのようなことでしょうか」

式部は彰子に訊き返した。

「壺切の御剣です」

唐突な答えに式部は面食らう。

「壺切の御剣は……東宮さまに代々継承されるべき宝、ではございませんか」

「そのとおり。皇太子であることを証するものです。父上は、所在不明とかなんとかいいわけをして、敦明東宮にまだ、お渡ししていないようです」

これまでは後一条天皇——当時は東宮だった敦成親王——が保有していた。ということは母の彰子も在処を知っていたはずである。

「それがなにか、わが夫とかかわりがあるのでしょうか」

「後一条帝が東宮御所から内裏へ移られるとき、鬼笛大将が荷物をはこぶ雑色たちを采配していたそうです。壺切の御剣が納められた箱は、通常ならふれることさえ許されぬもの、咎められた鬼笛大将は、父上の命だと突っぱねて、強引にはこびだしてしまったとか」

といっても外へ持ちだすはずはないから、おそらく内裏のどこかにあるにちがいない。鬼笛なら在処を知っているのではないかと彰子はおもっているようだ。

「おそらく父上がどこかへ隠すよう命じたのでしょう。東宮を困らせるために」

彰子はめずらしく苛立っていた。

「御剣の在処がわかったら、どうなさるおつもりですか」

式部は訊いてみた。

「むろん、東宮にお渡しします。父上には内緒で」

父上はわかっていないのです、と、彰子はつづけた。

「冷泉院のお気の病は怨霊の仕業だとだれもが申しています。一条院が死病にとり憑かれたのも占いによれば凶兆のゆえ、三条院の御目の病もなにかに祟られたのではないかと……。もし御剣をお渡ししないままでいれば、それで東宮が万が一、帝におなりになれなかったら、次に悪霊にとり憑かれるのは後一条と敦良、わらわの子たちです」

彰子は九歳の天皇とその弟に不幸がふりかかるのではないかと案じている。それで壺切の御剣を見つけだそうと焦っているのだ。

「夫に訊ねてみます。でも、話してくれるかどうか……もし御命によってしたことでしたら、わたくしが訊ねたところでむだでしょう。夫にとってなににもまして大切なのは、妻のわたくしではなく、皇太后さまのお父上なのですから」

夫婦でありながらそんなふうにしか答えられない自分がもどかしい。彰子の御座所をあとにした式部は、重い心を抱えていた。

小式部はこの秋、洛中の鬼笛の邸宅のひとつで、元気な男児を出産した。正妻ではないにせよ、摂政道長の御曹司、教通にとっては初の男児誕生である。知らせを聞いて駆けつけ、産褥の穢れなどものともせずに妻をねぎらい稚児の寝顔を覗きこむ婿殿に、宿下がりをして出産に立ちあった式部は目を細めた。

教通には正妻がいる。自分のことを「浮かれ女」と揶揄した道長のこと、その浮かれ女の娘の小式部が正妻をさしおいて息子の男児を産んだ事実をどうおもっているのか、式部は気がかりだったが……。

道長も早速、祝いの歌を贈ってきた。

よめの子のこねずみいかがなりぬらん
あなうつくしとおもほゆるかな

式部は道長に不審の念を抱いていた。それはそれとして、最高権力者たる娘の舅から素直な歓びを伝えられればうれしくないはずがない。なんといっても「よめの子」と認めてもらえたことは小式部のためによろこばしい。稚児の父はだれかと噂をされて傷ついたことのある式部なればこそ、安堵の息をついた。

君にかくよめの子とだにしらるれば
このこねずみのつみかろきかな

「娘は嫁とみとめてもらえて果報者です」と、式部は、はずんだ心そのままに歌を返した。

小式部の出産に大よろこびしたのは、今や天皇の母「国母」となった彰子も同様だった。教通は自分の弟だから、小式部が産んだ男児は彰子の甥でもあるのだ。

母子が落ち着くのを待って、式部はひと足先に内裏へもどった。後宮の女たちからも、次々に祝いの歌や贈り物がとどけられる。伊勢大輔や弁御許、乙侍従のように式部の局までやってきて、手をとってよろこびを分かち合おうとする者もいた。

殿上人たちからも祝いがとどいたが、式部が驚いたのは、いずれも皆、これまでになく丁重だったことだ。女流歌人としては一目も二目もおかれていたものの、ともすれば浮かれ女だの軽々しいふるまいだのと眉をひそめられていた式部である。それが道長の身内になったというだけで、これほどまでに敬意をはらわれようとは……。

当然ながら鬼笛は上機嫌だった。が、なにか気にかかることがあるのか、ふと見れば眉をひそめていることもしばしばである。相変わらず政の話はいっさいしないし、壺切の御剣について訊ねても口を閉ざしている。

娘の出産で高揚していた気分が鎮まってくると、式部も内裏全体をおおうぴりぴりした空気を感じるようになった。

退位して法皇となった三条の眼病はいっこうによくならない。壺切の御剣をはじめとする東宮への嫌がらせもますますひどくなっているらしい。噂を耳にするたびに、彰子は父道長への不審を強めていた。

華やいだ内裏に、不吉な影が忍びよっている。

二十三

不穏な気配につつまれていたのは、内裏だけではなかった。

翌寛仁(かんにん)元年(一〇一七)三月八日、左京の三条のあたり——正確にいうと六角(ろっかく)小路と富小路(とみのこうじ)が交わるところ——にある小家でとんでもない凶事が起こった。この日は後一条天皇の行幸があったので洛中の警備が手薄になっていた。といっても白昼のこと、検非違使庁や左右の衛門府、近衛府などから警備兵が駆けつけて、洛中は騒然となった。

「式部どのッ、お聞きになられましたか。たった今、大変なことが……」

真っ先にとんできたのは、御所で式部と留守居をしていた伊勢大輔だ。青ざめた顔で、くちびるをふるわせている。

「さっきからおもてが騒がしいとおもっていました。なにがあったのですか」

式部も鳩尾（みぞおち）に手を当てた。足音が入りみだれて怒声がとびかっているところをみると、よほどの大事にちがいない。もしや、大火か。

大輔の答えは、式部が予想もしないものだった。

「小家に武者どもが押し入り、よってたかってご当主を射殺したそうにございます」

騎馬武者が七、八人、徒歩（かち）の随身が十数名、小家をかこんで逃げられないようにした上でいっせいに矢を射て当主を絶命させ、血まみれの首をかき切ったというからすさまじい。白昼、しかも内裏にほど近い都の真ん中である。

「なんと、酷いことを……」

下手人たちの大半は捕らえられたというから、そのうち詳細がわかるはずだ。が、少なくともただの盗賊ではなさそうだ。捕らわれるのを承知で白昼堂々と襲ったのは、よほどの怨みがあったのか、凶行を世間に知らせることこそが目的だったのかもしれない。

式部の憶測は正しかった。

捕らわれた者たちの口から、次々に恐ろしい事実が明らかになった。

式部だけでなく彰子をはじめ御所の女たちがまず驚愕（きょうがく）したのは、殺害された男がだれもが知っている人物だったからだ。

大宰少監の清原致信――。

清少納言の兄である。しかも致信は近ごろ、式部の夫の鬼笛の代理で大和国へ行き来したりと、家来として働いていた。

「少監どのが都におられたので、清少納言どのは月の輪のほうにいらしたそうで……幸い、ご無事でした」

赤染衛門の知らせに女たちは安堵の息をついたものの、もちろん、兄が惨殺されるという前代未聞の悲劇にみまわれ、清少納言は悲嘆にくれているにちがいない。

「それにしても、なぜ、かようなことに……」

「惨殺されるほどの怨みとは、いったいなにをしたというのでしょう」

女たちは姦しい。

そうこうしているうちに噂がもれてきた。騎馬武者の一人の父親は源頼親の郎党の秦氏元で、そもそもこのたびの襲撃は頼親の指図によるものだという。

頼親は、あの多田大権現と尊崇される源満仲の息子たちの一人で、式部ともなじみが深い壺井大将こと頼信の同母兄である。兄の頼光、弟の頼信に引けをとらない……というより蛮勇ではとびぬけていて、カッとなれば人を殺すことさえためらわないところから「殺人上手」というありがたくない評価さえ進呈されている。

式部とは、頼光や頼信のように恋の噂こそたっていないものの、多田荘以来の顔なじみだった。しかも鬼笛の姉は満仲の妻だから、鬼笛と頼親は叔父と甥である。

あの頼親ならあり得ること——とは正直な感想ながら、なぜ派手派手しい殺人を命じたのかと式部は首をかしげた。惨殺された清少納言の兄が、夫鬼笛の家来だったということも気になってしかたがない。

式部は、久々に夫がやってきたとき、意を決して訊ねてみた。が、案の定、はかばかしい答えは得られなかった。

「さぁ、知りませんな」

と、それだけだ。

「でも少監どのは、旦那さまの片腕として、大和へもたびたびいらしていたのでしょう。わたくしは清少納言どののことが心配でなりません」

式部が食いさがると、鬼笛は眉をひそめた。

「少監も今少し上手くやっておれば……あ、いや、清少納言どののこととなれば案じるにはおよびません。月の輪の屋敷も早速、修繕するよう手配しました。暮らしむきのことなら今後ともこちらでみさせていただく心づもりにて……」

式部は驚いた。大宰少監致信が夫の家来なら、突然の死を悼み、遺された家族にいくばくかの香典料をとどけるのは当然だろう。とはいえ、妹の住まいを修繕したり、その生活をこれからずっと支えるというのは、ふつうはあり得ない。

「では、旦那さまは、清少納言どのをこれからもお助けくださるのですね」

「できるかぎりは……。なぁに、そのくらいのことは造作もないことゆえ」

「少監どのはよき主人をお持ちになられました。清少納言どのもお心強うおもわれましょう。わたくしも、旦那さまのようなおやさしいお人の妻で誇らしゅうございます」

式部は心底そうおもった。武骨というか、堅物というか、およそ面白味のない夫ではあったが、ふんだんに富があるだけでなく、その使い方も心得ているようだ。吝嗇（りんしょく）でないというのは最大の美徳である。

式部はこの騒動がこれで終わったとおもったのだが――。


ひと月ほど経ったころ、おもいがけない来客があった。

「まことに、ご本人が、こちらへいらしているのですか」

「はい。ずいぶんとお歳を召されて、あまりに様変わりをしておられるのではじめはだれだかわかりませんでした。なれど、ええ、たしかにご本人です。どうしても式部どのにお会いしたいとおっしゃって……」

式部はあわてて対面の場となっている渡殿のひと間へおもむいた。

鈍色の表着をまとった女が姿勢を正して座っていた。白髪まじりの長い髪は艶がなく、膝の上においた手の甲にも青白い血管が浮きでている。この老女が、その才気と毒舌で後宮に君臨していた女とは想像しがたい。

「清少納言どのですね。お会いしとうございました」

このたびはなんと申し上げたらよいか……と悔やみを述べようとしたものの、清少納言は敢然と拒絶した。

「あの人殺しに伝えてもらうために、やむなく恥を忍んで参ったのです。いいですか、式部どの、一言一句もらさずに伝えること。情けは無用、今後いっさい親切ごかしの援助はやめてもらいます。兄を返してくれるか、でなければ二度とかかわるな……と」

いうだけいって、清少納言は早くも腰を上げようとしている。

「お待ちください。わたくしにはなんのことやら……」

式部は追いすがった。

「今のお言葉、だれに、お伝えすればよいのでしょう?」

「だれに? 鬼笛に決まっています」

「鬼笛? 主人に? あの、でも、今、人殺しと……」

「人殺しだから人殺しといったんです。兄の命を奪ったのは鬼笛なんだから」

式部は息を呑んだ。

「少監どのを殺めたのは源頼親さまのご家来衆だと……」

「そうですよ、これ以上ないむごたらしいやり方で絶命させたのはね。でも、やつらにそうさせたのは式部どののご主人じゃありませんか」

「どういう、ことですか」

「なにもご存じないんですねえ。いいこと、よぉくお聞きなさい。鬼笛大将が大和守になってから、大和国では争いが絶えなかった。なぜなら源頼親も大和守だったことがあって大和国に膨大な所領がある。あそこは春日大社（かすがたいしゃ）やら興福寺（こうふくじ）やらといった寺社の所領も入り組んでいるから、とにかくなにかといえば三つ巴で争っていたんです。兄はね、大和国にいたとき、鬼笛大将から源頼親の郎党の当麻某（たいまのなにがし）を始末するように命じられた。良いも悪いもないでしょう。鬼笛に逆らったらどうなるか。兄は気の小さい人でしたからね。ところが、それで怨みを買って殺されてしまった……」

清少納言は眉をつりあげて早口でまくしたてた。その言葉をひとこともらすまいと、式部は耳をかたむける。概要はわかった。が、聞けば聞くほど、新たな疑惑がわきあがってきた。

「話はわかりました。でも、夫が命じたとわかっていたのなら、なにゆえ夫を殺して怨みをはらさなかったのでしょう。少監どのだって夫のいいなりにならなくても……」

式部が疑問をぶつけると、清少納言は今度という今度は本当にあきれたようだった。

「鬼笛大将に、いったい、だれが手を出せるというのです？」

「それは、どういう……」

「今や摂政になられた道長さまの、いちばんのお気に入りの家司ですよ。もしや道長さまの怒りを買おうものなら身の破滅、昇殿はおろか、二度と都へ足をふみいれることさえできなくなるやもしれません」

「だからといって、少監どのが酷い目にあうなんて……」

「身代わりです。兄は鬼笛大将の、当麻某は源頼親の。そう、鬼笛大将も自分の甥には手を出せなかった。だから当麻某を身代わりにしたのです。多田大権現の三兄弟だって、道長さまにとってはそれなりに大切な役目を担っていますからね。あの一族はいつだって汚れ仕事を請け負ってきたんです。見ていてごらんなさい。真実が明らかになっても、鬼笛と頼親はかすり傷すら負わない。国司を解任されるくらいのことはあるかもしれませんが、そんなものかたちばかり、しばらく謹慎していればまた元にもどしてもらえるはずです。しかもね、二人は平然としている。歌合でいっしょになったら、澄まして恋の歌でも詠み合うはずです。自分たちは仲のよい叔父と甥だとでもいうように」

「そんな……それでは殺されたお二人は……」

「死に損です。いつだって、死ぬのは身分の低い者、財力のない者、取るに足らぬ者と決まっているでしょう。そんなこともわからずに、式部どのはようもまぁ、宮仕えをしておられますこと」

清少納言にどんなに暴言をあびせられても、式部はもういい返す気力を失っていた。そうだったのか……。そういうカラクリがあったのか。自分はなんと浅はかだったのかとおもうと、茫然とするばかりだ。

「ですからね……」と、清少納言はつづけた。「わたくしは鬼笛大将の援助など断じてうけたくありません。おわかりでしょ。それを、鬼笛といったら何度いってやっても知らん顔で……」

そう。鬼笛は罪滅ぼしのつもりなのだ。自分の身代わりとなって死んでいった男の妹に暮らしむきの援助をすることで、自らのうしろめたさをごまかしてしまおうというのだろう。

「式部どのからもよくいっておいてください。かかわりになるのはごめんです、なにもしてほしくない、わたくしがそういっていたと……」

式部はうなずくのがやっとだった。

われに返ったときはもう、清少納言の姿は消えていた。


はっくしょんと盛大なくしゃみが聞こえて、わたしと兄は話を中断した。

同時に目をむけると、夫の兼房がもたれかかった脇息からずり落ちそうになりながら目をしばたたいている。いねむりをしていて自分のくしゃみに驚いたのか。

「ほら、また聞いていない」

わたしは非難の目をむけた。夫は「いやいや、聞いておったとも」と居住まいを正し、ついでに鼻水をすすりあげた。漢詩や歌に没頭すると時を忘れてしまう夫は、昨晩も遅くまで灯用の貴重な油を浪費していたから、眠くてたまらないのだろう。

「聞いておったが、どうにもややっこしゅうてのう……。ええと、どこまでだったか。もういっぺん、説明してくれ」

夫は、頰をふくらませているわたしに、ではなく、大江家の当主であるわたしの兄、挙周に話しかけた。生真面目な兄は夫とは正反対である。

わたしたち夫婦は、和泉式部が死去してはじめての正月を大江邸で迎えていた。母の赤染衛門にとって和泉式部は実の娘同然だったから、喪中の初春は賀詞の客もことわり、音曲もひかえて、身内だけでひっそりとすごすことにしたのだ。おかげで、わたしは兄と式部の話が存分にできる。

「今、話していたのは、寛仁元年三月八日の白昼にあった騒動のことです。清少納言どのの兄者が数十名の武者に襲われて射殺されたのはご記憶でしょう」

兄は夫のくしゃみで中断させられた話を再開した。

「あれはね、大和国で当麻為頼(ためより)が惨殺されたことが発端だったと、兄さまが話してくださったところです」

「おそらく所領の奪い合いだろうが、大和守だった叔父の鬼笛大将が自分の家来をつかって、大和国に所領を持つ甥の源頼親さまの家来をなぶり殺しにした。それで怒った頼親さまが、今度は都で鬼笛大将の家来に報復した」

やれやれと、夫は大仰に嘆息した。

「家来ほど割に合わぬものはないのう。そもそも主家の争いにまきこまれたのが運の尽きか。何事も生返事でやりすごして、書物でも読んでいるのがいちばん」

「それはなまくらなだけでしょう。だからいつまで経っても中宮亮なのです」

「なまくらとはなんだ？　ながながし夜をひとりかも寝む、の心もちではないか。迎合せず、群れず同ぜず、ひとり黙然と書物にむかう……」

「今は式部どのの話をしているのです。柿本人麻呂の話ではありません」

夫はなにかといえば、馬鹿のひとつ覚えのごとく人麻呂の歌をもちだす。

「まぁまぁまぁ、二人ともそのへんで。話を先へ進めよう」

兄は苦笑を浮かべてわたしたちを見比べた。

「ともあれ、騒ぎが起こったとき、式部どのはもう鬼笛大将と結婚していた」

「ええ。もちろん、式部どのにもとばっちりはあったでしょうね。なにしろ、襲われたのはあの清少納言どのの兄さまだったのですから」

「家来同士に殺し合いをさせた張本人どもは、むろん、お咎めをうけたんだろうな」

「うけたことはうけました。頼親さまは淡路守と右馬頭を解任され、鬼笛大将は大和守と左馬頭を解任された。といっても、頼親さまはのちに伊勢守を拝命、その後は順調に大和守や信濃守を歴任していますし、鬼笛大将のほうもいくらもしないうちに丹後守を拝命しています。それからは大和守だったか、で、今は摂津守。そもそも二人とも、解任されこそしたが罪人扱いはされなかった」

「さようでしたね。解任されていたあいだも、鬼笛大将は道長さまの御用をつとめていましたし、頼親さまには相変わらず物騒な噂が絶えませんでした」

それが世の常だ。しっぽを切られても蜥蜴は痛くも痒くもない。

「騒ぎがあったその年に道長さまはご子息の頼通さまに摂政をゆずられ、大殿、太閤と呼ばれるようになられました」

「それから間もなくでしたね、三条法皇が崩御されたのは」

「それをうけて、八月には、いったん東宮となられた敦明親王が退かれ、帝の御弟君の敦良親王が東宮位につかれました」

「なにもかも太閤の思惑どおり、あつらえたってこうはいかん、めでたしめでたし」

夫の茶化したようないい方が不愉快で、わたしはキッとにらみつけた。

「めでたくなんか、あるものですか。敦明親王さまのご無念をおもうと……」

東宮である証の壺切の御剣を渡してもらえなかったり、さんざんに虐(いじ)めぬかれたという噂もあったから、父である先帝が崩御してしまい孤立無援になって、敦明親王は東宮位にしがみついている気力が失せてしまったのだろう。

ともあれ、太閤道長は野望を遂げた。翌年には彰子が太皇太后となり、亡き三条法皇の后の妍子が皇太后に、威子(いし)が入内して後一条帝の中宮になった。娘三人がいずれも帝の后妃となるという前代未聞の幸運を得た道長にとっては、まさにこの世の春だった。

「この世をば我が世とぞおもふ望月(もちづき)の欠けたることもなしとおもへば……この年でしたね、道長さまが宴の席で詠われたのは」

「増上慢きわまりなし。というても、われらは皆、その恩恵にあずかっておるわけで……」

夫はまたちゃらけたいい方をしたが、今度はわたしもうなずかざるを得なかった。わたしたちの娘は関白頼通の女房である。頼通が権勢を誇っていられるのは、なんといっても父道長の功績によるものだ。

「たしかに、あのころが道長さまの幸福の絶頂だったわけです。しかしまぁ、幸と不幸は裏表、ちょうどそのころから体調をくずされ……」

「そうか、お目がわるうなられたのはあのころか」

「お目だけではありませんよ。ずいぶんとお瘦せになられてお顔の色も……遠目でしたが、急にお歳を召されたようでびっくりしたことがあります」

「翌年には出家をされて禅閤になられました」

「いよいよ頼通さまの時代の到来、鬼笛大将はああ見えてたいそうな世渡り上手で、頼通さまにも気に入られ、早々に丹後守に返り咲いたんでしたな」

　頼通は父道長にもまさる野心家である。表面は仲のよい兄弟を演じているが、実は弟の教通をだれより警戒していた。政の世界では弟にだしぬかれる例(ためし)はままあることから、できるだけ自分の身方をふやしておきたいとかんがえたにちがいない。

　もちろん鬼笛にとっても、道長から頼通へ、時の権力者と結びつくことは大歓迎だったはずだ。そのためにも、式部の内助の功を大いに利用した。

「鬼笛大将は先見の明があったということですね。式部どのは太皇太后彰子さまのお気に入りであるだけでなく、頼通さまにもたいそう歌才を買われておりましたから」

　式部は、鬼笛と結婚してからも太后御所に仕え、ますます女流歌人としての地位をたしかなものにしていた。道長が出家する前年に頼通が正月の大饗宴をひらき、祝いの屛風をつくらせたときも、式部は行成をはじめ錚々(そうそう)たる歌人のひとりに名を連ねている。もっともこのときは大和守を解任された鬼笛がまだ丹後守になる前だったので、式部はやむなく大江家とのゆかりを表す「江式部」と署名した。大江家の娘ゆえ江侍従と呼ばれているわたしにしてみれば、式部も正式には江式部と呼ばれるべきだとおもっている。帥宮との恋を描いた「和泉式部物語」が独り歩きしてしまったせいか、とうに縁の切れた前夫の官職が通り名になってしまったのは片腹痛い。

それはともあれ――。

「鬼笛大将にとって式部どのはなくてはならない家宝、さぞや大切にされていたのでしょうな」

夫の言葉に、兄はかすかに眉をひそめた。

「鬼笛大将にとっては……しかし式部どのにとっては……」

「式部どのは鬼笛大将に不満があったと？」

「母の話では――他の者にはいえないことも、式部どのは母にだけは打ち明けていたようですから――ま、騒動だけでどうこうということではないのでしょうが、鬼笛大将はあまりにも評判がわるい。次第にそれがあらわになってきて、ときおり母に愚痴をもらすこともあったとか」

「わたくしも母さまから聞いたことがあります。式部どのはお子たちのためにも安定した後ろ盾があったほうがよいとかんがえて結婚にふみきったのに、鬼笛大将は大和守を解任されてしまいました。その間に、式部どのにしてみれば悔みきれないことが……」

「うむ。あれは時期がわるかった」

「あれ、とはなんですか」

夫が身を乗りだしたので、兄は式部を悔しがらせた出来事を話しはじめる。

二十四

「どうしたのです？　泣いていてはわかりませんよ。なにがあったのか、話してごらんなさい」

式部は、泣き伏している娘の背中を撫でながら、静かな声でうながした。小式部は利発な娘で、涙を見せることはめったにない。それだけに不安がつのっている。

「左近衛大将さまと喧嘩でもしたのですか」

式部は娘の体をおおいつくすほどの豊かな黒髪をやさしくかきあげてやった。

小式部は道長の五男の教通を夫にしている。藤原公任の娘が正妻になっているのであくまで二番目の妻だが、道長の承認も得ているし、はじめての男児も産んでいるため、世間からも妻だとみなされていた。

稚児は乳母が育てるものだ。小式部が太后御所へもどってからも稚児は鬼笛の別邸で乳母に養育されていて、小式部はときおり宿下がりをして稚児とすごし、教通は相変わらず別邸や小式部の局へ通ってくる、という暮らしがつづいていた。

昨年、寛仁元年に道長が太閤となり、頼通が内大臣および摂政となった。このとき教通は左近衛大将に任じられている。

小式部はようやく涙にぬれた顔をあげた。

「喧嘩などしておりません。でも、このところお顔を見せてくださらないので、どうなさったのか、とおもうていたら……」

教通は彰子の御用をつとめる役から東宮の御用をつとめる役へ変わっていた。そのため、以前のように毎日、顔を合わせることができなくなった。

「お役目はお役目、夫なのですからいつでも……」

「そうなのです。ところが……先ほど太閤さまに呼ばれました」

式部はエッと目をみはった。太閤とは道長、道長が何用で小式部を呼びだしたのか。数年前の対面をおもいだして、式部は背筋を凍らせる。

「で、太閤さまはなんと？」

「これからは、わが息子に遠慮はいらぬ、だれの妻になろうがおもいのままに……と」

「それは……どういう、こと、ですか」

「もう、わたくしは旦那さまの妻ではない、ということです」

小式部はまたわっと泣き伏した。

式部はあまりのことにあっけにとられて、しばらくは慰める言葉も出ない。

「でも、なぜ、そんなことを……しかも太閤さまが……」

「北の御方さまに、男児がお生まれあそばしたそうです」

小式部が涙ながらに訴えるのを聞いて、式部は頰を張られたような衝撃をうけた。が、同時に、すべてが腑に落ちた。

正妻である公任の娘には女児しかいなかった。だから小式部が男児を産んだとき、舅の道長は手放しでよろこんだのだ。けれど今、正妻が男児を産んだとなれば……。

しかも、小式部が男児を産んだときと今とでは事情が変わっていた。大和守と左馬頭を兼任していた養父の鬼笛が不祥事を起こして解任されている。この騒動とは直接かかわりがないにせよ、道長自身も摂政を息子にゆずって第一線を退いていた。今となっては鬼笛の養女の産んだ男児をありがたがる必要はない。

「なれど、だからというて……」

「母さま。わたくしが悔しいのは離縁されたからではありません。このことを、旦那さまご自身の口からではなく、舅の太閤さまからうかごうたことです」

「左近衛大将さまはなにも……」

「お逢いしてもおりません」

突如、式部の胸にこみあげるものがあった。鬼笛との結婚を勧められた——実際は命じられた――ときのことではない。ずっと昔、前夫の橘道貞が自分のもとから去っていった事情を教えられたときのことだ。

前夫も、自分の口で弁明をすることを拒んだ。式部は納得ができないまま、長いこと懊悩した。あのころの苦しみといったら……。

よもや娘の身におなじことが起こるとはおもいもしなかった。

「愛しい娘……かわいそうに……」

式部は娘の肩を抱きよせて背中に頬をよせる。その頬もぬれていた。

「で、稚児は？」

「太閤さまがこちらで養育すると仰せで、もうつれていってしまったそうです。どうか返してほしいと懇願しましたが、お聞き入れくださらず……。母さま。あの子はわたくしの稚児なのです、それなのに、顔を見ることさえできないままに……」

道長は、稚児は教通の子、自分の孫でもあるのだと、小式部の嘆願を無情にも拒否したという。鬼笛の孫として育てられるより道長の目のとどくところで養育されたほうが、稚児の将来もひらける。大切に養育するから安心してまかせるようにといわれたと聞いて、式部は歯ぎしりをした。

正妻の男児が無事に育てば、小式部の男児は寺へ送られるにちがいない。稚児は育ちにくいから、万が一の場合をかんがえて、手元においておこうというのだろう。

弾正宮も帥宮もそうだった。式部の子、岩蔵宮もおなじく……。

「あぁ、母さま、辛うございます」

身を揉んで泣く娘は、かつての自分の姿だ。娘を抱きしめ、いっしょに泣いてやりながら、式部は胸に滾る怒りをけんめいに鎮めようとした。今、ここで憤ったところで、どうなるというのか。

「母もね、小式部、あなたとおなじおもいをしてきたのです」

式部は自分の過去の一部始終を語った。まるで他人事のように淡々と。そうでなければとても話すことはできなかっただろう。そしてまた、そうであったからこそ、聡明な小式部は母の口惜しさ切なさを胸に刻みつけることができたのではないか。

「母さま。話してくださってありがとうございます」

顔を上げたとき、小式部の涙は消えていた。

「そんなにお辛い目にばかりあわれたのに、母さまはなぜ、何事もなかったかのように、生きていられるのですか」

それこそ、核心を突く問いだ。

式部はかんがえる前に答えていた。

「歌が、あったからです」

「歌が……」

「ええ。歌を詠むことで癒され、慰められました。小式部、あなたも……」

「はい。わたくしも、母さまのような歌人になりとうございます」

「では、二人で歌を詠みましょう。悔しさも悲しさも、歌にぶつけるのです」

母娘は泣き笑いのような顔を見合わせ、かたく抱き合う。

延々とつづく冥き道を遥かに照らすものは、歌——。

波乱の寛仁二年は、早くも終わろうとしていた。

二十五

「わたくしの歌は母さまの代作、などとうたがっているお人がいるのですよ。ほんとうに腹が立つったら……。ですからね、その無礼なお人に即興で詠んでさしあげました」

大江山いくのの道の遠ければ
まだふみもみずあまのはしだて

女たちの面前であざやかな一撃を食らい、小式部から腹立ちまぎれに「無礼なお人」と罵られた藤原定頼（さだより）は、ほうほうの体で逃げだしたとか。天橋立（あまのはしだて）は与謝海（よさのうみ）を分かつ砂州で、丹後国へ下るときは必ず渡らなければならない。「踏み」と「文」をかけて「まだ母の文はみておりません」と返した娘の機転に、式部は笑みをもらした。

ここでは、笑顔になることなど、めったにない。

娘の文をたたみながら、かたい表情にもどってため息をつく。

昨年、夫の鬼笛こと藤原保昌が丹後国の国守になった。式部が結婚したときは大和守、そのあと源頼親との争い事があって解任されていたものの、ふたたび国守に返り咲いたのである。もとよりしっくりいっているとはいいがたい夫婦だったが、さすがにこのまま都に残しておいては他の男に心移りされてしまうと案じたのかもしれない。鬼笛は式部に、丹後国へ来てくれと何度も催促した。

できることなら行きたくない、というのが本音だったが――。

禅閤道長に呼ばれ、「夫を捨てて尼にでもなるおつもりですか」とやんわりたしなめられた。けれど、しぶしぶながらも式部が重い腰を上げる気になったのは、道長に暗に強要されたからではない。

七月、多田大将こと源頼光が死去した。高齢とはいえ頼光は三年前にも大江山に巣喰う山賊を退治するなど、いまだ豪勇の名を馳せていた。若き日の式部の恋人の一人であり、摂津国多田荘に広大な領地を有する裕福な庇護者でもあって、長い歳月、式部は「津の国の人」と歌を贈答し合って変わらぬ交情をつづけてきた。

頼光の死は、式部から心の支えを奪っただけではなかった。これまでも大切な人を次々に喪っている。あの苦悶の日々がまざまざとよみがえり、かねてより切実におもいながらも日常では忘れようとつとめてきた命の儚さをあらためて面前につきつけられたようで、式部はいつになく動揺した。その気の弱りが、縁あって結ばれた夫に今少し目をむけたほうがよいのでは……という気持ちを起こさせたのだろう。弾正宮を喪ったときに感じた「うしろめたさ」をおもいだしたせいもある。

式部が夫の任地へ下るという噂は、驚きとともにひろまった。宮中では女流歌人としてもてはやされていた式部が鬼笛の妻であることなど、だれもが忘れていたのだ。別れを惜しんで歌を贈ってきたかつての恋人の一人に、式部は次のような歌を返した。

はななみのさととしきけば物うきに
　君ひきわたせあまのはしだて

「丹後国は花波の里とやら、それを聞いただけでも物憂いのです。どうか、天橋立からわたくしをひきもどしてください」

愛しい前夫と和泉国で暮らしていたときでさえ、華やいだ都が恋しかった。出立前からもう望郷のおもいがこみあげている。なにより辛いのは、彰子をはじめ、慣れ親しんだ女たちと別れることだ。とりわけ娘の小式部を残してゆくのが気にかかる。

　別れゆく心を思へわが身をも
　人のうへをもしる人ぞしる

式部は女たちに娘の後見を頼んで、丹後国へやってきた。

丹後国の国守館は宮津(みやづ)にある。天橋立は噂にたがわぬ風光明媚(ふうこうめいび)な景観だったが、潮の香につつまれて眠った和泉国の館や、参詣そのものよりきらめく淡海に見惚れた石山寺から見る景色とちがって、山脈はけわしく、海の色は暗く沈んで、季節が秋であったせいもあるのか、式部にはなにもかもが寒々しく物悲しく感じられた。

荒涼たるおもいにさせられたのは、風景のせいばかりではない。夫と家来たちの日常の暮らしぶりを目の当たりにしたことは、都育ちの式部には衝撃だった。

国守館はだだっ広いだけの殺風景な屋敷で、都に何カ所かある鬼笛の邸宅とは比べものにならないくらいつつましい。威勢を見せつけるために外観こそ厳(いか)めしく造られているが、風雅さや優美さはみじんもなかった。

丹後へ来てまだいくらも経たないころのこと、式部は館の庭先に鳥獣の死骸が山ほど積み上げられているのを見て仰天した。熊や猪、鹿や狐、兎や鷹……今にも目を開けて動きだしそうな死骸もあれば、はぎとられた皮だけのものもある。都からやってきた国守のために、地元の猟師たちがこぞって献上したものらしい。

その夕、男たちは強い酒をあおりながら獲物の肉を貪り食った。

「明日は狩りに参りますぞ。丹後の冬はひどく寒いゆえ、式部どのに暖かい毛皮を獲ってしんぜましょう」

鬼笛は都にいるときより生き生きしていた。が、式部は早くも気が滅入っていた。鹿の鳴き声を聞きながら寝る夜はなおのこと……。

　ことわりやいかでか鹿の鳴かざらん
　今宵ばかりの命とおもひて

「鹿が切々と鳴くのは当然ですね。今宵かぎりの命ですもの。そういうわたくしも……」

まるで自分が鹿になったように、背すじがそくそくと冷えてくる。体を丸め、手足をこすりあわせても、胸の深いところにある薄寒さは消えない。

動物の死骸だけではなかった。毎日のように怒声や罵声を耳にする。喧嘩もひっきりなしだ。もっと恐ろしいのは、納めるべきものを納めなかったのか、いや、納められなかったのだろう、ひきたてられてきた者たちがうける仕打ちのすさまじさだ。悲鳴やうめき声で眠りを奪われた翌朝、式部は、鬼笛の家来が血まみれの死骸を担いでどこかへ捨てに行くところを盗み見てしまった。

そんな殺伐とした暮らしでも、鬼笛がいるときはまだよかった。人の出入りがあるので気がまぎれる。ところが鬼笛は道長に呼ばれてしばしば都へ帰ってしまう。家来までごそっといなくなってしまうと、あたりは閑散として空恐ろしく、雪でも降ろうものなら、このまま埋もれて消えてしまいそうな気がする。

待つ人は行きとまりつつあぢきなく
年のみこゆる与謝の大山

よさの海に浪(なみ)のよるひるながめつつ
思ひし事をいふ身ともがな

式部は寂しさをまぎらわすために歌を詠んだ。いよいよ耐えきれなくなって、太皇太后彰子に「思ひし事」を訴えた。彰子はすぐさま都へ呼び返してくれた。彰子の要請とあれば鬼笛も文句をいえない。丹後産の白い練り絲を彰子への土産にして、式部はとびたつようなおもいで都へ帰った。

白絲のくるほどまではよそにても
こひに命をかけてへしなり

二度と都をはなれたくない。彰子に仕え、恋の歌を詠みつづけることこそが自分の生きる道。そう。恋とは心のはずみ、胸の昂り、魂の彷徨、蛍のような一瞬のきらめき、それは命の証でもあった。橘道貞、帥宮、道命……とらえどころはなくともたしかに存在した恋の数々、命のきらめきをなんとしても歌に詠まなければと、式部はおもいを新たにしている。

「いつ帰ってくるかと待っておりました。ようがまんをしましたね」

真っ先に歓迎の意を伝えにきた赤染衛門は、あなたのことならわかっていますよ、といわんばかりに目くばせをした。

「式部どのに田舎住まいは似合いません。和泉式部がいない宮中も火が消えたようでしたよ」

式部の他にも、ちょうど時期をおなじくして乙侍従が結婚、目下、夫の任地である相模国へ同行していた。乙侍従は源頼光の養女だったから、式部以上に、後ろ盾を失った心細さが結婚を急ぐ気にさせたのかもしれない。しかももう一人、彰子の御所から見慣れた顔が消えていた。病を得て宿下がりをしていた紫式部が、女たちの祈りの甲斐もなく死去したという。

「式部どのが帰ってきてくださってどんなにうれしいか」

「ほんに、太后さまもわたくしどもも寂しゅうて寂しゅうて……」

弁御許も伊勢大輔も大よろこびだった。

式部はこれまでどおり彰子のもとで歌を詠み、古今の書を論じ、息つく間もなくくりひろげられる宮中の様々な行事の仕度に追われるようになった。鬼笛から不服をいいたてられたら離縁してもよいと覚悟を決めている。道長に横槍を入れられても、今度ばかりは首を横にふるつもりだ。

ところが、鬼笛はまったく意に介さなかった。文句ひとついわず、あたりまえの顔でまた通ってきた。長居はしないし、政の話もいっさいないし、歌の代作を頼んだり四方山話をしたり、そのたびに絹布や料紙、珍しい菓子など運ばせてくるのでは疎んじる理由も見つからない。

式部が都へもどった翌年、鬼笛は丹後守から大和守へ返り咲いた。二度目の大和守である。一方、小式部は太政大臣・藤原公季の孫にして養子でもある公成と結婚した。公成は官職こそ左中将だが、毛並みは申し分ない。よくもわるくも貴公子中の貴公子で、風貌も派手なら気性も少々軽々しい若者である。とはいえ、今度こそ二番目ではなく第一の妻の座を手に入れた娘に、式部は涙もこぼれんばかりに歓喜した。

この年の七月は治安が万寿に改元されている。後一条天皇の御代は、だれの目にも幾久しく、つつがなくつづくかに見えた。

二十六

万寿二年（一〇二五）三月、故三条天皇の皇后娍子が没した。世間から忘れ去られて里邸でひっそり暮らしていた女の葬送は人もまばらで寂しいものだったが、式部は彰子の許しを得て参列した。幼いころから太皇太后昌子内親王の孤独を見つめてきた式部には、他人事とはおもえない。

この席で、久々に藤原行成と言葉をかわした。今や権大納言に昇進している行成はすでに五十三、四という年齢だが、相変わらず多忙で、自ら世尊寺を建立しながら仏事に勤しむ暇さえないという。

「そんななかを、ようおいでになられましたね」

「なんとしても最後のお別れだけは、とおもいまして。それにしても、娘を皇后にあげるほどの名家でのうて、つくづくよかったと安堵しました」

それは、行成の本音であったにちがいない。政争に巻き込まれて失意のうちに病没した故一条天皇の皇后定子のことをおもいだしているのだろう。行成は、だれよりも親身になって、定子所生の敦康親王や娍子所生の敦明親王の世話をしてきた。けれどその反面で、長年、道長のために働き、今はその嫡子で関白になっている頼通にも重用されている。もちろんそれが人の世だと、式部もわかってはいたものの――。

「丹後へ下る直前に、わたくし、法成寺（ほうじょうじ）の金堂を参拝させていただきました。禅閤さまは御寺創建の功徳でお体の具合がようなられたとうかがいましたが……」

「さようさよう。あのときは帝の行幸もあり、太后さまも御成りくださって、禅閤さまは得意満面でしたな。あれ以来、憑き物が落ちたようにお元気になられました」

「それはようございましたこと。わたくしはてっきり、また病がぶり返されたかと心配いたしました。だって、本日はお顔が見えませんもの」

「いや、ご多忙なお方ゆえ、なんぞ急用がおできになられたのでしょう」

「さようですね。御娘（おんむすめ）でもない、故三条帝の皇后さまのご葬送では、禅閤さまが貴重なお時間を費やすはずがありませんね」

式部は精一杯の皮肉をこめたつもりだった。が、行成は聞き流した。

その道長と、丹後国から帰って以来はじめて顔を合わせたのは同年の五月だ。

このころ、逢坂山の関寺（せきでら）という寺に霊牛があらわれ、人々の信仰を集めているとの噂が聞こえてきた。早速、都からも行列を仕立てて出かけ、牛仏の功徳を授かろうということになった。彰子の代参として式部や大輔など数人の女たちが選ばれたのである。

いずこからか迷いこんだ牛は飾りたてられて御堂内につながれていた。ありがたい祈禱に荘厳な誦経、奉納の神楽（かぐら）まで終えて女たちとくつろいでいると、道長に呼ばれた。遊山気分のゆえか、道長は上機嫌だ。

「保昌はどうじゃ。むつまじゅう暮らしておりますかな」

「不自由のない暮らしをさせていただいております」

「ところで、あやつ、なんぞ昔のことを詫びてはおりませなんだか」

「詫びる……なんのことにございましょう？」

「いやいや、知らぬなら忘れてくだされ。うむ、なんでもないなんでもない」

式部は即興で歌を詠むよう命じられた。

　ききしよりうしに心をかけながら
　まだこそこえね逢坂の関

「牛」と「憂し」をかけた歌は式部の面目躍如で、道長はじめ一同の称賛をあびた。

都へ帰って、彰子にその日の出来事を知らせる。といっても、道長との会話についてはは話さなかった。鬼笛が自分に詫びることがあるとすれば……清少納言の兄殺害の一件で騒動の種を撒き、そのために式部や小式部に不愉快なおもいをさせたことか。それとも強引に丹後国へ招いて寂しいおもいをさせたことか。おそらくそのどちらかだろう。

式部はそれ以上かんがえなかった。

この年は、宮中で不幸がつづいた。

三月に皇后娍子が死去したのをはじめとして、七月には敦明親王の妃である寛子が病死した。禅閤道長にとっては、二番目の妻の明子腹とはいえ実の娘だ。敦明親王は三条天皇の皇子でありながら、しかも親王を東宮にすることを条件に父帝が譲位を承諾したのに、壺切の御剣を渡してもらえず、道長の嫌がらせに屈して東宮位を彰子の第二子に譲っている。今は小一条院と尊称されて准上皇の扱いをうけ、寛子の婿として明子の住まいである近衛御門の邸宅で暮らしていた。だからといって道長への怨みが消えたとはおもえない。寛子とのあいだに子ができなかったことからも夫婦円満とはおもえないし、となれば多かれ少なかれ寛子は寂しさを抱えていたはずである。

そんな幸薄かった娘の早世は、さすがに道長も堪えたようだった。皇后娍子のときとちがって、葬列で涙する姿が見られた。

道長の嘆きはそれで終わりではなかった。翌月、東宮妃の嬉子が、待望の男児を出産した二日後に急死してしまった。嬉子は第一の妻の倫子とのあいだにできた末娘で、道長はことのほか愛しんでいた。道長や倫子はむろん、姉であり姑でもあった彰子の悲しみも深い。

「なにゆえ年若い嬉子が……わらわが代わってやりたかった……」

さめざめと泣く彰子を、女たちはけんめいになぐさめた。式部も彰子のそばに日夜よりそい、少しでも元気づけようと必死だった。

出産は命がけだ。どれほど多くの女たちが、新たな命を生みだすために、自らの命を犠牲にしてきたか。

実はこのとき、小式部も懐妊していた。十二単なので目立たないものの、もう腹は丸みをおびていて、なにをするのもおっくうそうだ。そこで式部は先日、鬼笛の邸宅のひとつに宿下がりをさせたばかりだった。

小式部はかつて、道長の五男である教通の男児を出産した。ところが第一の妻の藤原公任の娘に男児が生まれたため離縁させられてしまった。小式部の息子は藤原家で養育されていたが、その後、公任の娘が立てつづけに男児を産んだために寺へ送られ、静円と名づけられて永円大僧都のもとで修行の日々を送っている。

式部は孫を都へ連れ帰りたいと何度となく頼みこんだ。が、そのたびに拒否されて、いまだ会えずじまいである。静円の代わりとは決しておもわないが、次に生まれてくる稚児は幸い公成の最初にして正式な子、今度こそ手元で養育できるはずだ。男児でも女児でもよい、無事生まれますように……と、式部は孫をわが腕に抱く日を夢見ていた。

「わらわのことはもう心配無用。式部。娘のところへ行っておあげ」

彰子に勧められて、式部は十月末、寒さがいちだんと厳しくなったころに宿下がりをした。出産は二度目だし、唯一無二の妻として婚家の期待も大きい。早々と祈禱僧まで送られてきたこともあって、難産にはならないだろうと式部は安心していた。

ところが十一月に入ると、小式部は苦しそうな呼吸をするようになった。泣きごとはいうまいとこらえているようだが、見るからに辛そうである。

「たくさん食べて力をつけておかないと、お産に耐えられませんよ」

式部があれこれ世話をやいても、小式部はぐったりしたまま、うなずくばかり。

十一月の半ばに陣痛がきた。予想に反して難産だった。小式部は丸一昼夜、苦しみ悶えて、ようやく稚児が誕生したときは自らの命の泉を涸らしていた。

「小式部ッ、小式部ッ、目を開けておくれ、ごらん、ほら、元気な男子ですよ」

息のない娘に式部はとりすがる。抱きしめ頰ずりをして号泣した。まわりにだれがいようが目に入らない。小式部はたった一人の娘だった。ともに宮中へ上がり、励まし合って生きてきた。小式部がいてくれたからこそ、数々の不幸を乗りこえられたのである。
「母を見てッ。見るのよ小式部、あぁ、おいて行かないでッ」

などて君むなしき空にきえにけん
あは雪だにもふればふる世に

葬送では、大僧都に連れられて参列した静円が亡母を見送った。

此の身こそ子のかはりには恋しけれ
おやこひしくはおやをみてまし

けなげな幼子の姿に、式部は小式部にも見せてやりたかったとまたもや涙にくれる。となれば、ただ憑かれたように歌を詠むことしか、身がひきちぎられるような悲しみを癒すすべはない。
葬送が終わっても、式部は気力を失くしたままだった。帥宮に先立たれたときは尼になりたいとおもったものだが、今は一瞬先のことをかんがえることさえできなかった。もちろん宮中にもどる気にもなれない。

赤染衛門はいっしょに泣いてくれた。大輔や弁御許も弔問にやってきて涙ながらに式部を抱きしめた。女たちばかりか男たちからもなぐさめの歌や文がとどけられた。多忙の身をやりくりして行成も駆けつけてくれたそうだが、式部はどうしても話をする気になれず、すまないとおもいつつも会わずに帰してしまった。

そんななか、式部が目を留めたのは、相模守と再婚したのち「相模」と呼ばれるようになったかつての乙侍従の歌だった。

おやをおきて子にわかれけんかなしびの
中をばいかが君もみるらん

文によれば、相模は少し前に離縁して宮中へもどり、今は、故一条天皇の皇女で定子皇后の死後は彰子が養育してきた修子（しゅうし）内親王に仕えているという。相模にとっては二度目の離婚だ。子も亡くしたことがあるとやら。

おやのため人の喪事はかなしきを
なぞか別れをよそにききけん

式部も歌を返した。自分より若い相模も苦難を越えてきた。だれもが悲しみに耐えて生きている。夫一条天皇を亡くし、先ごろは妹を亡くしたばかりの彰子だって……。

式部の気力をよみがえらせたのは、その彰子だった。彰子はなぐさめの歌より先に、小式部の装束を差し出すようにと命じてきた。経文の表紙にするという。

式部は、露のおりた萩を織り込んだ唐衣（からぎぬ）を選んだ。

おくと見し露もありけりはかなくて
きえにし人をなににたとへん

歌をそえて彰子に贈る。彰子からは次のような返歌があった。

おもひきやはかなくおきし袖の上の
露をかた見にかけん物とは

彰子の返歌を胸に抱いて、式部は宮中へもどった。小式部の唐衣を形見として日々経文を唱えようという彰子のおもいやりが身にしみたからである。くわえてもうひとつ、式部の胸をざわめかせたことがあった。

太后さまはもしや——。

予感は的中した。

三十八歳の太皇太后彰子が仏門に入るといいだしたときは、当然ながら、数多の反対があった。が、彰子の意志は固かった。

翌正月の十九日、彰子は落飾して上東門院の号を賜った。出家をしたのは俗世を棄てるためではなく、むしろ公卿たちの偏見を払拭して、後一条天皇と東宮というまだ未熟な息子たちの補佐役に徹するためだという。幼くして内裏へ上がった彰子は、宮中の政のなんたるかを長年、その目で見てきた。おもうところが多々あったのだろう。

禅閤道長が目を光らせているうちはまだよい。が、道長は六十をすぎている。あとにつづく頼通と教通は三十代で、しかも仲がよいとはいえなかった。今こそ自分が藤原一族の重石になろうと彰子は心を決めたのだ。

「赤染衛門は七十になります。紫式部はもういない。式部。これからはそなたにわらわを支えてもらいたいのです。よいですね。たよりにしていますよ」

彰子にいわれるまでもなかった。

「この命、太后さまに捧げます」

式部は誓いを新たにした。

春とはいえ、風はまだ冷たい。

寝こむほどではないものの、正月以来くしゃみや鼻水が止まらず、よくなったかとおもえばまたぶりかえす……と体調のすぐれない夫を家に残して、わたしは二月も半ばになったその午後、二条大路の南で西洞院大路の西の二町を占める閑院（かんいん）を訪れた。

閑院は太政大臣・藤原公季の邸宅で、ここの一画に、孫であり養子でもある公成が住んでいる。昨年、大江邸で「蛍を愛でつつ和泉式部を偲ぶ会」を催したとき、式部ゆかりの一人として出席してくれた、あの公参議だ。

もちろん、いくら怖いもの知らずのわたしでも、公参議に話を聞きたいからというだけで太政大臣の大邸宅に乗りこむ勇気はなかった。運のよいことに公参議の妻の一人と、わたしは懇意にしている。母親同士が一時期、禅閤道長の第一の妻倫子に仕えていたので、幼なじみだったのだ。藤原定佐（さだすけ）の一の姫であるこの妻は昨年末に男児を出産していた。遅ればせながらお祝いに稚児の顔を見にゆくのなら、不自然でもなんでもない。

ご大層なお客ではないので、御門の番人に道順を訊ね、門前に仕丁と牛飼童ともども牛車を待機させて、わたしは公参議の邸宅へむかった。広大な敷地である。その中にいくつもの殿舎や庭園が点在している。

夫とちがって、わたしは迷ったことがない。土御門第へゆくのに蘇芳がさねの装束にしようか、はたまた桔梗がさねにしようかと着たり脱いだりしている夫を見ると、「だれも見てなどいませんよ」とつい投げやりな言葉をかけたくなる。万葉集と首っ引きであっちを書写しようか、やっぱりこっちだなどと書き直している姿を見れば、「いいかげんにしてくださいい、その料紙、牛一頭ほどの値打があるのをご存じでしょう」などと嫌味のひとつもいいたくなる。そんなわたしだから、道だって、よもや迷うとはおもわなかった。

「あら、どこでまちがえたのかしら」

雑木林に足をふみいれたのは一生の不覚だ。右も左もわからなくなってしまい、わたしはとほうにくれた。案内は無用、などと、なぜいってしまったのか。しかも春は天気が変わりやすい。見る間に暗くなってきた。ざわざわと枝葉が不穏な音をたてはじめる。

閑院は洛中でも大内裏の近くの一等地にあり、格式高い貴族の邸宅である。洛外の山中ではあるまいし、山賊や獣に出会うはずはない……と、おもいたいところだけれど、これが、安心はできなかった。都の治安は最悪で、賊が押し込むならまだしも、随身や家司が実は賊の一味だったという話もめずらしくはないし、こわれかけた板塀の隙間から野犬が入りこんで稚児を食べた、などという恐ろしい話もときおり耳にする。

　青ざめてふるえていたときだ。

「おや、そこにいるのは……」

　大木の陰から、派手な狩衣に身をつつんだ烏帽子姿の男がひょこりとあらわれた。色白しもぶくれの顔に人好きのする笑みを浮かべた公卿は……。

「よもや、生霊のたぐいではないでしょうな」

「さぞや、女の生霊にとり憑かれるようなことばかり、なさっているのでしょうね」

「とんでもない。しかしええと、どこかで……」

「あなたのところへうかがおうとして、道に迷うたのです」

「わたしの……ややや、やはりなにか約束でもしましたかな、寝物語に。それともその腹にわが子を宿しているとか……うーむ、こまったなぁ、おぼえてはいないが、そういえば、そんなことがあったようにも……」

「いいかげんにしてくださいッ、公参議どの。わたくしは大江の江侍従です」

　あッと公参議は目を丸くした。と、そのときを待っていたかのようにざーっと雨がおちてきた。大木のうしろから女の顔が覗く。まだ十代とおぼしき雑色女のようだ。色好みで知られる公参議が、雑色女を人けないところへ誘いだしたのだろう。

　公参議は、当惑している女にむかって「行け」と片手をふった。女が走り去るのを見とどける前に、わたしは腕をつかまれた。

「なにをなさるのですッ」

「ちがいますよ。そこに四阿（あずまや）が……江侍従どのをずぶぬれで帰したら亮麻呂どのに叱られます」

わたしたちは四阿へ駆けこんだ。狩衣の袖で髪の雨滴をはらってくれるところなど、さすがは公参議。一方のわたしは、近々と顔を見られるのが恥ずかしくて、袖で顔を隠している。

しばらくして、二人はようやく落ちつき、本題に入った。

「江侍従どのがわが家へおいでくださるとは……何事ですかな」

「北の御方さまに稚児ご誕生のお祝いを申し上げようと……いえ、それだけではありません。公参議どのにもおうかがいしたいことがあるのです」

「わたしに訊きたいこと……はて？」

「和泉式部どののことです」

「はぁ、しかし、わたしはあのお人と契ってはおりませんぞ。たしかにお誘いはしたがほんの出来心、それにぴしゃりと断られました」

公参議があわてたのは、蛍を愛でる夕べで小式部亡きあと母の和泉式部をくどいた事実をぽろりともらしてしまい、大いにひんしゅくをかったことをおもいだしたためだろう。またもや非難されるとおもったか。

「そのことではありません。小式部どのがお産をされたのは鬼笛大将の邸宅、式部どのがおそばについていたと聞いています」

「はぁはぁ、さようでしたな。わが妻は鬼笛大将の邸宅ではのうて、勘解由小路の実家で産みたいというておったのです。が、失礼ながら、あの小家ではわたしの牛車を止める場所がない。で、こちらへお迎えしようかと話していたのですが、産屋が間に合わず、取り急ぎあちらへ……」

　わたしは公参議の話を聞き咎めた。

「では、小式部どのは、ご養父の鬼笛大将の邸宅へはゆきたがらなかったと？」

「それはそうでしょう、毛嫌いしていましたから」

「毛嫌い？　小式部どのが鬼笛大将を？」

　聞き返さずにはいられなかった。初耳である。

　公参議によれば、小式部は毛嫌いするだけでなく、鬼笛を怖がっていたらしい。はじめから好きではなかったが、前夫からなにか聞いたようで、それが拍車をかけた。

　小式部の前夫といえば藤原教通だ。道長の五男だから、道長の家司だった鬼笛の秘密を知っていてもふしぎはない。いずれにしろ、例の騒ぎ――白昼、都で清少納言の兄が惨殺された騒動――にかかわることにちがいない。わたしは即座にそうおもった。

この一件で鬼笛が国司を解任されたことは、大なり小なり小式部が離縁された遠因になったのだから。

「今のお話、式部どのはご存じだったのですか」

「わが妻が前夫から聞かされたことなれば、ご存じなかったはずです。なにを知っていようと、母親に夫の悪口をいうような女ではありませんでした」

鬼笛の邸宅で会ったとき、式部の様子はどうだったか。訊いてみたものの、公参議は首をかしげた。はじめは初子の誕生に有頂天で舞い上がっていたし、そのあとは妻を喪った驚きと悲しみに動転していて、まわりのことなど目に入らなかったという。

「目に入らないのに式部どのにいいよるとは、妙ですねえ」

皮肉をいいはしたものの、わたしは公参議に以前より好感を抱いていた。「わが妻」というときの愛しみのこもった口調は、公参議が決して妻をないがしろにしたり悲しませたりする男でないことをあらわしている。多情というより情が深いのだ。小式部への想いがこみあげ、それゆえ小式部を偲ぶよすがとして母の式部にひきよせられたのだというなら、かんがえられぬこともない。

「あら、雨が上がりました。北の御方さまのところへ案内をしていただけませんか」

わたしは四阿を出ようとした。と、袖をひかれた。

「江侍従どの……せっかく二人きりになれたのです。この好機を逃す手はありませんよ。亮麻呂どのには内緒で、しっぽりと……」

袖をふりはらって飛び出す前に、生霊も逃げだすほどの、公参議を凍りつかせる目でにらみつけてやったのはいうまでもない。

二十七

たった一人きりの娘、この世のなににも代えがたい小式部に先立たれた逆縁の悲しみを多少なりとも癒してくれたのは——やはり、歌、だった。

式部は彰子や赤染衛門、行成にも勧められて、歌集を編むことにした。まだ御許丸だったころ太后御所で詠んだ歌、帥宮との叶わぬ恋が成就するまでの歌、そして帥宮を喪って泣きくれていたころの追悼歌の数々、さらには宮中へもどってからの華やいだ恋の歌や丹後国でひとり寂しく詠んだ歌、もちろん娘を哀悼する歌も……これまでの半生は、まさにそうした歌の一首一首に刻まれているといっても過言ではない。そう。歌こそが自分のすべてだと、膨大な歌を整理したり清書したりしながら式部はしみじみおもった。

歌集といっても大げさなものではない。四季折々の歌、恋の歌、追悼歌というように、まとめてならべてゆく。くどくどと詞書をつける気はなかった。「和泉式部物語」が事実をもとにしながらも事実ではないように、歌集も、書写する人々が自分のおもいにかさねあわせて、自由気ままに詞書をつければよい。古歌をもじって新しい歌が詠まれてゆくように、歌集に収められた瞬間から、歌は、蛍のように生身の体からさまよい出て、永久（とこしえ）の闇夜を照らすあえかな光になるのだから……。

「順調に進んでいますか。手にとる日を楽しみにしておりますよ」

彰子は子供が玩具をねだるように、たびたび進行具合を訊いてきた。

「ほらね、歌こそ、式部どのの冥き道を照らす月でしたでしょう」

赤染衛門はしたり顔でいう。

「完成したら何部かつくらねばなりませんな。おまかせあれ。こちらで綴（と）じて、これぞという皆さまにおくばりしましょう」

行成は早くも準備をととのえているようだった。

その行成も長年、儀式や儀典の細々した次第とともに、見聞やら感想やらを日記に書きつけているという。

「権どのが書かれたものは、皆が先を争って書写しているそうですね。今もまだ書いておられるのでしょう？」

「はい。もとはといえば、煩雑な儀典の手順など、後任に伝えねばならぬものを書き留めておこうと……今では日々の習いになってしまいました」

「わたくしも読んでみとうございます」

「いいですとも。どうぞどうぞ。それでは新しいものはまず式部どのに」

そんなやりとりがあったのは、小式部の死の翌年、彰子が落飾した万寿三年（一〇二六）のことだった。ところが翌年の初め、行成発病の噂が伝わってきた。心配して問い合わせると、左手が痺れて使えなくなっただけで、馬には乗れないものの正月恒例の儀式にはいずれも出席したとのこと、式部はひとまず胸を撫でおろした。

「これまでどおり重責を担うておられますが、やはり万全とはゆかないようで……さかんに灸治をされておられるそうですよ」

弁御許に耳打ちをされたのは、三月も半ばをすぎたころだった。

「すっかりようなられたとおもうておりましたのに」

「それがねえ、お体の不調というより、ご心労のゆえではないかと……」

噂によれば、行成は近年、道長一族のあいだに入って気を揉むことが多く、そのせいで心労が絶えないという。道長の権勢はあまりにも強大になりすぎた。八年前に出家して禅閤と呼ばれるようになってからも、肝心のところでは決定権をにぎっていて、関白である息子の頼通に干渉しつづけている。しかも年老いて病がちになった道長は気が短くなっていて、しょっちゅう苛立って頼通を叱りつけるばかりか、行成にも皮肉をいったり非難をあびせたりしてとまどわせることが多々あるという。

では、行成と頼通は上手くいっているかといえば、そうでもないらしい。少年時代、行成邸に預けられたこともあって懇意にしていたはずの二人だが、近年は数々の亀裂が生じていた。これはひとえに行成の、こびへつらうことのできないまっすぐな気性によるものだろう。早々と頼通とよしみを通じ、道長死後への布石を打っている鬼笛のような要領のよさを、行成は持ち合わせていない。つまり、道長も頼通も互いに牽制し合っているために、かつてとちがって行成を信頼していない、ということだ。とはいえ博識と手蹟の美しさでは右に出る者がいない行成である、相変わらず願文や経の外題、文献の書写など次々に仕事を頼まれてへとへとになっている。

あわただしい日々を送りながらも、式部は行成を気にかけていた。四月の賀茂祭でも、行成は面目を失する出来事にみまわれている。祭りの行列を見物しようとしたところ、道長の息子の一人の家の牛車と場所争いとなり、大衆の面前でさんざんに罵倒された。道長一族の忠実な臣下であり、いわば暴走を止めて良識を保つための番人のような存在であった行成も、今は「無用の長物」……いや、もはや「邪魔者」になりつつある、ということか。

実はこの時期、道長一族の周辺には不穏な気配がただよっていた。道長と頼通父子の対立や頼通と教通兄弟の不仲にくわえて、「欠けたることもなし」と道長が得意満面で見上げた月がにわかに欠けはじめていたからだ。まず一昨年、后妃になった寛子と嬉子という娘たちが相次いで死去した。昨年は彰子が出家。今年になってからは、賀茂祭が終わった五月に道長の息子の一人、顕信（あきのぶ）が死んだ。さらに九月には故三条天皇の后妃で、皇女を産んでいる妍子が三十四歳で病死した。しかも妍子は、薄幸な半生であっただけでなく、半年近くも病に苦しみ、痩せ衰えて手足がむくむという壮絶な最期だったため、怨霊の仕業だと噂されていた。

道長は、わが世の春を謳歌するために入内させた娘たち三人を、ここへきて立てつづけに喪ったのである。希望の星だった嬉子が死んだときは号泣して人前にも出られず、しばらくこもりきっていたという道長だが、妍子の死には悲嘆以上のものがあったようだ。三条天皇への嫌がらせの数々や、強引に譲位させて死に追いこみ、しかも遺言までたがえた後味のわるさがよみがえって、体調までむしばまれてしまったのか。それとも体調不良を感じはじめたとたんに妍子の断末魔の苦しみを目の当たりにして、自らの身にも襲いかかるのではないかと怯え、過去を悔いる気持ちが生まれたのか。以後、道長は念仏三昧にふけり、しばしば行成を身元へ呼びよせるようになった。

当然ながら、三人の妹たちに先立たれた上東門院彰子も悲嘆にくれている。

妍子の葬送には、式部も夫の鬼笛と参列した。鬼笛は四十九日の法要に、妍子のために造られた仏像を飾る玉を献上している。式部は次のような歌をそえた。

数ならぬ涙の露をそへたらば

なぜこうも不幸ばかりつづくのか。自分より若い后妃たちの死は、今や体の一部ともなっている儚さ空しさをまたも炙りだした。小式部や帥宮はいうにおよばず、天台座主の地位を約束されながら七年前に死去したと伝え聞く道命も、あまりに儚い命だった。つかのまの光を放って飛び交う蛍のように、愛しい者たちの顔が浮かんでは消えてゆく……。

けれど、式部には涙の連なりに見えた玉飾りも、鬼笛には出世の手蔓にしか見えなかったようだ。

「これからはますます上東門院さまのご威勢が高まるにちがいない。なにしろ帝と東宮、お二人のご生母さまなのだから」

鬼笛は式部を妻にしたことを、先見の明があったと自惚れていた。心がむすばれていようがいまいが、そんなことはどうでもいいらしい。

「そなたはわが妻、それだけは忘れんでもらいたい。別れるつもりはありませんよ」

「別れはしませんわ。でも、いっしょに大和国へゆくのだけはごめんこうむります」

「さようなことはいいません。上東門院さまのおそばにいてもらえさえすれば」

鬼笛は七十になった。自分は高齢だから女はもういらないが、式部はまだ若い。華やいだ噂のひとつふたつ立つかもしれない。宮中でならそれを許すとまで鬼笛はいった。

「若いですって？　馬鹿な。わたくしは四十の半ばをすぎました」

「いや、そなたは若い。ちっとも歳をとらない」

「どっちにしたって今さら恋など……だいいち、お相手がおりません」

「いやいや、しょっちゅう贈答歌をやりとりしているのはわかっていますよ。なぁに、文句をいうておるのではありません。和泉式部から恋をとったら和泉式部ではのうなる、宮中の色恋は別儀。だが、夫をとりかえなどとしようものなら……」

「ほほほ……もし、とりかえようとしたら？」

「息の根を止めます」

まぁと式部はつぶやいた。冗談かと鬼笛を見る。

口調は穏やかだが、鬼笛の目は笑っていなかった。無表情のように見えて奥底に謎めいたものがひそんでいる。突如、寒気を感じて、式部は身ぶるいをした。

二十八

その冬はことのほか寒い日がつづいた。といっても、殿上人が音曲や歌合でさえはばかって身をひそめていたのは、寒さのせいではない。

十月末、式部の耳に、禅閤道長が病で寝込んでいるとの噂が聞こえてきた。娘の后妃たちに先立たれて悲嘆にくれ、とりわけ妍子の闘病には恐れをなしていたようだ。以来、念仏三昧だと聞いていたが、それも功徳はなかったのか。

「ご回復の兆しはまるでないそうで……」

「寝たきりで、お体をお起こしすることもままならぬとやら」

宮中でも女たちがひそひそ話をしている。

十一月の半ばには重態となり、二十一日には危篤の知らせがとどいた。後一条天皇は道長の土御門第へ見舞いのために行幸しようとしたものの、とても面会できる状態ではないといわれて断念。上東門院彰子と妹で皇妃の威子が駆けつけたが、これも結局は穢れのために面会が叶わないまま帰ってきた。

二十四日、道長死去の噂が流れ、殿上人がこぞって土御門第へ駆けつけた。いっとき都は騒然となったが、これは誤報で、道長が全身を痙攣(けいれん)させて惑乱状態におちいったために噂がひろまったものらしい。いずれにしても死期は近いとおもわざるを得ない。道長の身柄は自邸の東隣に建立した法成寺の阿弥陀堂へ移された。阿弥陀堂は無量寿院(むりようじゆいん)とも呼ばれ、正面の間に九体(くたい)阿弥陀像が祀(まつ)られている。像の前に床をしつらえた時点で、安らかな死だけが唯一の願いとなった。

二十六日には後一条天皇の法成寺への行幸があった。道長の危篤の報は一度ならず聞こえている。そうこうしているうちにも十二月――。

「これでは権どののお越しもありませんね」

式部は侍女たちの前で独りごとをいった。行成は十二月の早々に訪ねてくることになっていた。くわしいことはわからないが、なにやら話があるらしい。とはいえ、この取り込み中では、とてもそんなことにかかわっている暇はないはずだ。別に急ぐ用でもなさそうだから、と忘れかけていたところへ、行成邸から使いがやってきた。律儀な行成は、こんなときでも自分からした約束をたがえることに気が咎めているのだろう。

「なんですって？」式部はおもわず聞き返した。「権どのもご病気なのですか」

「月が変わったとたんにご不例を訴えられて……」

灸治をしていると聞いていたから、病そのものに驚いたわけではない。そうはいっても、道長が危篤状態にあるこのときに、なにも申し合わせたように寝込んでしまわなくてもよさそうなものである。

「ご容態は……」

「芳しいとは申せません。お苦しそうで食べ物もうけつけず……いえ、まったく動けないわけでは……隠所へは家人の手を借りずにゆかれますし……」

厠(かわや)へもゆけずにひどい有様だという道長の病状が頭にあるのか、使いはそこのところを強調した。つまり行成は、式部に見舞いにきてほしがっているという。

「もちろん、お見舞いしとうございます。なれど……」

だれもが皆、固唾を呑んで道長の容態を見守っている最中である。発病したからといって、行成に関心をもつ者などいない。見舞いにゆく者がいるとはおもえない。

「さればこそ、式部どのにいらしていただきたいそうで……」

「まことに、権どのが、わたくしに会いたいと……」

「はい。お読みいただきたいものがおありだそうです」

式部はおもいだした。そういえば行成は、長年、書き留めた日記を真っ先に読ませてくれるといっていた。

行成は近年、道長から粗略に扱われていた。にもかかわらず、発病した道長は行成を枕辺へ呼びつけて、相談事をしたり、なにか書き留めさせたりしていたと聞く。もしかしたら、その日記には、道長の遺言にふれる部分があるのかもしれない。

「承知しました、とお伝えください」

「では、できうるかぎりお早めに」

「それほどおわるいのですか」

「いえ……ただ、いつ急変するかわからぬゆえ早う、と、これも御自ら仰せにて……」

使いが帰ったあと、式部はしばらく茫然としていた。まさか、今、行成が発病するとはおもいもしなかった。なんということだろう。道長は六十二、行成も五十半ばをすぎているはずだが、同時期に命の危険にさらされているのも不可解である。

やはり、怨霊――。

式部は眉をひそめた。

「権大納言さまの見舞いにゆくと聞いたが……」

鬼笛が突然あらわれて仕度をしている式部に同行する旨を申し出たのは、行成から知らせをうけた翌日、十二月四日の早朝のことだった。式部はすぐにでもとんでゆきたかったが、方違えで行かれず、わざわざ鬼笛の邸宅のひとつへ入って一夜を明かしていたのだ。

鬼笛は不在だった。道長の死期が迫るなか、主だった公卿は土御門第や法成寺へ詰めている。式部のもとへ時々刻々と聞こえてくる知らせによれば、道長はここ両日、鍼(はり)による治療をうけているようで、苦しみ叫ぶ声が響き渡るたびに、待機している人々は怯えた顔を見合わせているらしい。

そんなときだから、鬼笛がいっしょに見舞いにゆくとはかんがえもしなかった。

「よろしいのですか。禅閤さまのおそばについていてさしあげなくて……」

「なんぞあれば知らせがくることになっている。そうなれば、それこそぬけられのうなる」

「それではごいっしょに。かようなときです、恐縮なさるやもしれませんが、お心の内では自分を気にかけてくださるお人がいたとよろこばれましょう」

道長という大物の死を目前にして、行成を気づかう者はいないと思っていた。それなのに鬼笛は、特に親しい間柄でないにもかかわらず見舞いにゆくという。妻の顔を立てようというのか。式部は少しばかり鬼笛を見なおした。

二人はそろって行成の住まいのひとつ、菅原院（すがわらいん）へ出かけた。菅原院は、一条大路と二条大路の中間あたり、中御門（なかみかど）大路と烏丸（からすま）小路が交わるところにあり、行成は近年、内裏からも土御門第からも近いこの邸宅を主な住まいにしていた。

御門まで来たものの番人がいない。しかも邸内がざわめいている。

式部はどきりとした。鬼笛が牛車の簾戸越しに仕丁へ、何事かたしかめてくるよう命じたとき、行成邸の家司が駆けてきた。

「主（あるじ）の権大納言さまなれば、今しがた、逝去なされました」

「権どのがッ、そんな、なにゆえ……」

式部はおもわず声を上げていた。鬼笛も息を呑んでいる。

家司によれば、行成は厠へゆこうとして卒倒し、そのまま息絶えてしまったという。

話を聞くや、鬼笛は式部が同乗していることも忘れたように勢いよく簾戸を押し開けた。

「見舞いにだれぞ来なんだかッ」

「見舞い……はぁ、禅閤さま大事のときゆえ見舞いは遠慮せよとの主の仰せにて……あ、なれど、源頼親さまだけは強引にお入りになられました」

「それだッ」と、鬼笛は叫んだ。

　頼親は見舞いなどそっちのけで、邸内をずかずかと歩きまわっていたという。多田大権現満仲の息子たちの一人である頼親は、とりわけ乱暴者と評判で、鬼笛の家司だった清少納言の兄を白昼、都で射殺させたこともあった。このときは道長から「殺人上手」と非難されて官職を解かれたが、関白頼通に取り入って三年前に伊勢守を拝命している。

　鬼笛は自分より先に宿敵の頼親が見舞いにきたのが気に入らないのか。こぶしをにぎりしめ、顔を真っ赤にしている。

「ううぬ。先を越されたか」

「間に合わずに悔しいおもいをなさるのはわかりますが、どなたが見舞おうとよいではありませんか。それより権どのにお別れを……」

　式部は鬼笛をなだめた。ふだんは無表情でいることの多い夫が突然すさまじい怒りを見せたのであっけにとられている。

　夫婦は短時間待たされたあと身舎へ通され、道長をはばかってごく少数の僧侶が誦経をするなか、行成の亡骸に香華をたむけた。

　よもや、こんなにあっけなく逝ってしまうとは――。

最後にひとこと別れをいいたかった、生前の顔を見たかったとおもえば、合掌しながらも式部は涙が止まらない。

行成とは長いつきあいだった。前夫との離縁、帥宮の死、宮中へ上がる際も、岐路に立たされるたびに相談に乗ってくれた。歌を詠みつづけるようにと励ましてくれたのも行成だ。互いに憎からずおもいながらも生臭い男女の仲になったことは一度もない。それでいて誠実にむき合い、慈しみ合ってきた。身内のようでもあり同朋のようでもある。相手が行成でなければ、このような稀有な関係をつづけることはできなかった。

権どの。わたくしはだれにもまして権どのを敬愛しておりました。あなたまで喪うて、わたくしはもう歌を詠む気力がのうなりました――。

式部は胸の内で、行成の亡骸に話しかける。

廂間に出て休んでいると人の気配がした。御簾越しに声をかけてきたのは行成の息子の一人、実経で、見舞い転じて弔問の礼を述べたあと唐突に詫びた。

「申しわけございません。父からは、真っ先に式部どのにお見せいたすよう、申しつかっていたのですが……」

「なんのことですか」

「父の日記です。数日前まで、たしかに書いていたのですが……」

最後の日記――今年の出来事を記録したもの――が見つからないという。式部が口を開く前に、鬼笛が身を乗りだした。

「あの悪党に決まっておるわ。あやつが盗みだしたのだ。ううぬ、ただではおかぬぞ」

鬼笛が悪党といったのは頼親にちがいない。むろん悪名高き頼親なら、そのくらいのことは易々(やすやす)としてのけそうだ。

「でも、なにゆえ……」

「都合のわるいことが書いてあってはまずいゆえ、だれぞが、やつに命じて盗ませたのだろう」

鬼笛の権幕が恐ろしいのか、それとも「殺人上手」の頼親が恐ろしいのか、おそらくその両方だろう、実経はなにもいわずにちぢこまっている。

「旦那さま。お鎮まりください。今はそれどころではありません」

行成が式部に読ませようとした日記である。ないとなれば、ますます読みたくてたまらない。が、行成は死去したばかりだ。道長も危篤、このような危急時に日記ごときで騒いではいられない。

式部と鬼笛はひとまず菅原院をあとにした。が、自邸へ帰り着く前に道長の訃報が聞こえてきた。道長は早朝、息をひきとったという。訃報が今、都大路を駆けめぐっているのだ。何度となく危篤と伝えられながらも、あの道長が本当に死ぬとはだれもおもえないのか、都人は右往左往しながら、駆けまわる牛車や随身の群れを茫然とながめている。


「法成寺へゆく。そなたは……」

「わたくしは御所へもどります」

最愛の父を喪った上東門院彰子のおそばにいなければならない。牛車からとびおりて法成寺へむかう夫を見送ったあと、式部を乗せた牛車は内裏へむかった。

行成の日記のことはもう忘れている。

よりによって同日、時を経ずして彼岸へ旅立つとは……。

万寿四年（一〇二七）十二月四日、がたがたと御所へむかう牛車の中で、式部はふしぎな天の配剤に畏れおののいていた。


蛍の季節。わたしの実家では、昨年にひきつづき「蛍を愛でながら和泉式部を偲ぶ会」を催すつもりでいた。ところが――。

延び延びになってしまったのは、八十近い母、赤染衛門の体調がおもわしくなかったこととともうひとつ、天皇の崩御という不測の事態が出来したためだ。

上東門院彰子さまの長子、後一条帝についてはこのところ「ずいぶんお痩せになられましたね」とか「お顔がむくむのはお水ばかり飲まれるせいでしょう」とか「なにをされるのもおっくうそうで……」などと、宮中に仕える女たちのあいだでささやかれていた。といっても病で寝込んでいるわけではなし、しかもまだ二十九歳の若さでは、よもや崩御されるとはだれもおもっていなかった。

内裏は大混乱をきたした。皇位を継承するのは弟の敦良東宮で、これはかねてより定まっていたから問題はない。が、東宮が天皇になるときは新たな東宮を定めなければならない。これが大いに問題だった。なぜなら後一条帝には男子がいなかったからだ。敦良東宮には今年二月に親王になった十二歳の御子がいるものの、生まれてまもなく生母を喪い、祖父の道長も鬼籍に入ってしまったため、後ろ盾という面でははなはだ心もとない。

「関白さまがああだこうだとひきのばしておられるそうですよ。小耳にはさんだところでは、帝が崩御されたその日にもう姫さまを入内させる算段をしておられたとか」

「となれば、内大臣さまとてじっとしてはおられまい。双方からせっつかれて、新帝はさぞや迷惑しておられよう」

わたしは夫とそんな話をした。

今や絶大な権力をにぎる関白頼通は、これを機に娘を入内させて、将来の天皇となる皇子を産ませようとしている。一方、弟の内大臣教通も負けてはいない。こちらも娘を入内させようと謀っているらしい。道長が死んで早十年近く、その専横ぶりは息子たちにもうけつがれているようだ。

四月十七日、敦良東宮は受禅して後朱雀天皇となった。東宮についてはやはり、すんなりとは決まらないようだ。

そんななか、大江邸で、遅ればせながら「和泉式部を偲ぶ会」が開かれた。

蛍も大半が儚い命を終えてしまった六月の末、淡い紅色の夏萩や撫子が庭のこちらにひと叢あちらにひと叢、夏の名残りの生暖かい風にそよいでいる。木立の下の薄暗がりに、和泉式部を想わせる月見草の花がちらほら。

兄は昨年とおなじ四人に声をかけた。が、帝の即位があったばかりなので、公参議と兼参議からは欠席の知らせがあった。泉殿に顔をそろえたのは、近江守と左衛門尉、それに兄とわたし、わたしの夫の五人だった。もちろん肝心かなめの母も、御簾のうしろで脇息にもたれかかり、一同の話に耳をかたむけている。

「それにしても禅閤さまと権納言さまが同日に逝去されるとはあまりの偶然……あれから十年近く経つというのに、いまだにどうもすっきりしませんな」

近江守の口から、権納言が死の直前、和泉式部に会いたがっていたという話が出たところで、兄はすかさず感慨を述べた。

兄だけではない。権納言を知る者ならだれもが感じていたことだ。

「権納言さまは式部どのに、なんの話をされるおつもりだったのでしょう?」

わたしが訊ねると、近江守は「そこなのです」と身を乗りだした。

「父は、自分が死んだら日記を式部どのにもお見せするようにと話しておりました。そのときは軽い気持ちだったようです。ところが禅閤さまが重篤になられた。父は枕辺に呼ばれ……自分も体調がおもわしくないのにむりをして参上したのです……そのあと、なにやら悩んでおりました。いえいえ、なにを悩んでいたかはわかりません。しかし式部どのに会いたがったというのは、禅閤さまからお聞きした話が式部どのとかかわっていたともかんがえられます」

「日記にはなにが書いてあったのだ？」

夫が訊ねた。庭をながめたり烏帽子の紐を結び直したりしていたので他人の話など聞いていないかとおもったのに、耳だけは立てていたらしい。

「なにも」

「なにも？　あの権納言さまが、禅閤さまの遺言を書き留めておらなんだのか」

「そうではのうて……盗まれました。あ、いや、今は手元にもどっているのですが……残念ながら元のままではありません。つまり、最後のところが引き破られておりました」

これには夫だけでなく、その場にいる全員が目をみはった。

近江守はつづける。

「父が死んだとき真っ先にいらしたのは源頼親さまでした。そのあと式部どのが鬼笛大将といっしょにみえました。涙する式部どののかたわらで、鬼笛大将は、日記を盗んだのは頼親さまだとわめきちらしておられました」

「殺人上手の頼親さまなれば、日記を盗むなど朝飯前だろうな」

「源頼親さまと鬼笛大将は犬猿の仲でしたね」

清少納言の兄が白昼、都で惨殺されたのも、大和国をめぐる両者の争いが原因だと聞いている。

「頼親さまは当時、謹慎中でした。日記を見せて関白さまに取り入り、国司に返り咲こうとしたのやもしれません」

兄の言葉に左衛門尉もうなずく。

「大いにありうるな。あのとき、おれも妙だとおもった。同日に死去されたので、権納言さまも禅閤さまと共に葬送を、と提案する者がいた。が、関白さまは烈火のごとく怒り、即座にその者を勘当してしまわれた。権納言さまの葬送には人もやらず、知らん顔を決め込んでいたというから、よほど疎んじておられたのだろう。関白さまは禅閤さまに嫌われているとおもいこんでいたようだ」

「日記に禅閤さまのご遺言が記されていたとしたら……関白さまは都合のわるいことが書かれているのではないかと不安だったのでしょう」

「それで関白さまはわが叔父に日記を盗ませた。ついでに口封じをさせたとしても、おれは驚かんな」

「まさか、権納言さまはその前から病床にあられましたよ」

「死期を早めるくらいわけもなかろう」

座がざわめいた。左衛門尉は苦笑する。

「いやいや。そういうこともありうる、というたまでだ。当時、叔父はまだ都にくすぶって、関白さまのために汚れ仕事をしていた。下命ではのうて叔父が独断でやった、ということだってなきにしもあらず」

いずれにしても権納言は死んだ。日記は盗まれ、なにが書かれていたか、今となっては闇の中。権納言が式部になにを知らせたかったかもわからない。

「その日記ですが……」と、わたしは近江守に目をむけた。「お手元にもどったと仰せでしたね。源頼親さまがご自分で返しにいらしたのですか」

「いや、上東門院さまがとどけてくださったのです。翌々年になってから」

これにも全員がけげんな顔を見合わせる。

「なにゆえ権納言さまの日記を、上東門院さまが持っておられたのでしょう?」

「どなたかがおいていった、ということしか……」

関白頼通の下命があったかなかったかはともかく、源頼親が権納言の日記を盗んだのはほぼまちがいなさそうだ。その日記を、二年も経ってから、だれがなんのために上東門院のもとへとどけたのか。

「禅閤さまや権納言さまが逝去された翌々年というと……頼親さまが摂津守にしてほしいと関白さまに頼みこみ、すげなく断られたのがたしかそのころ」

「そうそう、あの年はひんぱんに除目がありました」

「わがもう一人の叔父、壺井大将が甲斐守に叙任されたのもあの年だった。甲斐国は手がつけられないほど乱れていた。武勇伝をひろめとうて手ぐすねを引いていた叔父はよほどうれしかったのか、甲斐国へ下る際、送別の宴を開き、わたしも招いてくれた。そういえばそこで、禅閤さまをまねて、『この世をばわが世とぞおもふ清泉の涸れたることのなしとおもへば』などと得意になって詠んでおられたの」

清泉、という言葉がわたしの耳をそばだたせた。

「壺井大将は、今は美濃守(みののかみ)でしたね。都へもどっておられるのですか」

「新帝のご即位でまた除目がある。皆、続々と都へ帰っておるそうな」

鬼笛大将も摂津国から帰っていると聞いていた。高齢のため、都への道中、これまでになく難儀をしたらしい。

「壺井大将と鬼笛大将は昔からいがみおうておられましたね」

兄の頼親とは大和国をめぐって、弟の壺井大将とは和泉式部をめぐって、鬼笛大将は多田大権現の三人息子のうち、弟二人と敵対していた。そもそも鬼笛大将は多田荘の一族を快くおもっていなかったのかもしれない。

「鬼笛大将は式部どのの夫、壺井大将は式部どのの昔の恋人、ま、むりもありませんな」

夫がいうと、左衛門尉が片膝をつきだした。

「昨年お招きいただいたとき、わが父こそが式部どのの恋人で、叔父は戯れの恋の相手でしかないとおれはいった。が、あれから少々かんがえが変わった。叔父は式部どのの訃報を聞いて悲嘆にくれていたそうで……」

美濃国の土産をとどけてきた壺井大将の家司がそんな話をしていたので、左衛門尉は意外におもった。壺井大将は、鎮守府将軍の称号をたまわり、反乱を鎮圧するなど勇猛果敢な男として知られている。和泉式部との仲が戯れの恋、腐れ縁のようなものだったとしたら、それほどまでに動揺しようか。

「気になったので、後日、こちらから会いにいった。叔父はたしかに昔とちがって元気がなかった。式部どのの話をすると深々とため息をつき、最後の最後まで式部は自分にとって謎だった、と目をしばたたく。せめて亡うなる前に会って問いただすべきだった、そうすれば、どこでまちがえたか、わかったやもしれぬ……などと、くどくどと」

なにを悔やんでいるのか、それ以上は訊いても話そうとしなかったが、そのかわり式部が贈ってきたという歌を一首、見せてくれたという。

憂けれどもわがみづからの涙こそ
あはれ絶えせぬ物にはありけれ

「あなたはわたくしを恨んで、もうお終いだ、などとおっしゃいますが、そんなあなたの言葉に憂えて、わたくしの涙は絶えることがありません」

「式部どのは、そう、帥宮さまに心を奪われた。道命さまにも同様。わが父、多田大将にも心魅かれ、権納言さまとも心をかよわせていた。おそらく最初の夫だった橘道貞どののことも全身全霊で想うていたにちがいない。だが最後の恋こそが生涯の恋、それこそわが叔父、壺井大将との恋だったとおれはおもう」

座は一瞬、静まりかえった。沈黙をやぶったのはやはり夫だ。

「ほーらな。この亮麻呂さまがいったとおりだろ」

そういえば昨年の会でも、式部が生涯でだれをいちばん想っていたか、という話になった。夫は壺井大将の名を挙げた。もっとも根拠があったわけではないようだ。古今の歌に精通している夫が式部の歌集からうけた直観らしい。

「甘ったるい恋なんぞ水泡か朝露か。小言をいわれ、そっぽをむかれ、日々、虐げられているくらいが長つづきするのだ。おれたち夫婦のように」

「おやめください。わたくしがいつ、あなたを虐げたのですか」

わたしは夫をにらみつけた。

「まぁまぁ、今日のところはそういうことにしておきましょう。壺井大将にとって、式部どのは泉のごとく尽きせぬ謎だった、それゆえお二人の恋は何度でも燃え上がった……ということで。来年の偲ぶ会ではまた異なる発見があり、新たな結論に達するやもしれません。それでこそ式部どのを偲ぶ会でしょう」

兄はそつなくその場をとりまとめた。

最後までひとことも話さずじまいだった母は、なにをかんがえていたのか。少なくともわたしは、この会で、ますます好奇心をかきたてられた。

権納言が式部に伝えようとしたこととはなにか。

権納言の日記は、いかなる経緯で上東門院の手に渡ったのか。

壺井大将と式部のあいだに本物の恋があったとするなら、それはいつのことか。壺井大将はいったいなにを悔やんでいるのか。

夫は昨年の自分のかんがえが今になって皆から支持を得たことに得意満面だった。

それ以外に頭をはたらかせる気はないらしい。

「式部どのがわたくしのほうへ近づいてこようとしているような気がするのです。なぜでしょう、なんだかじっとしていられなくて……」

わが家へ帰る牛車の中で、わたしは夫に打ち明けた。が、夫は馬耳東風。夫がどうあれ、わたしにはもう、次に為すべきことが見えていた。

二十九

権納言行成の死は、式部の胸に癒えることのない哀しみを植えつけた。それは、帥宮薨去の際にあじわった身をひきさかれるような悲しみとも、小式部を喪った際に襲われた身悶えるような苦しみとも、ちがっていた。ふだんは忘れている。それでいてなにかの拍子におもいだし、この世に行成がいないと気づいたが最後、冥い穴へ落ち込んでしまう。穴はそのたびに深くなり、果てしない孤独と空しさに苛まれる。

上東門院彰子のそばにいるときだけが唯一の慰めだった。出家の身といっても、彰子にはわが子である帝と東宮の補佐という大役があったから、かつての太皇太后昌子内親王のように仏事に励み歌の世界にひたっているわけにはいかない。式部も宮中の行事や来客の応対にかりだされ、それがかえって気晴らしにもなっていた。

実際、上東門院の御所は来客が多かった。道長の死以来、政の中心は弟の関白頼通に移っていたが、門院自身の発言力は日に日に増大している。となれば、覚えをめでたくしておこうと、公卿が先を競って集まってくる。

そんな公卿の中でも脚光を浴びている男がいた。六十そこそこだから若き貴公子のようなわけにはいかない。が、道長の四天王の一人と称された勇猛さ、長年にわたり鎮守府将軍をつとめている名声、蔵に金銀がうなっていると噂される富豪ぶり、それに加えて年齢を感じさせないきびきびした立ち居ふるまいと風貌の凜々しさ、宮中でなにより尊重される風雅を解する心も女たちの――とりわけ行く末の不安から富と地位のある夫を望む女たちの――関心の的になっていた。

源頼信、人呼んで壺井大将である。

「参内なさるなり、式部どののことを訊ねたそうですよ」

「長局(ながつぼね)で式部どのを捜しておられたとか」

「わたくしも聞きました。うっかり迷い込んだ、などと言い訳をしたそうですが、あれは式部どのに逢うため迷うたふりをされたのだと……もうこっそり逢(お)うておられるのではありませんか」

痛くもない腹をさぐられるのは迷惑だが、五十になろうという自分に関心を示してくれる男がいるのは誇らしくもあった。しかも壺井大将は先ごろ伊勢守の任を解かれて都へもどってきたところで、鎮守府将軍の称号はこれまでどおり、来年の除目でも国司はまちがいなしと目されている。

式部はこれまでもふしぎにおもってきた。壺井大将は十代のころからの恋人で、燃え上がったかとおもうと決まって喧嘩別れをしてしまう。それでいて何年か疎遠になっていると無性に逢いたくなる。逢えばまた恋に落ち、そしてまた別れがやってくる。

要するに、似たような性格なのだろう。どちらも相手のいうなりにはなるまいと身構えている。相手のことがわかりすぎて、先まわりしてかんがえてしまう。しかもつい、いわでもがなのことまでいってしまったり……。

「とんでもない。とうの昔に終わった恋、とっくに黴が生えていますよ」

きっぱり否定した式部だったが、数日後、壺井大将が訪ねてきたときは、驚きとなつかしさのあまり妻戸の内へ入れてしまった。いきなり抱きすくめられて狼狽する。

「逢いたかったぞ、式部」

「お、お待ちください、こんな、無体な……」

「なにが無体だ? おれとおまえの仲ではないか」

「なれど、わたくしはもう、高齢にございます」

「そんなことは百も承知だ。だからどうした?」

「どうした、などと……あぁ、おやめください、やめて、恥ずかしゅうございます」

いくつになっても壺井大将は変わらなかった。この身勝手さ強引さに何度、腹を立てたか。が、抵抗を試みながらも、式部は一方で感謝していた。そうでなければ、こうして抱き合うことは未来永劫ありえなかった。今ならわかる。男と女が男と女でありつづけるためには、少なくともどちらかが無体を承知で塀を乗りこえなければならないのだと……。慣れ親しんだ体は、自分の体の一部のようにおもえた。その安心感のゆえか、いつしか式部も負けず劣らず大胆になっている。

「やはりおれたちは生まれながらの番だな」

ひとつになっていた体が離れても、壺井大将は式部を腕に抱いたまま放そうとしなかった。式部の髪を愛しげに撫でる。

「おれもおまえも、もっと早う気づくべきだった。いや、今からでも遅うはない」

「わたくしには夫がおります」

「夫？　ふん、鬼笛なれば、あんなやつ、放っておけ」

「そうはゆきません。あの人は、宮中での戯れの恋なら許す、といっています。なれど本気になったら、ただではすまぬ、と」

たとえ宮中であっても、壺井大将とよりをもどしたと知ったら、鬼笛はだまってはいないだろう。二人は宿敵なのだから。

式部は身ぶるいをした。

「ふるえておるのか。かわいそうに……。案ずるな、おまえはおれが守ってやる」

「わたくしはもう波風をたてとうありません。こうしてお逢いできただけで充分にございます。二度と喧嘩別れをしないよう、このひとときを大切にしましょう」

「おまえは……なにも知らぬのだな」

「なにを知らぬと？」

「そのうち話してやろう。おまえに見せるものがある。さすればすぐにも……ま、今はやめておく。せっかくこうして逢えたのだ。卑劣な男の話で台無しにしとうない」

壺井大将はまたもや式部を抱こうとしていた。四天王の一人、鎮守府将軍、百戦錬磨の豪勇は年齢など感じさせぬほどの体力である。

「あ、ああ、隣りの局に聞こえてしまいます」

そういいながらも、式部は自ら男の体に四肢をからめていた。


二回目の「和泉式部を偲ぶ会」のあと、わたしが真っ先にしたことは、母に頼んで上東門院との面会をとりつけることだった。入内のときから仕えてきた母は老いたりといえども宮中ではいまだに重鎮、上東門院のいちばんの相談相手である。

夫には声をかけなかった。相も変わらず書物に鼻をつっこんでいる夫のじゃまをしないよう、いつものように「上東門院御所」と書いた紙をおいてゆく。

七月、秋たけなわの午後、牛車の簾戸を細く開けて大路をゆけば、涼風と共に沈丁花の香が流れてくる。

江侍従という呼び名のとおり、わたしも昨年まで女房づとめをしていた。母の看病を理由に宿下がりをしたまま、催促がないのをよいことに婚家で気ままに暮らしている。上東門院の御前へ出るのは少々気がひけたが、それもこれも式部の謎を解きたいという気持ちには勝てなかった。それほどまでにわたしをとりこにしてしまうとは、式部はなにを語ろうとしているのか……。

上東門院彰子は、御簾を巻き上げるよう侍女に命じ、わたしの顔をしげしげと見た。親しげな笑みを浮かべ、まずは母の容態を訊ねる。

「今は落ち着いております。このぶんなら近々出仕が叶うかと……早う上東門院さまのお顔を拝見したいと申しておりました」

「それを聞いて安堵しました。あわてず養生するように、と伝えておくれ」

わたしは礼を述べて本題に入った。唐突な問いに上東門院は目を丸くする。

「権納言の日記？　藤原行成どのの日記なれば、ご子息の近江守に返しました。だれがわらわのもとへ？　それは、式部どのです」

今度はわたしが目をみはった。関白か源頼親、二人にかかわるだれかだとおもっていたのだ。頼親が盗んだとしたら、なぜ、式部の手元にあったのか。

「どういうことでしょう？　なにゆえ式部どのが持っておられたのでしょうか」

上東門院は上東門院で、どうしてわたしが驚くのかふしぎそうだった。

「式部どのと行成どのは親しき仲でしたから」

「たしかに。なれどその日記は……いえ、いつのことにございますか、式部どのが日記をとどけてこられたのは？」

「何年前か……時の経つのの速いことといったら……あれは式部どのが大和国へ出立する直前でした。別れの挨拶にみえたついでにおいていったのです」

旅で失くす心配がある。大事なものゆえ上東門院さまに託すことにした。ごらんいただいた上でいかようにもしてほしいと式部は述べたという。

「上東門院さまにご覧いただきたいことが書かれていたのですね」

「行成どのの日記は、政を統べる者にとって、またとない手引きとなります」

「それで……いえ、日記にご不審な点はございませんでしたか」

「欠損した箇所のことをいっているのであれば、そう、式部どのも首をかしげておりました。はじめから破れていたそうです」

「式部どのは、そのことについて、他になにかいっておられませんでしたか」

「いいえ。なにも」

「お別れの挨拶にいらしたのが大和国へゆかれる直前なら、今から七年前、長元二年（一〇二九）の春のことにございますね。式部どのは大江家にも挨拶にみえられました」

「大和国から摂津国、そしてそこで亡うなるまで、式部どのは都へ帰らなかった。それこそが夫婦むつまじゅう暮らしていた証でしょう」

母も兄も似たようなことをいっていた。波乱の半生に終止符を打って、ようやく心静かな、平穏な暮らしを手に入れたのだ、と――。

「式部どのから便りはございましたか」

「大和国や摂津国から季節の品々を贈ってくれました。何年経っても心くばりは変わりませんでしたよ」

むろん、大江邸にも季節の便りがとどいていた。式部は母や兄の好物を熟知していて、いつもよろこばれる物を贈ってきた。とりわけ母への細やかな心づかいは、式部ならではのものだった。ただ、式部が母に歌を贈ってきたことはない。

気になって訊ねたところが、上東門院も歌を贈られたことはないという。

「式部どのが歌の贈答をし合っていたとしたら、どなたにございますか」

「紫式部も弁御許も死んでしまいました。伊勢大輔か、いえ、歌なら相模でしょう。いずれ劣らぬ女流歌人、式部どのとは最後まで文をやりとりしていたそうですし……」

相模は二度の結婚と離婚をくりかえしたあと宮中へもどり、今は一条帝と定子皇后の忘れ形見である修子内親王に仕えている。定子皇后亡きあと上東門院が母代わりになって養育してきた内親王である。

せっかく出かけてきたので、わたしは修子内親王の御所へ行ってみることにした。

相模は、わたしを見るや、なつかしそうににじりよってきた。

「まぁ、式部どのかとおもいました」

親しげに目くばせをされて、わたしはびっくりした。

「縁つづきとはいえ、これまで似ているといわれたことは一度もありません。式部どのは絶世の美女でしたし……」

「あら、似ておられますよ。お美しさはお二人それぞれ異なりますけれど雰囲気は……式部どのも、今のあなたのようなお目をようなさいました」

「わたくしの、目?」

「ええ。なにかにとり憑かれてしまったような目、やさしくたおやかなお人なのに、お目だけは、真摯で一途で、まわりはなにも見えていないような……」

「わたくしはそんな……」

いい返しはしたものの、おもわず噴き出しそうになった。こうして式部の足跡をたどっているのは式部にとり憑かれているからだ。おもいたったら即、上東門院、そして相模まで訪ねてしまうのだから、たしかにまわりなど見えていないのかもしれない。

「相模どののおっしゃるとおりです。わたくし、式部どのにとり憑かれておるのやもしれません。気になることばかりで、そのままにはしておけず……」

相模はうなずいた。

「式部どののことなれば、わたくしもお話ししたいことがございます」

「式部どのは昨年、死去されました。大和国へいらしてから六年、母も兄もわたくしもお会いしておりません。とりわけ摂津国へ移られてからはお体の具合がおわるかったのか、文もとどこおりがちでした。上東門院さまによれば、その間も相模どのは文のやりとりをなさっていらしたと……」

「文でしたら逝去される直前、そう、昨年の賀詞が最後でしたが、たしかにいただいておりました。もっとも、とおりいっぺんの季節の挨拶がほとんどでしたが……」

かつての式部なら、体の具合がわるくて文を認めるのがおっくうでも、むしろ歌だけは詠んでよこしたにちがいない。母によれば権納言や禅閤道長が死去してしばらくはさすがに筆を執る気力もなかったそうだが、一年余りのちに夫の任国である大和国へ旅立つまでのあいだには幾首か秀歌を披露していた。

かぞふれば年ののこりもなかりけり

老いぬるばかりかなしきはなし
かくばかり憂きをしのびてながらへば
これよりまさるものをこそおもへ
いのちさへあらば見つべき身のはてを
しのばん人のなきぞかなしき

もちろんこうした歌は、だれかを追悼するというより、親しい者たちを次々に見送らなければならない老いの身の寂しさを詠んだものだ。歓喜も悲嘆も、孤独であっても、歌にせずにはいられなかった式部――。では晩年の式部は、大和国や摂津国でまったく歌を詠まなかったのだろうか。

「母が歌を贈っても式部どのからの返歌はありませんでした。式部どのらしからぬと案じた兄は使いを送りました。式部どのは御簾内ながら直々にお話をされたそうで、都にあってこその歌、自分はもう都へ帰るつもりはないし、となれば徒(いたずら)に郷愁をかきたてられるようなことはしとうない、と、仰せられたとか」

「江侍従どののお話をうかごうて安堵しました。わたくしも式部どのがどんな暮らしをされていたのか、お心のうちが気になっていたのです。ご自分でお決めになられたことでしたら、なにもいうことはありません」

式部は昔、鬼笛に懇願されて丹後国で暮らしたことがある。そのときは都恋しさに逃げ帰ってしまった。

「人は変わります。女子は歳をとると心細うなるものですから……」

都より歌より夫のそばがよい、とおもったとしてもふしぎはない。

「母も、権納言さまに先立たれたときの式部どのは歌も詠めないほど憔悴していたと話しておりました。都を離れる前につくった歌は悲しい歌ばかりでしたもの」

わたしがそういうと、相模は強い視線を返してきた。

「さようなことはありません」

「え？」

「式部どのは大和国へ発つ直前まで、恋の歌を詠んでおられました」

「まことにございますか」

「ええ、たしかに。たとえば……」


いくかへりつらしと人をみくまののうらめしながらこひしかるらん

「あなたの冷淡さを何度も恨めしくおもいましたが、それでもやはり恋しくて……」

おのが身のおのがこころにかなはぬを
おもはばものをおもひ知りなん

「あなたもわたくしも、おもうようにはいきませんね。でもこの胸のおもい、どうか、わかってください」

相模はわたしに、式部が大和国へ行ってしまう前の一、二カ月のあいだに詠んだという歌を聞かせてくれた。切実で熱いおもいがあふれた恋の歌だ。恋をしていない者に、はたしてこんな歌が詠めようか。

「実は当時、ある殿方と噂があったのです」

わたしははっと目をみはった。先日、左衛門尉が「式部の最後の恋」について話していた。あれはもう少し若いころの話だとおもっていた。少なくとも権納言が死去する以前の……。でも、そうではなく、都を離れる直前のことだとしたら……。

「噂だけ、だったのですか」

「わたくしはそうはおもいません」

「では、お相手がだれか、当ててみましょうか。壺井大将」

「まぁ、江侍従どのもご存じだったのですね」

「いいえ。当てずっぽうです。だって壺井大将と式部どのは何度となく噂をたてられていましたし、他にはおもいつきませんもの」

「お二人は本気だった、とわたくしは思います。少なくとも最後のときは」

「それなら、式部どのはなぜ壺井大将との恋にまたもや見切りをつけて、大和国へ行ってしまわれたのでしょう？」

「ですから行く末が心細うなられて、やはり夫のそばにいるのがいちばんだとかんがえたのではありませんか。女にはようあることです。それにね、恐ろしゅうなられたのかもしれません。壺井大将は強引で身勝手な上に、鬼笛大将とは犬猿の仲でしたから」

「では、波風がたたぬよう逃げだした、と？」

相模が答える前に首を横にふっていた。

「逃げたりするものですか、式部どのが恋から。皆さまは式部どのが浮かれ女で次々に新しい恋をしていたようにおっしゃいますが、ほんとうは、横槍を入れられたり、死によって引き裂かれたり……不運にも恋を失い、そのたびに未練を歌の中に棄ててまた次の恋にむかっていかれたような気がするのです。もちろん、これはわたくしの勝手なおもいこみかもしれませんが……」

ついむきになって熱弁をふるってしまったことに気づいて、わたしは頬を赤らめる。それでも、確信はゆるがなかった。

三十

「おれはなんという大阿呆(おおあほう)か。おまえなしで生きてゆけるとおもっていたとはな。むだにした月日をおもうと口惜しゅうてならぬわ」

「喧嘩別れなどしないでずっといっしょにいればよかった、という意味でしたら、それはちがいます。あのころいっしょに暮らしていたら、とうに愛想を尽かして、今は憎み合(お)うていましたよ」

「たしかに。おれもおまえも変わった」

「ええ。荒波をくぐりぬけてきましたもの」

「これからはおれが守る。波間から助けだしてやるゆえ心配するな」

式部は壺井大将に抱かれていた。壺井大将の胸は広く厚く、抱かれているとほんとうに怒濤から逃れ、安全な岩場へ避難したようにおもえてくる。むろん現実はそう容易ではなかったが――。

壺井大将と契り合ったのは昨年末である。いくらもしないうちに大和国から鬼笛が帰ってきた。年始は宮中の行事が切れ目なくつづく。式部は鬼笛に壺井大将との密事が知られはしないかとはらはらしたが、幸いなことに、鬼笛はいつもと変わりなくひと月ほどして任国へもどっていった。

一方、壺井大将は春の除目で甲斐守に任じられた。道長の死後は国司の職を解かれて都へもどり、この一年余は関白頼通の命ずるまま都や周辺の治安維持にあたってきた。ふたたび国司の地位を得たのはなによりの吉報、しかも甲斐国は麻のごとく乱れているため、勇猛果敢な国司は必須である。壺井大将は大いに溜飲(りゅういん)を下げていた。

「式部。おまえとはもう離れんぞ」

甲斐国へいっしょに行ってくれという。これまでは誘われるたびに断ってきた。都にいたかったからだ。今は都より恋人。

「わたくしとてそれは……。でも、夫が許すとはおもえません」

「あやつがどんな男か、わかっておろう」

「わたくしは八つ裂きにされます」

「それゆえおいてはゆけぬのだ。おまえが二の舞になるのではないかとおもうと心配で、甲斐国へいっても生きた心地がせぬわ」

「わたくしもおもえばおもうほど……それにしても、なんと長いあいだ、なにも知らずにいたのでしょう。一度も疑ってみなかったなんて……」

式部は身をふるわせた。怒りと恐怖がないまぜになっている。壺井大将から権納言の日記を見せられたときの衝撃は、生涯、忘れないだろう。驚きのあまり、しばらくは息もできず、見慣れた権納言の文字を凝視していたものだ。

許すものか——。

はじめは大和国へとんでいって日記を見せ、鬼笛をなじってやりたかった。が、そんなことをしたところで、鬼笛は痛くも痒くもないだろう。独りで報復できるはずもない。

式部は胸を鎮めることにした。鬼笛とはもう夫婦ではいられないとおもったが、ともあれ今は慎重を期す必要があった。急いては事を仕損じる。年始に顔を合わせたときも、式部は平静をよそおい、数々の行事で妻の役目をまっとうした。

鬼笛が大和国へ帰った今こそ、心を決めるときである。

「おれはすぐにも出立せねばならぬ。彼の地の状況を見きわめ、準備をととのえた上で、迎えを送る。道中は屈強な者たちに警護させるゆえ、心配はいらぬ」

甲斐国へ入ってしまえば鬼笛も手を出せない。地団太を踏んでも後の祭りだ。壺井大将の自信に満ちた言葉に、式部もようやくうなずいた。

「わたくしも覚悟を決めます。なれど、わたくしがあなたのところへゆくとわかれば、むこうも黙ってはいないでしょう。どこに目があり耳があるか。必ずや横槍を入れてくるはずです」

「うむ。悟られてはまずい。ぎりぎりまで隠しとおさねばならぬが……」

そうはいっても仕度がある。着の身着のままとはいかないし、二度と都へもどってこられないかもしれない。別れを告げたい人々もいた。

「よいことをおもいつきました。わたくし、夫の任国へおもむくことにいたします。上東門院さまにはこれまでの御礼(おんれい)を申し上げとうございますし、大江家の者たち、とりわけ義母(はは)とは別れを惜しみとうございます。勘解由小路の実家には、今では姉一人しかおりませんが、姉と共に亡父亡母の思い出話をしとうございます。宮中の皆さまがたにもきちんとご挨拶をしてから……」

「大和国へむけて出立する。途中から道を変更して甲斐国へ参るわけか」

それなら堂々と出立できる。大和国で待っている鬼笛が、いつまで経っても到着しないのでおかしいとおもいはじめたころにはもう甲斐国へ到着しているはずだ。

「なるほど。これは妙案。では五条のあたりで迎えを待たせて……」

「洛中は人目があります。わたくしは、かねてより石清水八幡宮(いわしみずはちまんぐう)へ参拝しとうございました。甲斐国へいってしまえばその機会ものうなります。八幡宮でお待ちいただくのはいかがでしょう?」

遥か昔、亡き太皇太后と仏事に励んでいたころ、書写山の性空上人に教えられた。八幡大菩薩は阿弥陀如来の化身だから冥き道を照らす一条の光になるはずだ……と。いざ都を離れるとなれば、太后の墓所である岩倉陵や帥宮ゆかりの石山寺など、名残りを惜しみたい場所がいくつかあった。が、そこまですれば、夫の任国へゆくだけなのにまるで今生の別れのような……などと邪推をされかねない。その点、石清水八幡宮なら多少まわり道になっても大和国とおなじ方角だから、疑念を抱かれる心配はないはずだ。

「よし。八幡宮にて迎えを待たせておく。甲斐国まではなにがあっても無事おつれいたすゆえ、心配は無用じゃ」

「娘が亡うなり、次々に縁者も亡うなって、都も寂しゅうなりました。わたくしは一日も早う甲斐国へゆきとうございます」

「野蛮な土地と聞くゆえ、意にそわぬやもしれぬが……」

「あなたといっしょなら、かまいません」

「式部。その言葉を聞くまでに三十年以上もかかったぞ。これよりは一日とてむだにすまい。この年齢になって真の恋にめぐりあおうとは……」

「幼い日に多田荘で会うたときから数えれば、四十年かけて実った恋にございます。わたくしには、これが最後の恋……」

二人はもう一度、いたわりをこめて抱き合った。

長元二年、闇の中に梅花の香りがたちこめている。

気ばかりが逸っていた。次に為すべきことがなにかはとうにわかっていたし、上東門院と相模に面会した今は、もうそれしかないことも重々承知していた。ぐずぐずしていれば新帝の名のもとにはじめての除目が行われて、壺井大将も新たな任国へおもむいてしまうかもしれない。なんとか都にいるうちに……と焦りながらも腰がひけてしまうのは、鎮守府将軍の称号や甲斐国の反乱鎮圧など輝かしい武勇に圧倒されているからだろう。

わたしはやむなく夫に助力を請うことにした。壺井大将の機嫌をそこねようものなら小指の先でひねりつぶされそうな夫ではあったが――しかも礼儀知らずの夫は他人の機嫌をそこねる名手でもあるのだが――それでも一人より二人、枯れ木も山のにぎわいである。

「壺井大将に会うだと？　いったいどこからそんなかんがえが湧いてくるのだ？」

三度目にようやく書物の山から顔を上げて、夫はあきれはてた顔でわたしを見た。

「この頭からです。あなたのように古今の漢詩や歌が詰まっていないぶん、次々に知りたいことが浮かんでくるのですよ。とりわけ式部どののこととなれば……」

「式部どのは亡うなられた。今さらなにを知ることがある？」

「柿本人麻呂だってとうに死んでおります」

夫は空咳をした。

「ああいえばこういう……」

「大江家の家風にございます」

「わかったわかった。で、会うてどうするのだ？」

「先日、左衛門尉さまが、式部どのの最後の恋人は壺井大将だったと仰せでした。相模どのもさようにいうておられました。それなのに式部どのは、壺井大将と別れて夫の鬼笛大将のもとへいってしまわれた。お二人のあいだになにがあったのか、と」

「訊くまでもないわ。喧嘩をしたに決まってる。あのお二人は昔からくっついては離れ、離れてはくっつき、性懲りものう噂をたてられておったではないか」

「でも壺井大将は、式部どのの死に悔やむところがあると仰せられたのですよ。だったら、その訳を……」

「ふん。今や坂東武士(ばんどうぶし)の頭領と謳われる鎮守府将軍のところへ出かけていって、式部どのとどんな喧嘩をしたのですか、と訊くつもりか」

「権納言さまの日記のこともあります」

しぶる夫を説得できたのは日記のおかげだろう。書物に敬意の念を抱く夫は、日記を破るという行為が許せなかったようで、なぜ嘆かわしい事態が出来したのか知りたくなったようだ。

しぶったわりにやることは早かった。夫は左衛門尉に頼みこんで壺井大将との面会をとりつけてくれた。わたしたちが壺井大将の邸宅を訪ねたのは、八月の終わりである。

壺井大将は、見るからに迷惑そうだった。式部のことで……といわれたので好奇心も手伝って、しかたなしに面会を許したのだろう。鋭い目でぐいとにらまれて夫はしゃっくりをした。わたしは恐れ気もなく——ほんとうは脇の下に冷や汗をかいていたがそんなことはおくびにも出さず——壺井大将の目を見返した。するとその目が驚いたように見開かれた。険しさはたちどころに消えて、深い悲しみがにじみ出る。

「式部……そなたが式部なれば……姪御(めいご)というたか」

「そのようなものにございます」

「わしになにを訊きたい？」

「式部どのと最後に逢(お)うたときのことにございます。喧嘩別れをなさったときの……」

よけいなことを訊くなと怒鳴りつけられるかとおもったが、壺井大将は眉をひそめただけだった。

「喧嘩別れ？　そんなものはしとらん」

「でも、式部どのはあなたさまと別れて大和国へいってしまわれました」

壺井大将の顔に今度こそ怒りの色がひろがった。

「騙されたのだ、あの女にッ。いや、心変わりしたんだろう。いやいや……ずっとそうおもうてきた。腹を立てもした。が、そうではなかったのやもしれぬと、近ごろおもうこともある。今さら知りようもないことだが……」

「式部どのはもしや、なにもいわずに大和国へいってしまわれたのでしょうか」

わたしは言葉を選んで、静かな声で訊いてみた。

「だれにも申しません。わたくしはただ式部どののことが知りたいだけにございます。ですからどうか、ほんとうのことをお教え下さい」

おなじことを今一度、訊ねると、壺井大将は頭を抱えた。

「ちがう、ちがう。約束をしていた。式部は大和国ではのうて甲斐国へ来るはずだった。手筈はすべてととのっていたのだ。打ち合わせどおり迎えを送り、石清水八幡宮で待たせていた。ところが式部は……式部は約束を違えて大和国へいってしまった」

「八幡宮へは立ち寄らずに？」

「そうだ。街道をまっすぐに下ってゆくのを土地の者たちも見ている」

迎えの者たちは探索をして、式部の行列が大和国へ到着したところまでたしかめた。

約束を反故にされたと知った壺井大将は落胆し、人一倍誇り高い男であっただけに式部への怒りをつのらせた。式部からは以後、言い訳の文ひとつ来なかったという。

「今にしておもえば、言伝ひとつなかったのはおかしい。鬼笛に知られて脅されたあげく泣く泣く大和国へいったともかんがえられる。生きておるうちに、なんとかして、真意を聞きだすべきだった……」

八年の歳月があった。が、これまで何度も喧嘩別れをしている。誘いを拒否されたことも何度あったか。だから壺井大将は式部が約束を反故にしてもふしぎともおもわず、打ちのめされ立腹したまま、式部を呪詛して生きてきたのだという。

「甲斐国はとんでもないところだった。破れかぶれになって死ぬ気で乱を平定した。それができたのも、式部への怒りという後押しがあったせいやもしれん」

壺井大将はほろ苦く笑った。

「ええと、日記のことを、お教え願いたく……」

唐突に夫が口をはさんだ。

「なんの日記だ？」

またもやにらみつけられてたじたじとしたものの、今回は夫もふんばった。

「権納言さまの日記にございます。式部どのが出立なさる際、上東門院さまにとどけていかれたという……」

「おう、あの日記のことなら後年になって知った。肝心のところが破かれておったとか。式部も出立の直前までは気づかなかったはず。それでますます式部の裏切りがはっきりした。したとおもったのだ。式部は出立間際に気づき、恐怖に襲われた。悩んだ末、このわしを棄て、夫をかばうことにしたのだろう、と。わしは式部が破いたとばかり……」

「式部どのが日記を破いたと？　権納言さまの大切な日記を？」

わたしはおもわず身を乗りだしていた。どうあっても、それだけは納得できない。

壺井大将はため息をついた。

「あのときはそうおもってしまった。今はそれも……いやいや、わからん」

わたしは夫を見た。夫もわたしを見ている。夫がうなずいたので、わたしは深く息を吸いこみ、一気に訊ねた。

「破かれていたという箇所にはなにが書かれていたのですか」

一瞬の沈黙のあと、壺井大将は答えた。

「死期を悟った禅閤さまは、自らの悪行を告白し、御仏に許しを請うた。その中には、鬼笛をつかって為した所業もいくつか含まれていた。が、禅閤さまは、これだけはわしの下命ではないと泣いたそうな。帥宮を殺害したのは、自分の下命ではなかった、と……」

　家へ帰っても、わたしと夫はしばらく放心していた。

　どこか遠いところへ来てしまったような気がする。あまりに恐ろしくて、現のこととはおもえない。わたしをここまで導いたのは式部の魂ではないか。蛍のようにあえかな光でわたしを闇の中へ誘いこんだ……。

　式部は、自分の夫が最愛の帥宮の命を奪い、やっとのことで手に入れた幸せを粉々に砕いた悪の権化だと知った。さぞや驚愕したはずだ。鬼笛に憤り、気づかぬまま夫婦になってしまった自分自身にも腹を立てたにちがいない。そんな式部が、鬼笛の悪事を隠すために日記を破くことなどありえようか。それだけは断じてないと、わたしは確信していた。

　夫もおなじ意見だった。もっとも夫がそうおもうのは「あれだけの歌を詠む人が日記を破くことはない」という、いつもながらの直観によるものではあったが……。

「式部どのでないなら、だれが破ったのでしょう？」

　日記は式部のところにあった。壺井大将の話では年末に式部に渡したそうで、翌年の春には式部が自ら上東門院のもとへとどけている。その間に日記を手にすることができた者といえば……年始に都にいた鬼笛――。

「鬼笛大将だとしたら、式部どのはそのあと、どんな顔で話をしたんだろうな」

「式部どのは絶対に鬼笛を許さなかったはずですよ」

「しかし大和国へいったじゃないか。摂津国へもついていった。夫婦は仲むつまじく暮らしていたんだ」

「仲むつまじいとはかぎりません」

「少なくとも、ふつうの暮らしをしていた。都の知人に季節の便りを送っていたし、大江家の使いとも和やかに四方山話をした。都へ逃げ帰ろうとはしなかった」

「わたしもそこが……あーあ、真相を知るのは鬼笛大将だけ、ということですね」

わたしたちはいつも、そこで行き詰まってしまう。もちろん鬼笛に訊くのがいちばんだ。鬼笛も都に帰っているのはわかっていたが、まさか、のこのこ出かけていって「式部どのに帥宮を殺害したことを知られたあと、夫婦の仲はどうでしたか」などと訊けるはずもない。訊いたところで答えが返ってくるともおもえなかった。

そうこうしているうちに九月になった。夫は漢詩好きの仲間たちと石清水八幡宮へゆくという。年に何回か催している吟遊会のひとつだが、わざわざ石清水八幡宮を選んだのは夫らしい。参拝したからといってどうなるものではないにせよ、どうせなら、式部が都を離れる名残りにぜひ立ち寄りたいと願っていた場所へ行ってみたかったのだろう。

「立ち居ふるまいに気をつけてくださいね。喧嘩はだめ。御酒はすごさぬように。これ以上、悪評が立ったら、わたくしも娘も恥ずかしゅうて宮仕えができません」

いわずにはいられなかった。右の耳から左の耳へぬけるだけとわかっていても。夫を送りだしたあと、わたしは大江邸へゆくつもりでいた。が、思案の上、とりやめにした。わたしのことだから、母や兄と顔を合わせれば、これまでの経緯を話したくなるにちがいない。帥宮の一件はあまりに衝撃的で、それでなくても式部の死の悲しみから立ちなおれないでいる母の耳に入れてよいものかどうか。わたし自身、心を落ちつけるには今しばらく時が必要だった。

夫の部屋にあった「和泉式部集」を持ちだして放出へ出た。風よけの屛風を立てまわして、そのうしろで脇息にもたれ、式部の歌を詠みふける。

「江侍従さまはおいででしょうか」

わたしはくしゃみをした。うたた寝をしていたらしい。

庭先に小舎人童が立っていた。数少ない仕丁や雑色は夫に随行して出かけてしまったものの、門番や厨番（くりやばん）は残っている。だれにも見咎められずに入り込めたということは、垣根のどこかが破損しているのだろう。甲斐性のない夫をもつとこういうことになるのだと舌打ちをしながらも、わたしは居住まいを正した。

「わたくしが江侍従ですが、なんの御用でしょうか」

「摂津守保昌さまが、三条の邸宅へ急ぎお越しいただきたいとの仰せにございます」

「摂津守……鬼笛ッ。鬼笛大将、もしや藤原保昌さまのことですか」

びっくりして屛風を倒しそうになった。

「鬼笛……摂津守さまは……わたくしをご存じなのですか。いったいなんの……」

「日記についてお話がしたいそうにござります。さよう申せばおわかりになられるはずだと……。実は、わがあるじは病の床についております。容態が悪化し、明日をも知れぬ御命（おいのち）ゆえ、今をおいてお話しする機会はあるまい、彼岸へ持ってゆくには荷が重すぎるゆえぜひとも聞いていただきたいと……そう伝えてほしいと仰せにござりました」

わたしはざわめく胸を鎮めようとした。

鬼笛大将はおそらく、上東門院の周辺のだれかから、わたしが日記について訊きまわっていると耳にしたのだろう。地獄を恐れるのは人の常だ。死の床にある鬼笛も、禅閤道長がそうであったように、生前の罪業を告白して地獄を逃れようとしているのではないか。

鬼笛と対面するとおもっただけでふるえがきた。が、昨年、死去するまで、式部は鬼笛と夫婦だったのだ。胸の奥にどんなおもいを秘めていたにせよ、いっしょに暮らしていたのは事実だった。その式部に先立たれて鬼笛は悲嘆に暮れ、気弱になって、式部には打ち明けられなかった罪をだれかに聞いてもらいたいとおもいついたのかもしれない。八十になろうという今、しかも病に蝕まれている老人に若き日の猛々しさはないはずだ。

「表に牛車を待たせております」

「わかりました。仕度をして参ります」

わたしは身なりをととのえ、見舞いにふさわしいものがないかとあたりを見まわした。凝り性の夫が「梅花」「落葉」「侍従」といった従来の香では飽き足らず「源氏物語」の匂宮（におうのみや）の薫物（たきもの）を再現しようとして失敗、放りだしていた練香を間に合わせの見舞いの品にすることにした。布に包んで袖に入れる。あわてていたのでうっかり忘れてしまうところだった。紙に「鬼笛大将の三条邸」と認めて夫の部屋へ入れ、門番には「出かけてきます」とだけいって牛車に乗りこむ。

鬼笛大将の三条邸は、式部がしばしば宿下がりをしていた邸宅だ。小式部もここで出産し死去している。わたしも訪ねたことがあった。長年、国司を歴任している鬼笛は都でも有数の富豪だから、邸宅にも豪奢な調度や装飾品があふれていた。広々とした庭園も丹精されていて、この季節、築山や池のまわりには秋の草花が咲き群れている。

わたしは対舎のひとつにとおされた。廂間におかれている繧繝縁の畳に座って身舎を覗くと、身舎の真ん中におかれた帳台の上に鬼笛大将が仰臥（ぎょうが）しているのが見えた。

痩せて頬のこけた、ひと目で病とわかる土気色をした老人だが、決して小柄ではなく、かつては隆々とした偉丈夫であったことを如実に物語っている。

鬼笛は、それだけは老病とはおもえない鋭い目で、わたしを見た。

「江侍従にございます。お話があるとうかがい、駆けつけましてございます」

「大江の娘か。呼び立ててすまなんだ。近う」

わたしは身舎へ入った。話が話なので人払いをしているのか、他にはだれもいない。

「なるほど。式部によう似ておるのう。以前に会うたか」

「ご挨拶だけは……と、申しましても、まだ幼いころにございます」

「多田荘ではじめて会うたとき、式部もまだ女童だった。盗賊の身内と蔑まれておったわしに、怖がりもせず、親しゅう話しかけてくれた。多田の息子どもは皆、御許丸を掌中の珠のごとく愛しんでおったが……どうだ、見よ、手に入れたのはこのわしだ」

鬼笛大将は式部の昔話をしたかったのか。わたしが式部にとり憑かれてここまで来てしまったように、鬼笛も長い歳月、式部にとり憑かれていたのだろう。式部を得るために帥宮を手にかけ、式部を奪われないように大和国へつれ去った。そうまでしても式部をわが物にしておきたかったのだ。

鬼笛はひとしきり咳込み、鎮まるのを待ってふたたび話しはじめた。

「日記を破ったのは、そう、わしだ。多田の頼親めが権納言から日記を盗んだのは、それを手柄にして摂津守に任じてもらおうと企んだからだ。関白は一蹴した。で、弟にくれてやった。となればあやつら兄弟はわしの宿敵、早晩、わしを脅しにかかるか、式部に見せるか。おもったとおり、式部の手に渡ってしまった」

「式部どのは日記を読んで、あなたが帥宮さまにしたことを知ったのですね。破かれていることに気づいたときは、どんなに驚き、身を凍らせたか。あなたは式部どのを脅したのですか。大和へ来なければ恐ろしいことが起こるといって脅したのでしょう。それでむりやり……」

「脅したりするものか。式部はなににも代えがたい宝だ」

「でも、式部どのは……」

「夫の任国へ旅立った。わしは式部を迎え、悩むことも苦しむことも悲しむこともない、永久の平安を与えた」

　起こしてくれ、と、鬼笛は両手を泳がせた。その動きは弱々しく、両眼の光も消えかけている。一瞬、とまどったものの、膝行して鬼笛の体をささえようとした。

　そのときだ。おもいもよらぬことが起きた。悲鳴をあげる間もなく、死にかけていたはずの老人に突き倒され、組み敷かれていた。眼前に白髪をふりみだした、しなびた顔がある。生臭い息が吹きかかった。枯れ枝のように見えた指が、予想外の力でわたしの首をしめつける。必死にあがいて逃れようとした。こんなところで死んでなるものか。わたしは足をばたつかせる。口を開けてけんめいに息をしようとする。顔が燃え、目の中で火花が散る。苦しい……息ができない……頭が朦朧としてきた……。

式部は、自分の喉に当てられた鬼笛の武骨な指が徐々に力を増し、ぐいぐいと食いこんでくるのを感じていた。こうなることはずっと前からわかっていたような気がする。冥い道の先に待っていたのは、そう、「死」だったのだ。太后や帥宮や小式部や道命や権納言が待っている場所へゆくことに不満はない。むしろ飛んでゆきたい。けれどひとつだけ、死んでも死にきれないことがあった。

帥宮を殺害した男が罰も受けずに生き延びることである。自分のおもいが、まぎれもない真実が、闇に葬られてしまうことだけはなんとしても……。

朦朧としてきた頭で、式部は祈った。

——ああ、だれか、この仇をッ。

大江邸の泉殿から見る庭は紅葉まで黄昏色に染まって、幽玄な晩秋の夕景色である。

池の中島の反橋では、夫と兄が鯉に餌をやっていた。夫は千鳥文の狩衣に指貫、兄は笹竹文の狩衣に指貫、松葉色と桔梗色の袖がひらひらと舞い、顔を寄せて話をするたびに烏帽子がぶつかりそうになる。兄は適量をまんべんなく撒いていた。夕陽にきらめきながら餌が散り落ちると、その下の水面に黒い影がさーっと広がる。一方の夫ときたら、いちどきにバサッと投げ入れてしまい、手持ちがなくなって兄からもらっていた。なにをやっても手際のわるい男だと苦笑しつつも、わたしはその夫から目を離せない。

この際、礼儀知らずのいいたい放題でも、書物づけの役立たずでも、ぱっとしない万年中宮亮でも、文句はいうまいと胸に誓っている。なぜなら、夫はわたしの命を救ってくれたのだから。夫が見つけてくれなければ、わたしはだれにも知られぬまま息絶えていたかもしれない。

あの日、意識がもどったときは闇の中にいた。手足を動かそうとしても堅いものに当たって伸ばすことすらできない。首も重くて持ち上げられなかった。片方の頬が床に押しつけられている。手足を折り曲げたまま横たわっているらしい。

頭が痛い。吐き気がした。放心しているうちに少しずつ記憶がもどってきた。鬼笛……そう、鬼笛だッ。突き倒され、首を絞めあげられた……。

ここはどこだろうとかんがえ、わたしはぞっとした。長持の中か。いや、銅櫃か。

両手のひらを上向けて力いっぱい押し上げようとしても、蓋はびくともしない。

　鬼笛はわたしが死んだとおもって――息があろうがなかろうがどのみち死ぬと見越して――ここへ投げ入れたのだろう。櫃がおかれているのは塗籠か。人目につかないときを待って、家来に亡骸をどこかへ棄てさせればよいだけのこと。鬼笛を疑う者はいない。

　わたしには今や、式部のたどった道が見えていた。その先にあったものがなんであったのかも。そして、そのおなじ道を自分がたどっていることにも気づいていた。わたしの目の前にあるのは「死」だ。絶望に苛まれた今ほど、式部を身近に感じたことはない。

　どれくらい時が経ったのか。ぎりぎりと音がした。音はいったん止み、しばらくして今度はぎぎぎと大きな音がした。蓋が持ち上げられて、いちどきに大量の光が降ってくる。わたしは頭上を見上げて目をしばたたいた。

「あッ、うッ、おおおッ……生きてるッ」

　感きわまった声がした。と、夫がすさまじい勢いで櫃の中に飛びこんできて、わたしにおおいかぶさった。

「い、いたた、いたいッ。ねえ、い、息が、息ができませんよ」

　わたしの言葉など聞いてはいない。わたしを抱きしめ頬ずりして、夫はおいおいとむせび泣いた。

「男のくせに泣くなんて……」

ふっともらしたわたしの言葉を、母は聞き咎めた。

母も脇息にもたれて、反橋の上の夫と兄をながめている。

「だれが泣いたのですか」

「いえ……あの、夫です。まったくだらしがないったら」

「泣ける心をもっている、というのはよきことですよ。情の深いお人なのでしょう」

「情だけでは出世できません、礼儀正しさと忍耐強さがないと」

聞こえるはずもないのに、夫はこちらをふりむいて片手をふりまわした。つられて片手を上げかけてやめ、わたしは「童みたいに」とつぶやいた。

そうはいっても、軽侮しているわけではない。

童のような夫は、わたしに負けず劣らず好奇心のかたまりだった。石清水八幡宮へ行ったその足で、夫は摂津国の国司の館を訪ねた。そこで鬼笛の子供たちに会った。七歳の男児と妹で、大和国から摂津国へ移ったのち、昨年、母を病で喪ったという。ではその母は式部か、式部に子がいたのかと夫は色めきたったものの、よくよく聞いてみれば子供たちの母は式部とは明らかに別人だった。夫は念のため、大和国にいたころから仕えていたという雑色たちに訊いて歩いた。が、やはり式部らしき妻を見た者は一人もいなかった。子供たちの母は、元は式部の侍女で、大和国へやってきてすぐに式部が死去したため妻の役をつとめるようになった、ということらしい。

式部は、七年以上も前に死んでいた――。

夫は驚愕すべき事実を一刻も早くわたしに知らせたくて、大急ぎで都へ帰った。が、わたしは留守だった。妻のすることになどいつもは関心をもたない夫がわたしの走り書きに目を止め、血相を変えて鬼笛の三条邸へ駆けつけたのは虫の知らせだったとしかおもえない。ところがわたしの姿は見当たらず、鬼笛はなんと死去したばかりだった。読経の声が邸宅をつつみこむそのなかで、夫はわたしを捜しまわった。ここにはいないとあきらめかけたとき、自分が調合した練香の匂いに気づいた。塗籠からもれてくる。それは銅櫃のかたわらにころがっていた。わたしを投げ入れる際に落としたものだろう。病をかえりみずに渾身(こんしん)の力をふりしぼった鬼笛がそれからまもなく力尽きてしまったので、だれにも気づかれないまま、夫が見つけてくれるのを待っていた、というわけだ。

「あ、危ない」

夕暮れで足下が見えにくかったのか。橋を下りかけて、夫はあわやすべり落ちそうになった。母とわたしは同時にあっと身を乗りだす。兄がすかさず腕を支え、夫は難をまぬがれた。こちらを見て照れ笑いを浮かべた顔はなんだか滑稽で……。

「ああ、よかったッ」

安堵の声をもらしたところで、わたしは大仰に眉をひそめる。

「腰の骨でも折ろうものならこちらまで大迷惑。どうしていつもああなのでしょう」

「ほほほ、たまにはやさしくしておあげなさいな。光陰矢の如し。いっしょにいたいとおもったときはもういない……珠玉の時間を大切にしなければ」

母はそういうと、和泉式部の歌を小さな声で暗誦(あんしょう)した。

　夕暮れはさながら夢になしはてて
　闇てふことのなからましかば

《主な参考文献》

『和泉式部』山中裕　吉川弘文館
『和泉式部』馬場あき子　河出文庫
『和泉式部日記　和泉式部集』新潮日本古典集成　野村精一校注　新潮社
『日本の恋の歌　恋する黒髪』馬場あき子　角川学芸出版
『和泉式部日記』近藤みゆき訳注　角川ソフィア文庫
『田辺聖子の古典まんだら（上）』田辺聖子　新潮社
『藤原行成』黒板伸夫　吉川弘文館
『藤原道長の日常生活』倉本一宏　講談社現代新書
『散華　紫式部の生涯（上・下）』杉本苑子　中央公論社
『王朝びとの生活誌「源氏物語」の時代と心性』小嶋菜温子・倉田実・服藤早苗編　森話社
『源氏物語の時代　一条天皇と后たちのものがたり』山本淳子　朝日選書
『王朝生活の基礎知識　古典のなかの女性たち』川村裕子　角川選書
『王朝貴族の悪だくみ　清少納言、危機一髪』繁田信一　柏書房
『かぐや姫の結婚　日記が語る平安姫君の縁談事情』繁田信一　ＰＨＰ研究所
『呪いの都平安京　呪詛・呪術・陰陽師』繁田信一　吉川弘文館
『庶民たちの平安京』繁田信一　角川選書
『道長と宮廷社会』日本の歴史第６巻　大津透　講談社
『評釈平安日記文学　解釈と文法』山岸徳平　旺文社
『王朝の社会』大系日本の歴史４　棚橋光男　小学館
『王朝貴族物語　古代エリートの日常生活』山口博　講談社現代新書
『平安朝の女と男　貴族と庶民の性と愛』服藤早苗　中公新書
『平安朝の母と子　貴族と庶民の家族生活史』服藤早苗　中公新書

解　説——エトスの闇

中西　進

一

すこし迂遠なことから始める。

かねてわたしは、『竹取物語』だの『伊勢物語』だの、いわゆる物語と称する文芸のジャンルが、なぜ平安時代に流行したのか、その正体をふしぎに思ってきた。

このふしぎは『源氏物語』にきわまる。あんなに尨大な作品が書かれ、もてはやされ、後のち大流行をしたのには、よほどの理由がなければならないはずだ。

作者、一人と限らなければ作者たちに、それなりの根拠がなければ、あれだけの作品を書く気にはならなかっただろう。

そして読者が、今日に到るまで衰えないことも、思えばふしぎなことだ。

ではなぜか。

こんな、他愛もないことを何十年も考えているわたしも、大変な閑人だと自認するが、結論からいうと、日本人はいつまでもどこまでも、「もの」が捨てられなかったのだと、思う。

わたしにいわせれば、「もの」とはそもそも縄文人に取り憑いていた霊だ。もう何千年も前のことになる。

日本人はその後、弥生人によって「かみ」を知りインドから「ほとけ」を迎え入れたが、しかしその六世紀の頃にも「ほとけ」を激しく拒否しようとしたのは物部氏、すなわち「もの」を信奉する一族だった。神を祀っていたのは中臣氏だったのに、日本では神vs.仏という争いは、起こらなかった。

だから仏教があまねく浸透した平安時代にも、貴族たちは仏を拝みながら、一方で蠢いてやまない身中の「もの」を畏れることとなった。

この「もの」をやどす人間が仏によって救われるという構造をもつ典型が、わたしは能だと思っている。平安人の心の構図の延伸として、演能という立面図があるのだろう。

人間が心にやどす何者かの働き——「もの」は、縄文人だけの持ち物ではなかった。だから「かみ」も「ほとけ」も、これを駆逐することはできるはずはない。いや、今日でさえ、お化けなどとおどけてみせても、「もの」を消し去ることはできない。

話が長くなったが、この「もの」をこそ、まじまじと見つめた時代が平安期だった。平穏の世が人びとに愛欲の情念を見つめさせ、情の文化の完成へと時代を向かわせたからだ。文字も、情報の記号から流麗をきわめる美の対象となり、巻物によってことばが時間まで語り得るようになって多くの「もの」語りが誕生した。

騙る――このこともすばらしい。「もの」の正体など、どのみち正確にわかりはしない。先ほども書いた、「お化け」と。さらにいえば「物の怪」なのだから、騙る――うまくだますことしかできないし、聞く人も半信半疑で真実だとは、思ってくれないはずだ。

さあそこで、もう一つ重大なことがある。

騙るとなると、よほど醒めていなければならない。どっぷりと物の怪の中に入り込んでいては、人をだますことはできないだろう。

だから物の怪となったのが六条の御息所で、彼女が巧妙な語り手になることはない。騙り手には、知も理もあった、ということになろう。

歴史をふりかえってみると、このような文芸の徒は、やはり平安時代を待たないと出てこないだろう。そして就中、紫式部と呼ばれた人の出現が十分納得できる。あの、恐るべき『源氏物語』などという巨篇は、どう考えても騙り手の作品だ。「もの」の率直な歌い手では不可能だっただろう。

二

さて、このように一見無関係なことを書き出したのは、諸田玲子さんの『今ひとたびの、和泉式部』を読みながら、以上のような通奏低音を聴いていたからだったが、じつはわたしはこの本を手にした時、正直、気のりがしなかった。「またか？」という思いが湧いたのである。

「またか」とは。史上の有名人物をとり上げて再話するスタイルの小説が、今や巷間(こうかん)にあふれている。少々食傷気味で一向に読む気にならないというのが、正直なところだ。

その上、和泉式部というのが、またいけない。この古典歌人を素材とする書物は、往々にしていくつかの和歌をとり上げ、それを鏤(ちりば)めながら、生涯ないしは事件を語るというのがパターンなのだ。ブルータスではないが、「お前もか」といってしまうことが多い。

ところが、この小説が一風、変わっていることにすぐ気付いた。

冒頭からケイ線の下に一段下げた本文が示され、それは江侍従(ごうじじゅう)と通称される、和泉式部と同族の女性を「わたし」とする。そして彼女は以下に現われつづけ、式部が主体の本文と錯綜(さくそう)し、式部の死後にまで及びつづける一つの軸となる。

明らかに、騙っているのである。そうであろう。いくら主人公を出生から死後まで語ってみても、読者は同時代人でもないのだし、わたし達にとっての主人公は、断片的な記憶の集合像でしかないのだから。

むしろこの方が正当。一見まことしやかな一代記は、うそなのかもしれない。

いやいや真面目にいうと、じつはこの仕掛けがあることで、本文の中に生きつづける主人公は、純正に生きる——思い悩み、運命と出会い、哀楽を経験して命おとろえていくことになる。

自分がどう理解され批判されるか、ふつうの人間がもっとも大切にしているものは、他人がどう自分を見ているか、いわば他人(ひと)の関心なのだから。

そう思って読むと、わたしの目には式部をめぐる数かずの逸話——道長が浮かれ女と書いた扇を渡したとか、弾正宮(だんじょうのみや)と帥宮(そちのみや)の兄弟の愛を受け、とくに帥宮には車で自宅に運ばれて住みついたとかの一つひとつがパターン、共通した式部の像のように見えてきた。

男と出会いまた訪れをうける際の驚愕(きょうがく)と逡巡(しゅんじゅん)。しかしいつか受け入れつつ愉悦の中に埋没していく式部。

じつはこのような折おりに巧みに詠む式部の歌は、他人事として社会現象を見るように折おりの心を過不足なく、とりまとめてしまう結果になるのではないかとさえ、わたしの目に映った。

危険なことだ。その収束で、自分が納得してしまうからだ。現実はもっと複雑なのではないか。

では本音と思われる心境はいかがか。たとえば式部の前に、かの道長が現われ、扇の一件があった時の心境を、著者はこう語る。

曖昧模糊としていた霧の中から忽然と浮かびあがった人影、冥い道のむこうに立ちはだかる男……。

この「冥い道」の見え隠れ。これこそいつも式部が経験する映像である。そしてこの一節一節を読んで読者が思い出すものは何だろう。まるで著者が思い出せといわんばかりの一首があるのではないか。

　冥きより冥き道にぞ入りぬべき
　遥かに照らせ山の端の月　（『拾遺集』一三四二）

宗教的に説かれることも多いこの歌に表象されるものが、和泉式部は、生涯黙々とエトスの闇を歩んでいたのです。

と著者の総括するものであろう。

わたしは、一つひとつの男との出会いの折の著者の描写に、つねにこの歌を当てはめて読んでみた。

つねにみごとに、式部の心は「冥きより冥き道に」入りゆく過程であった。

そう考えると、この冥さの中味もほのかに見えてくるではないか。

これこそ「もの」との葛藤だった。

そしてこの「もの」の冥さの中に輝くものが、

物思へば沢の蛍もわが身より
あくがれ出づる魂かとぞ見る　（『後拾遺集』一一六二）

という心境だったこともわかる。式部の心に棲む「もの」が魂の化身といわれる蛍となって冥い闇の中に現われたといえば、縄文以来、日本人が戦いてきた「もの」の体現者が式部だったことになり、さらに式部は他人に体験を騙りとばす傍観者でもなく、誠実な「もの」の代弁者だったことになる。

三

　著者がもう一つ、この小説でいいたかったらしいことがある。書名を「今ひとたびの、和泉式部」と名づけたことだ。もとより、

あらざらむこの世の外の思ひ出に
今ひとたびのあふこともがな　（『後拾遺集』七六三）

によるものだろう。清水文雄が高見順の『今ひとたびの』という小説がこの歌によるのかといっている（『二〇〇人で鑑賞する百人一首』）から、この小説も一つ、題名の由来に加わるのかもしれない。

　それはともかく、いま大切なのは、式部がこれほどの愛欲の冥き闇に困惑しながら、「あらざらむこの世の外」の思い出まで、さらに冥闇を願っていることだし、それを諸

田さんが書名にまで踏襲しようとしていることだ。

これほどに驚愕し逡巡し、また喜悦しながら、式部はさらにふたたびの冥闇を願い、いつまでも捨てようとしない。

これは改めて、「もの」へのこだわりがきわめて日本人にとってエトス的なものだということを語っているのではないか。

きわめて大ざっぱにいうと、インドのパトス、中国のロゴスそして日本のエトスがアジア三国の特色であるというのがわたしの持論である。

いみじくも式部の生き方は、エトス的なのだ。その上で諸田玲子さんが「もの」のしたたかさに注目した小説を書いてくれたことを、わたしは頼もしく思っている。


（なかにし・すすむ　国文学者）

本書は、二〇一七年三月、集英社より刊行されました。

初出　「小説すばる」二〇一六年一月号～十月号

集英社文庫

今(いま)ひとたびの、和泉式部(いずみしきぶ)

2019年8月30日　第1刷　　定価はカバーに表示してあります。

著　者　諸田玲子(もろたれいこ)

発行者　徳永　真

発行所　株式会社　集英社
東京都千代田区一ツ橋2-5-10　〒101-8050
電話　【編集部】03-3230-6095
【読者係】03-3230-6080
【販売部】03-3230-6393(書店専用)

印　刷　凸版印刷株式会社

製　本　凸版印刷株式会社

フォーマットデザイン　アリヤマデザインストア　　マークデザイン　居山浩二

ISBN978-4-08-744008-9 C0193